KB043826

아름다움을 만드는 일

윌리엄 모리스 산문선

아름다움을 만드는 일

정소영 엮고 옮김

모리스로 산다는 것 _박노자

누가 나에게 가장 좋아하는 디자이너가 누구냐고 물어보면 윌리엄 모리스라고 하겠다. 아마도 내가 그를 좋아하는 근본적인 이유 중 하나는 그에겐 그 어떤 단일한 직업적 '타이틀'도 붙일 수 없었기 때문일 것이다. 그는 과연 누구였는가? 현대 디자이너의 원조이기도 하지만, 동시에 시인이기도 하고 화가이기도 하고 소설가이기도 하다. 또 사회주의 운동가이기도 하고 출판인이기도 하고… 인간을 어떤 한정된 '분야'로 좁히는 근대적 '전공'의 존재 조건은 모리스에게 어울리지 않았다. 말하자면 그의 전공 내지 직업은 바로 '모리스로 산다는 것' 그 자체였을 것이다.

유럽에서는 이런 사람을 '르네상스적 인간'이라 부르고 동아시아에서는 '만물박사' '능문능공'(能文能工)이라고도 한다. 하지만 아마도 그에게 가장 어울리는 동아시아적 수식어는 '지사'(志士)였을 것이다. 스스로 젊은 시절에 세운 뜻을 평생 관철해왔기 때문이기도 하고, 소설을 쓰든 시를 쓰든 디자인을 하든 그 뜻이 각 분야마다 뚜렷이 나타났기 때문이다. 모리스가 세운 뜻은, 쉽게 이야기하면 근대가 망가뜨리고 획일화시킨 인간에게 미(美)를 통해 다시 한번 자유와 개성을 돌려준다는 것이었다. 그는 맑스주의의 모든 가르침에 다 찬동하지 않았지만 근대사회에서의 노동자, 즉 다수의 피고용자는 사실상 기계의 나사처럼 존재하며 구조적으로 개성의 상실을 강요당해왔다는 점에는 의견을 같이했다.

그래서 모리스의 모든 활동은 대부분 잃어버린 인간성을 되찾는 운동의 일환이었다. 그가 했던 사회주의 운동이 이윤 추구의 거짓 '자유' 속에서 상실된 인간의 진정한 자유를 회복하려는 목적에서 비롯된 것처럼 그에게 디자인은 획일화된 산업사회에서 탈인간화를 강요받는 것에 대한 '반란' 그 자체였다. 미의 혁명이라고 해도 과언이 아닐 것이다.

이윤 추구를 목적으로 대량 생산된 무미건조한 일상의 물건들과 달리, 모리스가 디자인한 방직물 무늬 등은 미술적 발상을 통해서 보는 사람의 저(低)의식 내지 무의식까지 파헤쳤다. 인간은 학교에 들어가면 억압적 사회화를 강요당하고 졸업 이후에는 산업 생산-소비 체계의 노예가 되지만 그 전의 가장 민감한 유아기에는 식물, 동물 등과 교감하면서 자란다. 인간이 아주 어린 나이에 본 나무, 가지, 잎사귀, 새나 천체의 이미지, 어릴 때 들은 동화의 모티브는 표면적으로 우리 의식의 가시권에서 사라지지만, 사실 늘 저의식에 저장돼 있다. 그 저의식에 접촉하여 체제의 노예가 되기 이전의, '참' 나의 기억층을 불러내는 것은 심리학적 의미의 개인 해방에 해당되는데, 모리스의 디자인은 이와 같은 해방을 가능하게끔 미의 세계로 안내한다. 모리스 본인의 말대로, 그림 자체보다 그림이 연상시키는 바가 더 중요하다는 것이다.

진보의 위기를 자주 이야기하지만, 나는 그 타결책 중 하나가 모리스와 같은, 전인적이고 전면적인 개인적 깨달음과 사회적 해방을 연결시키는 진보의 시도들을 재음미하는 게 아닐까 싶다. 해방 내지 혁명은 꼭 사회만 바꾸는 것은 아니다. 잘못된 사회가 왜곡시켜버린 인간에게 개인적 노예화 극복의 기회를 주는 것도 혁명일 것이다.

이 글을 쓴 박노자 교수는 노르웨이 오슬로 국립대학교 한국학과 교수로 『당신들의 대한민국』(1·2) 『우승열패의 신화』 등을 썼다. 이 글은 월간 『디자인』 2015년 10월호에 실린 「윌리엄 모리스, 반란의 디자인」을 다소 손본 것이다.

일하는 즐거움과 삶의 아름다움

세상살이가 힘겨울수록 살 만한 삶에 대한 갈망은 더 높아지기 마련이어서 언젠가부터 '삶의 질'에 대한 관심과 함께 '워라밸' '소확행' 같은 신조어가 유행하고 있다. 그런데 '일과 삶의 균형'(워라밸)도 그렇고 '소소하지만 확실한 행복'(소확행)도 그렇고, 이런 표현을 잘 들여다보면 일은 삶과 별개이고, 소소하지 않은 삶의 주된 부분에서는 행복을 찾기 어렵다는 생각이 깔려 있다. 그런 용어가 유행하는 이유가 매일 먹고살자고 하는 일이 고되고 힘들어서이니 당연하기는 하고, 당장 좀 덜 힘들고 행복했으면 하는 마음도 충분히 이해할 수 있다.

그럼에도 거기서 일(노동)을 먹고살기 위해 어쩔 수 없이 해야 하는 인생의 짐으로 여기는 태도가 엿보이고 그런 추세가 점점 강해진다고 말하면 노파심 많은 꼰대의 불평이 될까? 하지만 청년은 물론이고 심지어 아이들 사이에서도 부모한테 건물 한 채 물려받아 임대료로 먹고살았으면 좋겠다는 바람이 아무렇지도 않게 이야기된다고 하는데 그것을 그냥 노파심으로 치부해도 괜찮은 걸까?

우리 사회에서는 어떤 실마리 하나라도 잡아당기면 엉망으로 엉킨 실타래 전체가 끌려 나오니, 하물며 일이나 노동 같은 묵직한 덩어리를 다루자면 어디서부터 어떻게 해야 할지 난감하고 사방팔방에서 온갖 주장과 반박이 쏟아져 나올 것도 당연하다. 게다가 4차 산업혁명을 떠드는 현재 상황과 달라도 너무 다를 19세기 중반의 사상가에게서 일종의 조언을 얻고자 한다면 실타래를 비껴가는 편법으로 보일 수도 있다.

하지만 혹시라도 그 실타래가 골머리를 앓으며 풀 가치가 없다거나 애초에 그런 식으로 풀 수 없는 거라면 아예 버리고 새 실을 장만해야 할 필요가 있을 것이고, 그런 면에서 '초심으로 돌아간다'라는 흔한 말처럼 현대 소비자본주의가 처음 자리를 잡던 시기로 돌아가보는 일이 새로운 사고에 도움이 되지 않을까 싶다.

위에서 사상가라고 했지만 사실 윌리엄 모리스는 우리나라에도 잘 알려져 있듯이 현대 디자인에 지대한 영향을 끼친 디자이너이자 공예가이고, 생전에는 시인으로도 유명했다. 건축과 공예에 관심이 많아 1861년 공동으로 '모리스 마셜 포크너 상회'를 설립하여 주로 테피스트리나 벽지, 가구 등의 인테리어를 담당했는데, 이 회사는 당시 상당한 유명세를 누렸다. 1875년 이를 독자적인 '모리스 상회'로 바꾼 뒤 직물 염색과 디자인뿐 아니라 생산과정에 직접 관여하면서, 당시 노동계급의 처지에 눈을 뜨고 사회주의 사상을 접하게 된다. 사회주의에서 자신이 희망하는 미래의 사회상을 본 그는 이후 여러 단체에 참가해 정신적·물질적으로 공헌했고, 1884년에는 '사회주의 동맹'을 창립하여 기관지 『공화』(*Commonweal*)의 편집을 맡았다. 주요 영문학 작품의 반열에 든 『존 볼의 꿈』(*A Dream of John Ball*)과 『에코토피아 뉴스』(*News From Nowhere*)가 모두 그 잡지에 연재되면서 주목을 받아, 이후 단행본으로 출간된 것이다.

모리스는 '사회주의 동맹' 이전에도 '사회민주연합' 등의 여러 급진주의, 사회주의 단체에 가담하여 사회주의를 대중에게 전파하기 위해 많은 강연을 다녔다. 여기 묶인 글은 대부분 그 강연록이다. 사회주의 서적도 많이 읽고 조직에서 교육도 받았지만, 그가 자본주의 원리의 핵심과 그 폐해를 이해하고 그것을 쉽고도 간결하게 전달할 수 있었던 것은 박학다식함과 인문학적 배경에서 나온 뚜렷한 이상과 가치관 덕으로 보인다. 특히 중요한 점이 그가 아름다움을 사랑했던 공예가였다는 사실이다.

　중세의 문화를 높이 평가했던 모리스에게 현대문명은 미적인 차원에서나 삶의 방식에서나 이해할 수 없을 정도로 형편없는 체제였다. 예술적 측면에서 중세는 일종의 '암흑시대'이고, 종교의 힘에서 벗어나 인간의 잠재력이 분출된 르네상스 시대에 예술이 꽃을 피웠다는 통념을 생각하면 모리스의 판단은 의외의 주장으로 여겨질 수도 있다. 하지만 그것은 그가 이해하는 예술이 근현대에서 통상적으로 이해하는 예술과 근본적으로 다르기 때문이다. 그에게 예술은 인간 삶의 본질적인 한 부분인 '매일의 일'에서 자연스럽게 자라나고 모두가 생활 속에서 향유하는 것이었다.

　따라서 모리스에게는 공예를 중심으로 한 '생활예술'(Lesser Arts)과 건축이 무엇보다 중요한 예술이었다. 선사시대 이래로 예술은 사람들이 일상을 보내는 생활공간과 매일 사용하는 물건을 아름답게 꾸미는 일이었기 때문이다. 인간의 삶에서 생활공간은 늘 큰 자리를 차지해왔기 때문에 건축은 삶과 밀착된 예술이다. 모리스가 르네상스 신고전주의 건축을 실생활과 유리된 '죽은' 건축이고 아름답지도 않다고 신랄하게 비판하는 것도 이런 관점에서 이해할 수 있다. 근대 영국이라는 시대적·지역적 특성을 전혀 고려하지 않고 이른바 전문가의 '미적 판단'에 따라 고대 그리스와 로마 시대의 양식을 이식한 신고전주의는, 생활공간을 꾸미는 일이라는 건축의 본질에서 벗어났다고 보는 것이다. 이와 달리 당시까지 다양한 지역에서 다양한 형태로 발전해온 중세 고딕양식은 근대 이후로도 이어질 잠재력을 지니고 있다. 고딕 양식은 무엇보다 유기적인 양식, 즉 사람들이 실제 사는 지역의 특성과 생활방식, 일상적인 필요에 따라 스스로 적응하며 발전해갈 수 있는 양식이기 때문이다.

일상을 아름답게 꾸미는 '생활예술'은 일견 '삶이 예술이 된다'는 식의 광고 문구와 디자인 기술을 동원해 현재 소비자본주의가 내세우는 주장과 흡사해 보일 수도 있다. 하지만 모리스는 '물건을 만드는 노동자의 일'이 즐겁고 행복해야 아름다움을 창조하는 예술이 가능하다고 보기 때문에, 물건을 팔아먹기 위해 이용되는 소비자본주의의 생활예술과는 근본적으로 다르다.

모리스에게 진정한 예술은 "인간이 노동하며 느끼는 즐거움의 표현"이기 때문이다. 기계의 한 부품으로 전락한 자본주의 체제의 노동자와 달리 중세의 직인들은 각자 전 작업을 책임졌고 지역 공동체의 한 성원으로 일하고 생활했다. 건축 역시 다방면의 직인들이 함께 작업하는 진정한 의미의 공동 작업이라는 점에서 중요했다. 고딕건축의 정신은 "협동적 조화에 순응하는 손과 정신의 자유로움"이었던 것이다.

당시 제국주의 싸구려 물건에 파괴되던 아시아의 수공예품이나, 이제는 박물관에서나 볼 수 있는 과거의 아름다운 공예품들은 그렇게 자신의 일을 잘 알고 좋아했던 평범한 '예술가'의 작품이다. 이들이 뿌리가 되고 줄기를 이루어야 비로소 '위대한 예술'도 그 꽃을 피울 수 있다. 르네상스를 거쳐 현대에 익숙해진 '천재적 개인'으로서의 예술가는 대다수 대중의 삶과 유리되었다는 점에서 뿌리도 줄기도 없이 꽃만 남은 격이라 할 수 있다.

「나는 어떻게 사회주의자가 되었나」에서 모리스는 아름다움과 예술에 대한 자신의 강한 애정으로 현 문명을 증오하게 되었고 사회주의에서 새로운 희망을 보았다고 말한다. 그런 면이 그를 독특한 사회주의자로 만들었다. 그 독특함 덕에 그는 당대 사회주의자가 보지 못했던 면까지 간파했고, 그래서 그로부터 한 세기 반이 지난 지금 오히려 그의 놀라운 통찰력이 더욱 빛나는 면이 있다. 특히 그가 수많은 강연을 다니며 설파했던 '일하는 즐거움'의 중요성은 자본주의 말기, 특히 '헬조선'이라는 한국사회에서 삶의 질이라는 문제를 중요한 화두로 던진다. 모리스라면 삶의 질이라기보다는 아마 '아름답고 즐거운 삶'이라는 표현을 썼겠지만 말이다.

지금도 크게 달라진 것 같지 않지만 당시 사회주의자는 대개 먹고사는 문제를 우선시했던 반면, 모리스는 먹고사는 문제와 인간답게 사는 문제는 선후의 문제가 아니라 동시에 이루어져야 하고 인간다운 삶은 무엇보다 일에서 즐거움을 얻는 삶이라고 믿었다. 그러니까 우리의 일 자체가 즐거움을 주는 일이어야 한다는 것이다. 어느 나라 역사에도 민초들의 일상적인 삶은 나와 있지 않으므로 과거에 일용품을 만들고 집을 짓던 평민들이 정말 모리스의 믿음처럼 즐겁게 일을 했는지 '증거'를 댈 수는 없다. 하지만 산업사회 노동자들처럼 그저 먹고살기 위해 하는 노동으로는 그런 식의 아름다움이 나올 수 없다는 것이 그의 주장이다.

일에 대한 생각을 묻는 여론 조사의 항목에는 보통 보수, 노동시간, 복지, 자기계발 등이 있을 뿐 즐거움이나 기쁨 같은 건 없다. '일이 좋아서 한다'는 말은 거의 모순어법에 가깝게 들린다. 하지만 그건 불가피한 일일까? 모리스는 체제를 바꾸지 않는 다음에야 이는 불가능하다고 보았고, 그건 당시 사회주의가 실현 가능한 하나의 대안으로 여겨졌기 때문이었다. 자본주의의 폐해가 극에 이르고 그 종말이 가까웠다는 느낌은 많지만 사회주의가 그 대안으로 여겨지지 않는 지금, 그의 주장은 그의 『에코토피아 뉴스』만큼이나 실현 불가능한 이상으로 보일 수 있다. 하지만 모리스도 자신이 꿈꾸는 사회, '공화'라는 말뜻을 실현하는 사회가 자신의 생전에 오리라 믿지 않았고, 그것이 언제가 될지 불확실할 뿐 아니라 도리어 어떤 사건이 일어나 자본주의가 그 수명을 훨씬 더 연장하게 될 수도 있다고 보았다. 그가 희망을 역설할수록 다른 한편으로 절망감이 느껴지는 것도 그 때문인지 모른다.

모리스는 사회주의를 통해 그의 이상을 구체화했지만 사실 그것은 현실 사회주의라는 사회주의 '국가'와는 근본적으로 다른 삶의 가치를 나타낸다. 그는 '사회'라는 말의 본뜻, '인간'이라는 존재의 본질이 구현되기를 원했다. 구성원이 서로에게 해를 끼치지 않고 함께 살아가는 사회, 아름다운 환경에서 아름다움을 창조하며 즐겁게 일하는 인간다운 삶이라는 이상이, 인간의 능력이 극대화된 근대문명에서 비로소 현실화될 수 있으리라 보았다.

21세기에 돌아보면 그런 이상이 너무 순진하게 보일 게 당연하지만, 어쩌면 삶이 갈수록 힘겨워지는 이유가 바로 우리가 지켜야 할 삶의 가치나 이상을 당장 실현 불가능하다는 이유로 늘 '순진한' 것으로 치부했기 때문이 아닐까? 삶의 가치나 이상은 본래 당장 실현해야 하거나 실현할 수 있어서가 아니라 사회 구성원 사이에 그에 대한 믿음이 있어야 그나마 어느 정도 삶의 기준을 지킬 수 있기 때문에 의미가 있는 것이다. 특히 그 체제의 논리가 마치 운명처럼 받아들여지는 소비자본주의 사회에서는 "옳은 말이지만 그게 현실적으로 가능하겠어?"가 아니라 "당장 현실적으로 가능하지 않아도 그게 옳다"라는 신념을 지닌 구성원이 적어도 어느 정도 있어야 삶의 질이 계속 나빠지는 일을 막을 수 있다고 본다.

21세기 들어 한국 사회에서는 원래 뿌리 깊었던 반공 이데올로기가 더 격화되고, 사상의 허울을 쓴 독선과 교조주의와 편견과 혐오 등이 극단적으로 대립하면서 상식과 인간적 가치는 점점 밀려나고 있다. 모리스 말처럼 "온갖 악을 없애기 위해 너무 죽어라 싸우는 바람에 가장 커다란 악을 망각"한 것인지도 모른다.

특히 2020년은 연초에 시작되어 전 세계를 휩쓴 코로나19라는 전염병으로 한 나라 안에서나 나라 간 관계에서나 갈등과 반목이 오히려 격화되고 있다. 코로나19는 전 지구적 자본주의 (모리스가 생각한 사회주의와 거리가 먼 중국과 러시아도 당연히 포함하여) 의 파괴적 실상이 한 순간에 분출된 한 예라고 할 수 있다. 그런 점에서 지금까지 당연시한 전 지구적 자본주의를 근본적으로 되돌아볼 계기가 될 수 있을 것이다. 하지만 실제로는 그와 반대로 상대를 배척하고 내 주변에 온갖 장벽을 세우는 경향이 오히려 더 두드러지는 것도 같다.

모리스가 그랬듯이 어느 사회에나 늘 씨앗을 뿌리려는 사람들은 있기 마련이고 상황이 어려워 절망이 깊어질수록 희망도 간절해지지 않을까 싶다. 이 책에 담긴 모리스의 이상, 모두가 즐겁게 일하며 아름다움을 만들어내는 사회를 향한 그의 갈망이 그런 하나의 씨앗이 되었으면 하는 바람이다. 하나의 씨앗에 앞으로 자라날 커다란 나무가 온전히 담겨 있듯이 이것은 먼미래의 일이 아니라 지금 우리의 생각과 생활로 꾸려내는 일이다. 우리가 일상적으로 하는 '일'의 중요성, 그리고 다른 사람들의 일의 가치와 그들이 일하여 만들어낸 물건의 가치를 제대로 알아주는 마음이라는 이 씨앗이 군데군데 뿌리를 내릴 날을 고대해본다.

정소영

WILLIAM MORRIS

목차

무척이나 섬세하고 창의적이며 공들여 만든,

그래서 그 방면으로는 더 바랄 나위가 없는 그런 작품을 보았어요.

누가 뭐라고 반박하든 나는 이렇게 당당히 주장할 수 있습니다.

인간의 독창성으로 그런 작품을 만들어내려면

그것을 구상하는 머리와 직접 주조하는 손과 더불어

세 번째 요소인 즐거움이 없이는 불가능하다고 말입니다.

1

예술은 그것을 만든 이를 기억한다

민중의 예술

"그래서 노동하는 인간은 매일 노동할 기력을 유지해줄 양
식을 얻기 위해 기를 쓰며 다시 그 기력을 소모한다. 그렇게
일하려고 살고, 살기 위해 일하면서 매일 서글픈 쳇바퀴를
도는 것이다. 매일의 양식이 피로한 삶의 유일한 목적이고
피로한 인생에서만 매일의 양식이 얻어지는 것처럼."—대니
얼 디포

오늘 이 자리에 모인 분들 중 대다수가 이미 예술 작업을 하
고 있거나 그럴 목적으로 특별한 교육을 받고 있는 것으로 알
고 있습니다. 그렇기 때문에 오늘 강연이 특히 그분들을 염두에
두고 이뤄졌으면 하는 기대가 있을 거고요. 하지만 다들 이 예
술과 관련해 제각기 나름대로 관심이 있어서 이 자리에 모인 게
분명할 테니, 여러분이 보통의 사람들을 대표한다고 보고 여기
계신 분 모두를 대상으로 이야기하고자 합니다.

사실 전문적으로 예술을 공부하는 사람은 이번 강연에서 자신에게 딱 유용한 내용은 거의 배울 수 없을 겁니다. 예술에 전념하겠다는 결심으로 첫발을 제대로 내디뎠다면, 필요한 모든 것을 가르쳐줄 제도를 통해 여러분은 이미 적임자인 스승—그 것도 최고의 적임자이지요—에게서 가르침을 받고 있을 테니까요. 올바른 목표를 세웠고 어떤 식으로든 예술의 의미를 이해하는 분이라면, 그러니까 정확히 말로 표현하지 못해도 예술을 이해할 수는 있으니까요. 그리고 타고난 재능 덕분에 자기 앞에 나타난 길을 뚝심 있게 밀고 나갈 각오가 되어 있다면, 예술에 대한 배움은 이미 충분할 거라고 봅니다. 하지만 그런 각오가 세워진 게 아니라면 아무리 소박한 작품인들 진정한 예술을 창조하는 일에서 제도나 스승이 도와줄 수 있는 건 없습니다.

진정한 예술가라면 내가 해줄 수 있는 특별한 조언은 이미 다들 알고 있으리라 봅니다. 그것도 단 몇 마디로 요약할 수 있지요. 자연을 따르라, 고대 예술을 공부하라, 하지만 마구 갖다 쓰지는 말라, 스스로 목표로 삼은 힘든 작업을 완수하기 위한 노력에서 노고와 인내와 용기를 아끼지 말라. 분명 이런 이야기는 수십 번도 더 들었을 것이고, 그보다 수십 배는 더 자주 스스로 다짐했을 겁니다.

그러니 이 자리에서 그걸 되풀이해봐야 내게든 여러분에게든 해가 될 것도 없지만 득이 될 것도 없습니다. 다 맞는 말이고,

다 아는 이야기인데, 실제 따르기는 어렵지요.

내게 예술은 아주 진지한 문제로, 인간이 사고하는 다른 중대한 문제와 결코 떨어질 수 없습니다. 이 점에서는 여러분도 마찬가지이길 바랍니다. 예술적 실천의 바탕에는 원칙들이 있고, 진지한 사람이라면 이 원칙들에 관해 생각하게 됩니다. 아니 꼭 생각해야 합니다.

예술, 무엇이 어떻게 잘못된 것일까

오늘 내가 하고 싶은 이야기는 바로 이겁니다. 의식적으로 예술에 관심을 갖는 분에게만이 아니라, 문명의 진전이 우리 후대에게 무엇을 약속하고 어떤 위협을 가하는지를 고민해본 적 있는 모든 분에게 하고 싶은 이야기입니다.

예술은 문명이 태어나면서 함께 탄생했고, 문명이 끝날 때야 함께 종말을 맞겠지요. 그렇다면 이 같은 예술의 미래와 관련해 무엇을 희망하고 무엇을 걱정해야 할까요. 또한 갈등과 의심과 변화의 시대인 지금, 앞으로 변화가 일어나 갈등이 진정되고 의심이 걷힐 미래의 더 나은 시대를 위해 이 분야에서는 무엇을 준비해야 할까요. 정말이지 중대한 문제가 아닐 수 없는데, 생각이 있는 사람이라면 당연히 이에 관심을 가질 것입니다.

아니, 워낙 누구에게나 중요한 문제라 그렇게 중대한 문제에 내가 주제넘게 나서는 건 아닐까 걱정이 되기도 해요. 나와 같은 희망과 걱정을 가진, 나보다 나은 사람들의 한갓 대변자로 이 자리에 선다는 마음이 아니었다면 감히 나서지도 않았을 것입니다.

상황이 이러하므로, 할 수 있다면 더욱 자신 있게 내 생각을 모두 꺼내놓을까 합니다. 내가 서 있는 이 도시의 사람들은 그저 자신과 현재만을 위한 삶에 만족하지 않고 꿈틀거리는 새로운 움직임에 주목해야 할 의무를 기꺼이 받아들여, 무엇이든 진실이 존재한다면 그에 도움이 되고 그로부터 도움을 받고자 하는 이들이기 때문에 특히 그러고 싶습니다.

이와 더불어 지난해에 여러분이 영광스럽게도 나를 '예술 협회'의 회장으로 뽑아줬고 또한 오늘 강연을 요청했기 때문에 내 나름의 견지에서 여러분에게 조금이라도 도움이 될 만한 내용을 솔직하게 전하는 게 마땅하겠지요. 이 자리의 여러분은 내가 좀 섣부른 주장을 하더라도 용서하겠지만, 진실이 아닌 말을 하면 용서하지 않을 동료들이니, 그것이 내가 할 도리라고 봅니다.

내가 이해하기로는 여러분의 '예술 학교 및 협회'의 목표는 교육을 널리 확대하여 예술을 증진하자는 것입니다. 아주 위대한 목표임이 분명하고, 이 위대한 도시의 명성에도 걸맞다고 하겠습니다. 그런데 나 역시 아는 바처럼, 버밍엄은 정수가 빠져나간 가짜 삶이 활개 치게 내버려두지 않는 곳으로도 정평이 나 있지요. 그러니 이 단체를 통해 증진해야 할 것이 무엇인지, 그저 무기력하게 따르는 게 아니라 진정으로 그것에 관심을 갖고 있는지를 분명히 깨닫고 알아야 합니다. 곧 그것을 철저히 알고 여러분의 의지로 진정 함께하든지 아니면 반대하든지 해야 한다는 겁니다. 그렇지 않으면 누구라도 나서면 그만이라는 식이 되겠지요.

굳이 이런 문제를 꺼내는 게 생뚱맞게 느껴질 수도 있을 거예요. 그렇다면 내가 왜 그러는지 그 이유를 말씀드리지요. 예술을 누구보다 진심으로 사랑하는 여러분이지만, 이제는 세상에 그런 애정이 드물다는 사실을 분명히 의식하는 분들도 있을 거예요. 그 정신과 습관이 추악하고 거칠어(불쌍한 영혼들!) 예술과 관련해서는 달리 도리가 없는 수많은 사람들 말고도, 고상하고 사려 깊고 교양 있는 사람들 가운데도 속으로는 예술을 어쩌다 문명에 생겨난 쓸모없는 존재로 보는 사람이 많다는 사실이 눈에 띄는 거죠. 아니, 그냥 쓸모없는 정도가 아니라 인류의 진보에 장애가 되는 골칫거리거나 질병이라고까지 여기기도 해요. 그중 일부는 분명 다른 문제를 생각하느라 아주 바쁜 사람들입니다. 과학이나 정치 등의 연구에 워낙 '예술적으로' 심취해서 그 힘들고 훌륭한 일에 정진하느라 어쩔 수 없이 정신의 영역이 협소해진 사람이라고 할까요. 하지만 그런 사람들은 아주 소수이므로, 예술을 기껏해야 심심풀이로 보는 지배적인 생각과는 다릅니다.

예전에 그렇게 장엄한 존재로 여겨졌던 예술이 이제는 이렇게 하찮아졌으니 우리가, 아니면 예술이 뭐가 어떻게 잘못된 걸까요?

이것은 간단한 문제가 아닙니다. 이 문제를 아주 명료하게 따져보면 현대의 주요 사상가들이 대부분 진심으로, 일편단심으로 예술을 미워하고 경멸했다고 말할 수밖에 없기 때문입니다. 유명한 인물들이 그러하다면 일반 사람들은 당연히 그럴 수밖에 없겠지요. 그 말은 곧 광범위한 교육을 받아 예술을 증진하겠다고 여기 모인 우리는 스스로를 기만하거나 시간을 낭비하고 있다는 뜻입니다. 우리도 언젠가는 잘난 분들과 같은 의견을 갖게 되든지, 아니면 올바른 소수에 속하게 될 테니까요. 앞에서 말한 '강직한' 인물과 문명인 대부분이 불운한 상황에 눈이 가려 제대로 보지 못하는 반면 소수가 옳은 생각을 지닐 때도 있습니다.

여기 모인 우리 모두 이런 생각이기를, 그러니까 소수이지만 옳다고 보는 쪽이기를 바랍니다. 문명의 발전이 전혀 생산하는 것도 없이 헛돌아가는 바퀴처럼 방향성 없이 진행되지 않으려면, 예술이 인간의 삶에 꼭 필요하다는 사실을 분명히 인식해

주셨으면 합니다. 우리가 이렇게 모인 것이 예술의 발전을 위해서이기도 하고요.

매일의 노동은 예술을 통해 '즐거운 일'이 된다

그렇다면 소수인 우리는 소수라는 처지에서 어쩔 수 없이 생겨나는 의무, 곧 다수가 되기 위해 노력해야 하는 의무를 어떻게 수행할 수 있을까요? 우리가 사랑하는 예술은 우리에게는 매일 먹는 양식이나 숨 쉬는 공기와도 같습니다. 문명의 꽃이라 할 사상가들과 그 꽃을 피워낸 대중은 사실 잘 알지도 못하면서 예술에 대해 막연한 반감을 갖습니다. 따라서 그들에게 예술에 대해 설명할 수만 있다면 승리의 씨앗은 이미 뿌려진 것이라고 할 수 있죠. 이게 정말 힘든 일이기는 하지만요. 그런데 고대나 중세의 책을 곰곰이 살피다보면 문득 어떤 가능성의 빛이 비칩니다.

예를 들어 비잔틴 제국의 역사를 보면, 까마득한 과거에 멸망한 로마라는 대장간에서 만들어진 끔찍한 쇠사슬의 힘으로 여전히 대중을 속여 이 세상에 필요한 주인처럼 자신을 섬기게 만들었던 수많은 현학자와 폭군과 세금징수원의 이름이 지겹게 나옵니다. 영토와 관련된 이야기가 시작되면 별 이유도 없이 북부와 사라센의 해적과 도적을 수도 없이 죽인 이야기가 끝없이 이어져, 머릿속으로 들어왔나 싶으면 바로 나가버리죠. 이른바 역사라는 것이 그 시대의 상황에 대해 우리에게 알려주는 바는 거의 그런 식입니다. 멍청한 무기력이나 왕과 난봉꾼의 악행뿐이지요.

그러면 우리는 다들 사악했구나 하면서 책을 덮어버려야 할까요? 도대체 당시 사람들은 매일매일을 어떻게 살았을까요? 어쩌다가 유럽은 문명과 자유의 세계로 도약했을까요? 이른바 역사에 그 이름과 행위가 기록된 그런 사람들 말고도 다른 이들이 있었겠지요. 이들, 우리가 지금 '민중'이라고 부르는 사람들이 나라의 금고와 노예시장의 원자재였고, 그동안 내내 일을 해온 이들입니다. 맞아요, 그들의 일은 앞에 여물통을 대주고 뒤에서 채찍을 휘둘러야 하는 한갓 노예의 일이 아니었어요.

이른바 역사는 그들을 다 잊었지만, 그들의 일은 잊히지 않고 또 다른 역사를 일구었습니다. 바로 예술의 역사지요. 동양이든 서양이든 고대의 건물치고 그들의 애환과 기쁨과 희망의 흔적이 묻어나지 않는 것이 없습니다. 이스파한(옛 페르시아의 수도)부터 노섬벌랜드까지 7세기에서 17세기 사이에 지어진 건물 중에서 당시의 억압받고 무시당한 집단이 해온 노동의 흔적이 새겨지지 않은 것이 없어요. 그 가운데 출세한 사람은 정말이지 하나도 없고요. 플라톤이나 셰익스피어나 미켈란젤로 같은 인물은 없었던 거지요. 하지만 그렇게 수많은 대중에게 흩뿌려진 그들의 사상이 얼마나 강력했고 얼마나 오래 지속되고 얼마나 멀리까지 뻗어나갔는지!

예술이 원기 왕성하고 발전적이었던 시기에는 사정이 내내 그러했어요. 그들의 예술이 없었다면 현재 거의 잊혔을 시대가 수없이 많을 겁니다. 이른바 역사는 파괴를 자행했던 왕과 전사를 주로 기억합니다. 이와는 반대로 예술은 창조하는 민중을 기억하죠.

과거의 삶을 이렇게 알게 되면, 무엇보다 세상의 발전에 대해 열변을 토하다가도 예술 이야기만 나오면 질색하는 저 올곧고 외골수인 사람들을 대할 때 어떤 방법을 써야 하는지 단서를 얻을 수 있을 것입니다. 이렇게 질문해봅시다. 당신(과 우리)이 그렇게 바라마지 않던 것을 다 얻게 되면 그때는 뭘 해야 할까요? 각자 나름의 방식으로 이루려 애쓰는 변화는 여타의 변화와 마찬가지로 한밤중 도둑놈처럼 부지불식간에 어느새 이뤄질 수도 있지요. 하지만 올곧은 사람들이 다들 인정하며 환영할 만한 변화의 완성이 갑자기 극적으로 이뤄졌다고 한번 가정해봅시다. 그때 수 세기 동안 지속된 참담한 노동에 또다시 새로운 타락을 쌓아 올리지 않으려면 무엇을 해야 할까요?

이렇게 말해볼까요. 우리 앞에 깃대 하나가 있는데 거기에 지금 새로운 깃발이 올라가고 있어요. 우리는 그 장면을 보고 돌아섭니다. 새로운 사회가 열렸음을 선포하는 전령사의 나팔

소리가 아직도 귀에 쟁쟁한 가운데 몸을 돌려 그 자리를 떠날 때 우리 앞에 있는 것은 무엇일까요? 무엇이어야 할까요? 우리의 일, 매일 하는 일이 아니면 무엇이겠습니까?

그렇다면 우리에게 완전히 합리적이고 자유로운 삶이 주어졌을 때 무엇으로 우리의 일을 꾸밀까요? 살기 위해 필요한 노역이 있겠지요. 그런데 그게 그저 노역이어야만 할까요? 할 수 있는 거라고는 노역의 시간을 최대한 줄여서 예전에는 바랄 수도 없었을 긴 여가시간을 갖는 것뿐일까요? 또, 모든 일이 다 짜증나는 거라면 여가시간에는 무엇을 할까요? 내내 잠만 잘까요? 그래요, 그런 상황이라면 차라리 다시는 깨어나지 않는 게 좋겠지요.

그러면 어떻게 해야 하겠습니까? 꼭 해야 하는 노동시간으로 무엇을 이룰 수 있을까요?

이것이 바로 많은 잘못이 바로잡히고 세상의 모든 지저분한 노동을 혼자 감당하는 미천한 계급이 존재하지 않게 될 때 모두가 대답해야 할 질문입니다. 만약 그때에도 사람들의 마음에 병이 들어 예술을 혐오한다면 답은 찾을 수 없겠지요.

과거에 인간은 끝없는 폭정에 시달리고 너무나 지독한 폭력과 두려움 속에서 신음했기 때문에 우리로서는 그런 삶을 24시간 어떻게 견디며 살았을까 의아할 수 있어요. 하지만 생각해보면 그때도 지금과 마찬가지로 매일의 노동이 삶의 주요한 부분이었고, 매일의 노동은 일상의 예술작업을 통해 즐거운 일이 되었습니다. 그런데 그들이 견뎌야 했던 악에서 해방된 우리가 그들보다 더 삭막한 나날을 보내야 할까요? 수많은 폭정을 헤쳐왔는데, 또 다른 폭정에 스스로 묶여 절망적이고 쓸모없는 노역으로 하루하루를 보내며 자연의 노예가 되어야 할까요?

상황이 계속 이렇게 되면 결국 인간이 적이란 적은 다 물리쳐 강제하는 것도 없이 모든 것을 차지한 주인이 된 다음에도 음울하고 추한 것들 사이에 앉아 그저 끝없이 일이나 하게 될 텐데, 정말 그렇게 되어야만 할까요? 그렇다면 얼마나 많은 희망을 속임수로 빼앗긴 것이며 우리가 있을 그곳은 얼마나 깊은 절망의 나락일까요?

진정 그렇게 되어서는 안 됩니다. 하지만 예술에 대한 반감이라는 질병이 이렇게 속절없이 계속된다면 달리 방도가 없겠죠. 그리하여 아름다움과 상상력에 대한 애정의 소멸은 문명의 소멸이 될 것입니다. 인류가 언젠가는 그러한 질병을 떨쳐버리겠지만, 그러기까지 수많은 고통을 거쳐야 하고 그중에는 예술의 단말마처럼 보이는 것도 있겠지요. 가난한 사람들이 너무나 비통해할 일도 있겠고요. 세상의 변화를 일궈내는 것은 우리가 선견지명이라고 부르는, 눈을 반쯤 감은 채 보겠다고 기를 쓰는 그런 것이 아니라 냉정한 필연성이 아닐까 싶거든요.

현대 문명에 의한 동양 예술의 파괴

다른 한편, 예술이나 우리 자신에게 어떤 문제가 있어서 이런 질병이 생겨난 것이냐는 질문을 기억하시기 바랍니다. 추상적인 예술 자체야 문제가 없고 그럴 수도 없죠. 우리가 완전히 틀린 게 아닌 다음에야 예술은 항상 인류에게 도움이 되었으니까요. 하지만 우리가 알고 있는 최근 예술에는 문제가 많습니다. 그게 아니라면 우리가 오늘 여기 왜 이렇게 모여 있겠습니까? 대중예술이 쇠퇴하고 있고, 어쩌면 우리 분야에서는 이미 쇠퇴했음을 깨달았기에 약 삼십 년 전에 전국 방방곡곡에 예술학교를 세운 것 아닙니까?

영국의 경우에 한정해서 그 이후 우리 영국에서 어떤 진전이 이뤄졌는지 설명해볼까요. 거짓말을 하지 않는 다음에야 듣기 좋은 소리를 할 수 없겠지만, 그래도 말은 해야겠습니다. 내 생각에 분명 어떤 면에서 외양상의 진전은 있었지만, 그것이 얼마나 희망적일지는 잘 모르겠어요. 그건 시간이 증명할 일이고, 한갓 지나가는 유행일지 문명세계에서 진정 무언가 대중적으로 일어나고 있다는 최초의 표시인지는 두고 봐야 알겠지요. 하지만 사적인 자리에서 하듯 솔직히 말하자면, 내 입으로 하는 말이지만 그건 믿기 힘들 만큼 후한 평가라고 하지 않을 수 없습니다. 그래도 누가 알겠습니까? 우린 워낙 우리의 시대, 우리의 방식만 골똘히 들여다보고 살잖아요. 과거만큼이나 미래의 경우도 그 역사적 과정을 특정한 틀로 이해하게 마련이고요. 뒤를 돌아볼 때나 앞을 내다볼 때나 눈이 멀어 있기 십상이니까요. 만사가 내 생각보다는 나은 것이기를!

여하튼 이득을 따져보면서 그것을 덜 희망적인 조짐과 같이 놓고 봅시다. 당시 영국—내가 아는 한 오직 영국에서만—에서는 화가가 아주 많이 나왔고 작품 활동도 성실하게 이뤄져, 때로는 지난 삼백 년간 세상 어디서도 볼 수 없었던 아름다움을 발전시키고 표현해왔습니다. 이는 작품을 창작한 화가나 그것을 이용하는 사람에게나 분명히 아주 대단한 이득으로 충분히 평가해줘야 마땅합니다.

더 나아가 영국에는, 그리고 오직 영국에서만 건축과 그에 수반된 예술 분야—앞서 언급한 예술학교에서 특히 소생시켜 발전시키려 애쓰는 분야—에서 대단한 성장이 있었습니다. 이 역시 그렇게 만들어진 작품을 사용하는 사람들에게는 상당한 이득입니다만 제작자에게는 대개 별로 대단한 이득은 못 되는 것 같아요.

유감스럽지만 이러한 이득 곁에 설명하기 쉽지만은 않은 사실 하나를 나란히 놓아봅시다. 다른 문명세계에서 예술 분야는 거의 정체 상태였고, 우리의 경우에도 이러한 성장은 상대적으로 소수에 해당될 뿐 대다수 대중은 그와 전혀 관계없는 삶을 살고 있다는 사실 말입니다. 그래서 주로 대중의 취향에 의존하는 예술이라 할 건축은 날이 갈수록 나빠지죠.

이 점을 더 설명하기 전에 비관적인 사실 하나를 더 언급해야겠습니다. 우리 예술학교 건립을 비롯한 여러 활동을 벌였던 예술운동[1]에 처음 관여했던 사람들이 패턴 디자이너들에게 동양의 아름다운 작품을 얼마나 열심히 소개했는지 아마 다들 잘 기억할 겁니다. 우리 시대에도 살아 있는, 아름답고 정연하며 무엇보다 대중적인 그 예술에 관심을 촉구한 것은 당연히 그 예술성을 그만큼 높이 평가했다는 뜻이죠. 안타깝게도 지금 이 예술이 서구의 정복과 상업의 확대로 인해 빠르게, 하루하루 더 빠르게 사라지고 있습니다. 그것은 이 문명이 시달리는 지독한 병의 한 증상이라 하겠습니다.

우리가 여기 버밍엄에서 예술교육의 확대를 도모할 방법을 고민하는 지금도 인도의 영국인들은 근시안적인 생각을 바탕으로 바로 그런 교육의 원천을 이루는 장신구와 금속공예, 도자기, 사라사 날염, 양단 직조, 카펫 제조 등을 마구 파괴하고 있어요. 오랫동안 위대함을 자랑했던 인도 반도의 유명한 역사적 예술이 모두 하찮게 취급당하며 이른바 상업의 너절한 물건들 때

---

1 여기서 '예술운동'이란 윌리엄 모리스가 주도한 미술공예(art and craft) 운동을 가리키는 것으로 보인다. 이 운동은 당대 산업혁명이 내놓은 대량 생산 방식에 반대하여 수공예 생산 방식으로 돌아갈 것을 주장했다.—옮긴이

문에 내팽개쳐지는 거죠. 그곳 상황은 지금 빠르게 종말을 향해 치닫고 있습니다. 영국 왕세자가 인도 전역을 찾아다닐 때 각 지역 왕에게서 받은 선물을 본 사람이 여러분 중에 있는지 모르겠습니다. 나는 보았는데, 이미 대충 짐작했던 바라 크게 실망하지는 않았어요.

그렇게 값비싼 선물 중에서, 대단한 보물이라며 건넨 그 선물 중에서, 공예의 발상지라는 고대국가의 영예를 어렴풋이나마 지니고 있는 물건이라고는 거의 찾아볼 수 없었기 때문에 너무나 가슴이 아팠습니다. 아니, 어떤 것은 피정복 민족이 주인 나라의 멍청한 천박함을 얼마나 곧이곧대로 모방하려 애썼던지, 애처로운 마음이 들지 않았다면 너무 우스꽝스러워 너털웃음이 나왔을 거예요. 그리고 방금 이야기했듯 이런 타락을 우리가 나서서 조장하고 있는 것이죠.

작년(1878년) 파리 박람회의 인도관 안내서로 쓰인 짧은 책 하나를 읽었는데, 거기에 현재 인도의 제조업 상황이 하나씩 정리되어 있었습니다. '예술 제조업'이라고 해야 할 텐데, 정말이지 인도에서는 모든 제조업이 '예술 제조업'이었고 현재도 그렇습니다. 그 책의 저자인 버드우드(George Birdwood) 박사는 인도 생활에 무척이나 경험이 많은 과학자이자 예술 애호가입니다. 동양이나 동양의 작업에 관심이 있는 사람에게는 전혀 새삼스러운 이야기가 아닐 테고 내게도 그러했지만, 그 책의 내용은 정말이지 서글펐어요. 절망에 빠진 피정복 민족이 자신들의 진정한 예술활동을 도처에서 포기하고 있거든요. 그런데 우리가 알다시피, 그리고 소리 높여 주장해왔다시피, 그들의 예술이야말로 가장 진실되고 자연스러운 원칙에 기반한 예술 아닙니까. 많은 찬사를 받는 이 완벽한 예술은 기나긴 세월 동안 노고를 들이고 변화를 거치며 꽃을 피운 것인데도 피정복 민족은 정복자들의 열등한 예술, 아니 예술의 결핍상태에 순응하기 위해 자신들의 예술을 무가치하다는 듯 내던져버립니다. 일부 지역에서는 진정한 예술이 완전히 파괴되다시피 했고, 많은 지역에서 그렇게 파괴되는 중이죠. 정도의 차이는 있지만 어디서나 시름시름 앓고 있어요. 한동안 그러한 타락을 정부에서 조장했기 때문에 더욱 그러합니다.

예를 들자면, 영국 정부는 이제 인도의 교도소에서 값싼 인도 카펫을 제조하고 있어요. 물론 좋은 의도에서 하는 일이고 분명 국내와 인도의 영국 대중의 지지를 등에 업고 하는 일일 겁니다. 교도소에서 진짜 물건이나 공예품을 생산하는 게 나쁘다는 이야기가 아닙니다. 오히려 그 일을 제대로만 운영한다면 좋은 일이 되겠지요. 하지만 이 경우, 영국 대중의 지지를 받아야 했기에 정부는 그 품질이 형편없든지 말든지 그냥 값싼 물건을 만들기로 결정했습니다. 값싸고 형편없는 거지요. 이 예가 최악의 경우이기는 하지만, 어디서나 만사가 똑같은 방향으로 움직이지 않았다면 그 지경까지 되지 않았을 것입니다.

어디를 가든 인도 제조업 전체에서 상황은 똑같습니다. 그 결과 이 가련한 민족은 자신들이 지닌 탁월함을, 정복당한 뒤에도 지켜오던 그 하나의 영예를 거의 상실하고 말았죠. 삼십 년 전 영국에서 대중예술을 부활시키려는 노력을 시작했던 사람들이 그렇게 찬사를 아끼지 않았던 그 유명한 공예품을 이제는 일반 시장에서 합당한 가격으로 살 수 없게 되었습니다. 예술교육을 위해 열심히 찾아다니고 구입해서, 우리가 세운 박물관에 소중한 유물처럼 보존해야 하는 지경이 되었지요. 한마디로 그들의 예술이 죽었고, 현대문명의 상업이 그것을 죽인 겁니다.

정도의 차이는 있지만 인도에서 벌어지는 이런 일이 동양에서 전반적으로 벌어지고 있어요. 인도를 특정해 이야기한 이유는 거기서 벌어지는 상황에 우리가 책임이 있다고 생각할 수밖에 없기 때문입니다. 어쩌다 보니 우리가 그곳 수백만 백성의 주인 노릇을 하게 되었잖아요. 우리 탓에 무력한 상황에 처한 그들이 생선 대신 전갈을 받거나 빵 대신 돌덩이를 받지 않도록 신경 써야 하는 거죠.

문명을 이끌어가는 나라에서 예술이 건강한 상태로 있어야 인도든 다른 어느 곳이든 상황이 나아지겠죠. 그러니 이제 우리 자신의 문제로 돌아가봅시다. 되풀이하자면, 지난 몇 년 사이 표면적으로는 예술의 성장이 뚜렷합니다. 다만, 말하자면 이렇게 2월에 갑자기 만개한 꽃을 보고 환호하기에는 그 뿌리에 뭔가 문제가 있지 않나 하는 우려를 거둘 수가 없어요.

방금 한 이야기에서 분명해졌겠지만, 우선 인도와 동양 예술을 아끼는 사람들—예술교육을 위한 우리 단체의 지도자를 포함하여, 분명 사회지도층이라고 할 사람 중에도 많이 있을 텐데—이 아무리 애를 써도 그것의 쇠퇴를 막기에는 전혀 역부족이었습니다. 문명의 전반적인 경향이 그들에게 불리했고, 그 경향은 너무 막강했으니까요.

또한 우리 대부분이 건축을 무척이나 아끼고 아름다운 것 속에서 살아야 몸과 마음이 모두 건강해진다고 믿지만, 대도시에 살다 보면 어쩔 수 없이 추함과 불편함의 경멸적 호칭의 대명사가 되어버린 그런 주택에서 살게 됩니다. 문명의 흐름이 우리의 생각과 정반대로 가고 있는 셈이고, 우리는 그 흐름과 싸워 이길 수 없으니까요.

게다가 우리 가운데에는 진실과 아름다움의 기준을 열심히 지키고 있는 헌신적인 이들이 있습니다. 화가만이 알 수 있을 온갖 역경 속에서 어떤 시대에서도 뒤처지지 않을 수준 높은 정신을 보여주는 작품을 창조해낸 예술가들이 바로 그들이지요. 하지만 그 위대한 작품을 이해할 수 있는 관객은 한정된 집단일 뿐이라 대부분은 그들을 전혀 알지 못합니다. 문명 자체가 그들과는 너무나 상반된 방향으로 움직여 대중의 마음을 움직일 수가 없는 거지요.

이런 전체적인 상황을 보면 나로서는 우리가 가꾸고 있는 나무의 뿌리가 아무 문제 없이 건강하다고 생각할 수가 없어요. 이런 식의 발전으로 창조될 예술이란, 세상만사가 멈춰버린다면, 물론 그럴 리는 없겠지만 만약 그럴 경우, 어떤 면에서 마찬가지로 정지해 더 나아가지 못할 그런 종류의 예술입니다. 공공연하게 소수에 의한, 소수를 위한 예술이기 때문이에요. 그 소수는 일반 대중을 멸시하고 온 세상이 늘 얻으려 애써왔던 모든 것에서 멀찌감치 떨어져 자신의 예술의 궁전에 아무도 접근하지 못하도록 그곳을 빈틈없이 지켜야 한다고 생각하지요. 그들에게 의무라는 관념이 존재한다면 아마 그것을 의무라고까지 여길 겁니다.

적어도 이론상으로는 이러한 예술 학파가 현재 어떤 식으로든 실재합니다. '예술을 위한 예술'이라는 그 학파의 구호가 그들의 의도와 달리 그렇게 무해하지만은 않은데, 어쨌든 이런 학파에 대해 길게 이야기해봐야 시간낭비라고 봅니다. 그런 예술의 종말은 뻔하니까요. 급기야 예술의 초심자는 손도 대보지 못할 정도로 너무 섬세해져서 결국 아무것도 하지 못하고 가만히 앉아 있을 수밖에 없는 지경이 되겠지요. 그런다고 애석해할 사람도 없겠지만.

여기 모인 여러분이 발전시키고자 하는 예술이 그런 거라고 생각했다면 당연히 내가 여기 이렇게 서서 여러분을 동료라고 부르지도 않았을 겁니다. 방금 말한 그 허약한 존재를 굳이 우리의 적이라고 볼 것도 없겠지만요.

군이 그 사람들 이야기를 꺼낸 건, 단지 그런 부류가 있다는 사실을 알려주기 위해서만은 아닙니다. 다른 이유가 있지요. 인류의 진보를 열망하지만 일부 인간적 지각이 부족해 반예술적 경향을 보이는 정직하고 지적인 사람들이 있습니다. 이들은 앞에서 말한 저 부류를 예술가로 여기고 그런 것을 예술이라고 생각합니다. 그래서 예술이 대중을 위해 하는 일이 그런 것이고, 우리 수공예 작업가들은 그런 협소한 겁쟁이 삶을 지향한다고 생각하지요. 저는 이것을 당연시하는 태도와 거듭 마주쳤는데, 사실 마땅히 알 만한 사람까지도 그런 경우가 많아요.

우리에게 덮여 씌워진 이러한 비방을 털어내야 합니다. 또한 우리는 계급 격차를 더 벌리는 일을, 아니 그보다 더 심하게는 새로운 고상한 계급과 새로운 비천한 계급—새로운 주인계급과 새로운 노예계급—을 만들어내는 일을 그 누구보다 원하지 않는다는 사실을 대중에게 알렸으면 합니다.

우리는 '인간이라는 나무'를 키울 때 여기에는 찔끔 주고 저기에는 펑펑 퍼주는 식이 아닌 다른 방식으로 키우기를 그 누구보다 바라며, 우리가 이루고자 하는 예술은 모두가 나눌 수 있는 좋은 것이고, 모두를 고양시킬 것이라고 생각합니다. 정말이지 만인이 가까운 시일 내에 예술을 함께 누리지 못한다면 그 누구도 예술을 누릴 수 없게 될 것이고, 모두가 예술로부터 고양되지 못한다면 인류는 지금까지 이룬 정신적 고양을 송두리째 잃어버릴 것입니다. 우리가 갈망하는 예술은 헛된 꿈이 아닙니다. 예술은 지금보다 더 어려웠던 시대, 용기와 다정함과 진실이 지금보다 덜했던 시대에도 존재했었으니까요. 따라서 용기와 다정함과 진실이 더 커질 미래에는 당연히 존재할 수 있지요.

평범한 매일의 노동이 만든 아름다움

조금만 더 과거를 돌아보고 이후로는 강연을 마칠 때까지 죽 앞으로 나아가도록 하겠습니다. 강연 첫머리에 말씀드린 것처럼, 예술을 공부하는 학생에게 꼭 해주는 이야기 중에 고대 예술을 배우라는 조언이 있습니다. 내가 그랬듯이 틀림없이 여러분도 대부분 그렇게 했을 겁니다. 예를 들어 사우스켄싱턴의 훌륭한 박물관을 구석구석 누비고 다닐 때에는, 인간의 머리에서 탄생한 그 아름다움에 찬탄과 고마움이 가슴 가득 차올랐겠지요. 이제 그 경이로운 작품들이 어떤 존재인지, 어떻게 만들어졌는지 생각해보기 바랍니다. 그것에 '경이롭다'는 표현을 쓴 것은 공연히 과장하는 것도 아니고 별 뜻 없이 그런 것도 아닙니다. 그것들은 그 옛날 평범한 가정에서 아무렇게나 쓰려고 만든 물건이고, 그래서 별로 많이 남아 있지 않아 지금 그렇게 귀중한 것입니다. 당시에는 전혀 진귀한 물건이 아니어서 깨지든 망가지든 상관하지 않고 일상적으로 쓰던 물건인데 지금 우리는 그것을 '경이롭다'고 하는 거지요.

그것은 어떻게 만들어졌을까요? 위대한 예술가가 설계하거나 도안을 그렸을까요? 그러니까, 일하지 않을 때는 고급 천으로 몸을 감싸고 지내는, 높은 보수에 고급스러운 음식을 먹고 깔끔한 집에 사는 교양 있는 사람이 그걸 만들었을까요? 절대 아닙니다. 이렇게 경이로운 작품이지만, 모두 흔히 말하는 '평민'들이 일상적인 노동의 과정에서 만든 거죠. 그 작품에 찬사를 보낼 때 우리는 곧 그런 인물에게 찬사를 보내는 셈입니다.

그 노동을 그들이 귀찮고 하기 싫은 일로 여겼을까요? 그렇지 않다는 건 예술가인 여러분들이 잘 알 겁니다. 그럴 리가 없다는 걸요. 확신하건대 그리고 여러분도 반대하지 않겠지만, 그 섬세하고 신비로운 아름다움을 빚어내면서, 사우스켄싱턴에서 그것을 바라보는 우리도 빙그레 미소 짓지 않을 수 없었던 그 기묘한 동물과 꽃을 창조해내면서 즐거워 미소 짓는 일이 많았을 겁니다. 일을 하는 동안 그들은 적어도 불행하지 않았고, 내 생각에 우리와 마찬가지로 거의 매일을, 하루에 많은 시간을 일했음에도 그랬을 것입니다.

우리가 요즘 공들여 연구하는 건축의 보물들, 그것은 어떤 것이고 어떻게 만들어졌을까요? 건축물 중에는 웅장한 대사원도 있고, 왕족과 귀족의 왕궁도 있지만, 그 수가 그렇게 많지는 않아요. 모두 고상하고 경외심을 불러일으키는 건축물이기는 하지만, 평범한 영국의 풍경을 아름답게 꾸미는 작은 회색 성당과 작은 회색 집과는 그 규모 면에서 다를 뿐이죠. 적어도 일부 지역에서는 이런 작은 건축물들 덕택에, 영국 촌락이 로맨스와 아름다움을 사랑하는 사람들이 사색에 잠겨 바라볼 색다른 존재가 되는 겁니다. 이처럼 평민들이 매일 살아가는 집들과, 신을 경배하는 장소인 별로 눈에 띄지도 않는 교회들이 소중한 우리 건축물의 대부분을 이룹니다.

다시, 이것을 설계하고 장식한 사람들은 누구였을까요? 그 목적을 위해 잘 모셔놓은, 평민이 흔하게 겪는 어려움에서 면제된 위대한 예술가였을까요? 전혀 그렇지 않습니다. 때로는 밭 갈이하는 농부의 형제인 수도승이었을 수도 있겠죠. 하지만 그의 다른 형제인 동네 목수나 대장장이, 석공 등 '평민'인 경우가더 많았습니다. 그들의 평범한 매일의 노동에서, 오늘날 많은 성실한 '교양 있는' 건축가들이 경탄하면서 동시에 절망하지 않을 수 없는 작품이 탄생한 것입니다.

그들이 그 일을 지독히 싫어했을까요? 그럴 리가 없습니다. 여러분도 대부분 본 적이 있겠지만 나는 저 외딴 촌락에서 그런 사람들이 일하는 것을 본 적이 있습니다. 이제는 거의 찾는 사람도 없고, 그 마을 사람들도 평소에 집에서 5마일 이상 벗어나는 적이 없는 그런 마을 말입니다.

그런 곳에서 무척이나 섬세하고 창의적이며 공들여 만든, 그래서 그 방면으로는 더 바랄 나위가 없는 그런 작품을 보았어요. 누가 뭐라고 반박하든 나는 이렇게 당당히 주장할 수 있습니다. 인간의 독창성으로 그런 작품을 만들어내려면 그것을 구상하는 머리와 직접 주조하는 손과 더불어 세 번째 요소인 즐거움이 없이는 불가능하다고 말입니다.

그런 작품이 드문 것도 아니지요. 동네 촌부의 의자나 농부의 아내가 쓰는 나무 궤짝도 영국 중세의 대단한 플랜태저넷 가(家)나 프랑스 발루아 가의 왕좌 못지않게 아름답게 장식되었거든요.

그러니까 당시에는 삶을 살 만한 것으로 만들어주는 요소가 꽤 있었던 것입니다. 역사책을 읽다 보면 정말 그런가 싶지만, 사실 매일매일이 그렇게 살육과 소란으로만 점철되어 있던 것은 아니거든요. 그보다는 매일 모루 위에서 망치가 쟁그랑거리고 떡갈나무 받침대 위에서 끌이 움직였죠. 거기서 늘 아름다움과 창의성이 태어났고, 그와 함께 행복도 태어났습니다.

즐거운 노동, 곧 자연이 준 가장 친절한 선물

이제 마지막으로 할 말은 사실 이 강연에서 여러분에게 전하고 싶었던 가장 중요한 이야기입니다. 그러니 이에 대해 진지하게 생각해주셨으면 합니다. 내가 하는 말이 아니라 지금 세상에서 부글부글 끓어오르는, 언젠가 중요한 존재로 자라날 하나의 사상에 대해서 말입니다.

내가 진정한 예술로 이해하는 것은 인간이 노동하며 느끼는 즐거움의 표현입니다. 그 즐거움을 표현하지 않고는 노동하며 행복을 느낄 수 없습니다. 남다른 재능을 가진 어떤 일을 하고 있을 때라면 특히 더 그렇죠. 자연이 준 가장 친절한 선물이 바로 이것입니다. 왜냐하면 인간은, 아니 모든 만물은 노동하며 살아야 하니까요. 이러한 생각이 무척이나 자연스러운 우리로서는 비단 사냥하는 개나, 달리는 말이나, 하늘을 나는 새만 즐거운 것이 아니라, 지상의 모든 요소가 자신에게 주어진 일을 하며 기쁨을 느낀다고 상상합니다. 그래서 시인이 봄이면 미소 짓는 초록 들판과 활활 타오르는 모닥불의 희열과 파도의 그침 없는 웃음소리에 대해 노래했던 거지요.

최근에 들어서기 전까지 인간은 이러한 보편적인 선물을 거부하지 않았고, 너무 마음이 복잡하거나 심한 병에 걸렸거나 고난에 시달리는 경우가 아니라면 늘 자신의 일을 적어도 행복한 일로 만들 수 있도록 애썼습니다. 즐거운가 하면 고통스럽고, 쉬는 중에도 피로할 때가 너무 잦아 이런 감정에는 기대기가 쉽지 않지요. 하지만 늘 함께해야 할 것, 즉 자신의 일에 행복이 함께한다면 무슨 문제가 있겠습니까?

그런데 지금까지 엄청난 성취를 이뤄온 인류가 이러한 이득, 인류에게 처음부터 존재했던 가장 자연스러운 이 이득을 포기하고 마는 건가요? 정말이지 이미 한참 멀리 와버렸다는 느낌이지만, 이런 식으로 더 계속된다면 우리는 너무나 기괴한 안개등에 홀려 길을 잘못 들었다고밖에 할 수 없습니다. 혹은 온갖 악을 없애기 위해 너무 죽어라 싸우는 바람에 가장 커다란 악을 망각했다고 할까요. 가장 커다란 악이 아닐 수 없지요. 즐거움을 바라는 타고난 정당한 욕망을 충족하지 못하는, 스스로 멸시하는 그런 일을 하며 살아야 한다면 인생 대부분을 자존감 없이 불행하게 보낼 수밖에 없으니까요. 이것이 무슨 의미인지, 종국에는 거기서 어떤 파멸이 초래될지 제발 생각해주기 바랍니다.

모두가 행복하게 일할 수 있고 행복하지 않은 노동의 양을 되도록 최소화하는 것이 오늘날 문명세계의 최우선적인 의무입니다. 이 사실을 여러분에게 설득할 수 있다면, 아니 여기 참석자 가운데 두세 명이라도 그렇게 믿게 된다면 오늘의 강연은 성공적이라 하겠습니다.

예술이 결핍된 현재의 노동이 행복할 수 있다는 그런 잘못된 생각 뒤에 숨어서, 여러분에게 찾아들 우려를 회피하지는 마세요. 대부분에게 그건 사실이 아니니까요. 그런 노동이 만들어 내는 이른바 예술에는 기쁨이 존재하지 않는다는 사실을 여러분이 이해하도록 충분히 설명하려면 시간이 많이 들겠지요.

이것이 얼마나 불행한 일인지 나타내는 표시 중에서 여러분이 분명 단박에 이해할 수 있을 것이 하나 있습니다. 아주 통탄할 일로, 정말이지 여기 서서 그 이야기를 하려니 말도 못하게 수치스러워요. 하지만 우리가 병들었다는 사실을 인정하지 않는다면 어떻게 병을 고치겠습니까?

그 불운한 표시는 바로 문명세계에서 수행되는 일이 대부분 부정직한 일이라는 것입니다. 물론 이 문명에도 제대로 잘 만들어지는 물건이 있다는 건 인정해요. 의식적이든 무의식적이든 현재의 불건강한 상태에 필요하다고 알고 있는 그런 것들 말이죠. 간단히 말해서 이것들은 주로 사고파는 일—상업이라는 잘못된 이름으로 불리는—을 경쟁적으로 수행하기 위해 필요한 기계, 그리고 생명을 난폭하게 파괴하기 위한 기계, 곧 이 같은 두 종류의 전쟁을 위한 재료입니다.

이 두 종류의 전쟁 중에서 두 번째 것, 생명을 파괴하는 전쟁이 말할 나위 없이 더 나쁘죠. 그 자체로 나쁘다기보다는 아마 그에 대해 세상 사람들이 양심의 가책을 느끼기 시작했기 때문일 겁니다. 하지만 다른 한편으로 위엄 있는 일상생활, 상호신뢰와 관용과 상호부조의 삶—생각 있는 사람에게는 오직 이것만이 진정한 삶인데—을 꾸려가는 면에서 문명세계는 상황을 악화시켰고, 이는 갈수록 더해갑니다.

비천한 노동, 어떻게 없앨 수 있을까

이런 내 말이 틀린 걸까요. 여러분도 알다시피 사실 나는 지금 널리 퍼진 생각, 아니 널리 논의되고 있는 생각을 전하는 것뿐입니다. 이미 널리 퍼져 다들 잘 알긴 하겠지만 그와 관련해 하나의 예를 들어보겠습니다. 요즘 기차역 가판대에서 파는 아주 기발한 그림책이 있죠.『영국 노동자, 그 존재를 믿지 않는 사람이 씀』이라는 책으로, 그 제목과 내용에 몹시 화가 나면서도 또한 수치스러웠어요. 부당한 사실도 많고 불가피하게 과장되고 괴상한 방식으로 쓰이긴 했지만 적잖은 진실을 담고 있기 때문이죠.

정말 애석한 이야기이지만 요즘 정원사나 목수, 석공, 대장장이, 염색공이나 직조공, 이런 부류의 일꾼을 불러 엔간한 일을 시켰을 때 그들이 그 일을 제대로 해냈다면 드물게 운이 좋은 경우인 게 사실입니다. 확실한 자기 책임을 회피하고 다른 사람들의 권한을 무시하는 일이 어디에서나 늘상 벌어지기 때문이지요. 그러나 어째서 '영국 노동자'가 그 비난 전부를, 아니 상당 부분을 뒤집어써야 하는지 모르겠습니다. 노동인구 전체가 희망도 즐거움도 찾아볼 수 없는 일에 내몰린 상황에서 그 일을 하고 싶지 않은 게 인지상정이지요. 어쨌든 그런 형편에서는 늘 그렇게 회피해왔으니까요.

다른 한편 아무리 지겹고 가망이 없는 일이라도 확실히 해내는 올곧은 사람들도 분명 있습니다. 세상의 소금 같은 사람들이지요. 그런데 이런 이들을 원한에 찬 영웅주의로 몰아넣고, 나머지 대부분은 자신의 의무를 등한시하게 만들거나 종종 자신도 제대로 의식하지 못하는 자기경멸과 자기비하의 구렁텅이로 떨어뜨리는 사회라면 그 자체가 뭔가 잘못된 것 아닙니까? 분명 잘못된 게 맞습니다. 이와 더불어 엄청난 규모의 지겨운 일에 대해서는 지금 문명의 맹목성과 조급증이 가장 큰 책임을 져야 합니다. 온몸의 근육과 모든 뇌세포를 다 동원해야 하는 일인데 목표도 없고 즐거움도 없이 이뤄지는 일, 다들 어쩔 수 없이 하면서도 굶주림과 인생의 파멸에 대한 두려움에서 벗어날 수만 있다면 당장이라도 그만두려고 하는 그런 일 말입니다.

내가 숨 쉬며 살아 있다는 사실만큼이나 확신하는 한 가지가 있다면 이것입니다. 다들 입을 모아 성토하듯 일상생활 어디에나 부정직함이 존재하죠. 장담컨대 현실에 분명히 존재하는 그런 부정직함은, 어찌 보면 당연히 생겨나는 불가피한 결과입니다. 자연이 그 마땅한 자격을 역설하는 일상적 노동의 즐거움을 망각한 채, 세상 사람들이 너나 할 것 없이 닥치는 대로 돈 세는 전쟁과 전장에서의 전쟁을 벌이고 있기 때문입니다. 따라서 다시 한번 말하지만 앞으로 문명이 지속적으로 발전하기 위해서라도 인류는 비천한 노동을 점점 줄이고 종국에는 그것을 완전히 없애는 일에 힘과 생각을 모아야 할 것입니다.

지금까지 한 이야기에서 내가 말한 노동이 오로지 거칠고 힘든 노동이라고 생각하지 않기를 바랍니다. 나는 육체적으로 힘든 일을 하는 사람을 딱히 불쌍히 여기지 않아요. 그 일이 특정한 하나의 계급 혹은 하나의 조건에 필연적으로 수반되는 게 아닐 때는 특히 그렇지요. 그런 힘든 일 없이 세상만사가 이뤄질 수 있다고 생각하지도 않고요. (그렇다면 내가 정신이 나갔거나 꿈속에서 사는 거겠지요.)

그런 일을 많이 봐온 나로서는 그런 노동이 꼭 비천한 것만은 아니라는 사실을 잘 압니다. 땅을 갈고, 어망을 던지고, 양떼를 우리에 넣는 일들은 상당히 힘들고 많은 어려움이 따르는 직업입니다. 하지만 어느 정도의 여가와 자유와 적절한 임금이 보장된다면 누구에게든 좋은 직업이라 할 수 있지요.

벽돌공이나 석공 같은 노동자는 예술가일 수 있고, 예술이 원래 마땅히 그래야 할 방식으로 존재하기만 한다면 그들의 일은 실생활에 필요할 뿐 아니라 아름답고 행복한 일입니다. 이런 일들을 없애야 한다는 게 전혀 아닙니다. 누구도 원하지 않는 물건을 수도 없이 만들어내는 노역, 상업이라는 그릇된 이름으로 불리는, 경쟁적으로 사고파는 일의 한갓 재료로 사용되는 노역이 없어져야 한다는 것입니다. 이런 노역을 없애야 한다는 간절한 호소를 그저 머리로만이 아니라 내 가슴으로도 느낄 수 있어요.

한갓 상업전쟁의 재료로 쓰이는 것이 아닌, 실생활에 필요한 좋은 물건을 만드는 노동은 새로이 조정되고 개선될 필요가 있습니다. 그리고 그러한 개선은 예술을 통하지 않고는 이뤄질 수 없지요. 우리는 정신을 제대로 차려야 해요. 그래서 지금은 소수만이 누리고 있지만, 사실 모든 노동이 바랄 만한 일이 되어야 한다는 사실을 모두가 깨달아야 해요. 불만과 절망, 사회적 불안이 마침내 사회를 완전히 집어삼키지 않도록 하려면 예술의 필요성을 깨달아야 합니다. 이처럼 시야가 밝아져서, 우리가 부당하고 거북하게 소유하는 것이므로 사실 스스로에게 전혀 득이 되지 않는 것들을 얼마간 희생해야 합니다.

그렇게만 된다면 세상에 지금껏 존재하지 않았던 행복의 씨앗, 틀림없이 우리가 누릴 자격이 있는 휴식과 만족의 씨앗이 뿌려질 수 있다고 믿어 의심치 않습니다. 그리고 그 씨앗과 함께, 노동하면서 누리는 행복의 표현인 진정한 예술의 씨앗도 뿌려질 것입니다. 그야말로 만드는 사람과 사용하는 사람 모두에게 행복을 주는, 민중에 의한, 민중을 위한 예술이지요.

이것이 우리에게 존재하는 단 하나의 진정한 예술입니다. 세계의 진보에 걸림돌이 아니라 도움이 될 유일한 예술이지요. 여러분도 마음속으로는 그렇게 믿고 있겠지요. 어쨌든 여러분 모두 예술을 향한 욕망이 있으니까요. 지금까지 내 이야기에서 동의하지 않는 부분이 있을지라도 이 점은 동의할 거예요. 우리가 여기 이렇게 모인 것도 바로 그러한 예술을 증진하기 위해서고, 이를 위해 필요한 지침을 되도록 널리 퍼뜨리기 위해서라고 확신하니까요.

정직과 소박, 현대에 필요한 두 가지 덕목

지금까지 예술의 미래에 대해 어떤 희망을 가져야 하고 무엇을 걱정해야 할지 이야기했습니다. 내 주장은 인정하지만 거기서 어떤 실제적인 결과가 나오겠느냐고 물을 수도 있을 겁니다. 일단 제가 드릴 수 있는 대답은 우리가 옳다고 보는 생각에 사람들이 다들 동의하더라도 여전히 우리 앞에는 해야 할 일도 많고 장애물도 많다는 것입니다. 여전히 우리에게는 최대한의 신중함과 선견지명, 성실함이 요구될 것입니다. 그렇게 해도 길을 가는 중에 간혹 앞이 보이지 않을 때가 있을 거고요.

물론 이 견해가 옳고 언젠가는 널리 받아들여지리라는 게 내 생각이긴 해요. 하지만 이 생각이 사람들의 주목을 끌려면 앞으로도 많은 공을 들여야 하니, 뚜렷하고 정확하게 그려진 길을 선보이기에는 여전히 시기상조입니다.

보통교육을 통해 대중이 스스로 생각할 수 있게 되면 언젠가는 예술에 대해서도 올바르게 생각할 수 있을 겁니다. 이렇게 말한다면 아마 여러분에게는 너무 진부하게 들리겠지요. 진부할 수 있습니다. 하지만 구시대에서 새로운 시대로 넘어가는 이행기임이 분명한 우리 시대에 무지나 반(半)무지 때문에 쓸모가 다한 구시대의 잡동사니와 새로운 시대의 조야한 잡동사니의 너무나 이상한 뒤범벅—언젠가는 거기서도 벗어나게 되겠지만—이 언제나 주변에서 넘쳐나잖아요. 이를 떠올리면 진심으로, 언젠가 사람들이 예술을 올바르게 볼 것이라는 말을 믿게 되고 정말이지 힘을 얻기도 합니다.

이것 말고도 실질적으로 필요한 조언을 해보라 한다면, 나로서는 너무 어려운 일입니다. 어떤 말을 하건 누군가는 그 때문에 기분이 상하지 않을까 싶어서인데요. 이건 사람들이 흔히 생각하는 예술의 문제라기보다는 도덕성의 문제이기 때문입니다.

하지만 예술이 도덕이나 정치, 종교와 분리될 수 없다는 건 분명하죠. 공식적인 논문에서야 각 분야에서 서로 다른 방식으로 접근하겠지만, 이 중대한 삶의 원칙들에는 단 하나의 진실이 있을 뿐이니까요. 강연 첫머리에서 말했다시피 지금까지 한 말은, 모두 내 입에서 나오긴 했지만 앞선 훌륭한 사람들의 생각을 산만하고 미약하게나마 전하려 했을 뿐이라는 점을 기억해 주기 바랍니다. 상황이 나을 때라도 바른 길로 인도하는 선각자를 따를 필요가 있지 않습니까. 그렇다면 전혀 그렇지 않은 상황인 지금은 더욱이 우리가 대의를 위해 크게 공헌해야겠지요. 그래야 우리가 명예롭게 살고 죽을 수 있으리라 봅니다.

현대의 삶이 살 만한 것이 되려면 두 가지 미덕이 꼭 필요합니다. 만드는 사람과 사용하는 사람 모두에게 행복이 되는, 민중에 의해 민중을 위해 만들어지는 예술의 씨앗을 뿌리기 위해 꼭 필요한 것은 정직함과 소박한 삶입니다. 소박한 삶에 반대되는 악덕이 뭔지 이야기하면 그 의미가 분명해질 텐데, 그건 호사스러움입니다. 내가 말하는 정직함이란 다른 사람의 손해로 내가 이득을 보지 않겠다는 결심, 모든 인간이 각자 마땅한 몫을 누리도록 하자는 마음가짐입니다. 이건 내 경험상 흔하게 볼 수 없는 미덕이지요.

그런데 이 미덕 중 하나를 행한다면 다른 하나는 정말 수월해진답니다. 원하는 것이 많지 않으면 그 때문에 불공정한 행위를 저지르게 될 가능성도 크지 않을 테니까요. 그리고 모두가 마땅한 몫을 가져야 한다는 생각이 확고하면 나 혼자 지나치게 많이 차지하는 일을 나의 자존감이 어떻게 허락하겠습니까?

예술작업에서, 그리고 예술을 위한 준비—안정되고 바람직한 예술이 존재하려면 꼭 필요한 준비, 즉 지금까지 비천한 삶을 강요당한 계급의 지위 상승—에서 이 두 미덕을 실천하면 새로운 세상을 만들어낼 수 있습니다. 지금 여러분이 부유하더라도 소박하게 산다면 한편으로 현대문명의 참상인 낭비와 결핍의 끔찍한 격차를 완화할 수 있고, 동시에 우리가 그 지위를 높이고자 하는 계급에게 위엄 있는 삶의 모범을 제시할 수 있습니다. 그 하층계급은 사실 너무나 부유층과 닮아서, 돈으로 누릴 수 있는 빈둥거리며 낭비하는 삶을 부러워하고 모방하려는 경우가 많기 때문이지요.

여기서 거론하지 않을 수 없었던 이 도덕성과 별개로, 예술의 경우 소박함이란 돈이 별로 안 들 수 있고 많이 들 수도 있지만 적어도 낭비하는 일과는 거리가 먼 것입니다. 나는 이 소박함의 결핍이야말로 예술에 가장 파괴적이라고 주장하고 싶어요. 어느 부잣집에 가봐도 그 안에 있는 물건의 90퍼센트를 다 꺼내서 태워버리면 훨씬 나아보일 거라는 생각이 든단 말이죠.

정말이지 호사스러움의 측면에서는 우리가 희생해야 할 것이 거의 없거나 전혀 없습니다. 내가 이해하는 한에서 보통 호사스러움이라고 불리는 것은 소유주에게 순전히 성가신 존재밖에 되지 않는 것들을 잔뜩 모아들이는 일이거나 사사건건 부자들을 방해하고 번거롭게 하는 일련의 거창한 의식일 뿐이거든요. 호사스러움은 어떤 식으로든 노예 같은 계층이 있어야 존재할 수 있으므로, 그것을 없애는 일은 여타 노예제의 경우와 마찬가지로 노예와 주인 모두가 반겨야 할 일입니다.

또 하나의 미덕, 정의로움

마지막으로, 소박한 삶을 사는 일과 더불어 우리가 정의로움을 사랑한다면 예술에 새로이 봄이 찾아올 만반의 준비가 되었다고 말할 수 있습니다. 여기 참석자 중 고용주가 있다면, 자신을 위해 일하는 사람에게 사람답게 살 수 있을 만큼의 임금과 그들의 교육과 자존감에 합당한 여가를 보장하지 않는 일을 묵인할 수 있겠습니까? 여기 참석자 중 노동자가 있다면, 자신이 체결한 계약을 제대로 실행하지 못한다든지, 십장이 뻔질나게 오가며 일을 제대로 하는 건지 꾀를 부리는 건 아닌지 감시하는 상황을 어떻게 참을 수 있겠습니까?

상점 주인이 있다면 물건 값을 속여 나의 손실을 다른 사람에게 떠넘길 수가 있겠습니까? 대중 전체로 보자면, 한 사람은 고생스럽게 일하게 하고, 또 한 사람은 파멸시키고, 세 번째 사람은 굶어죽게 만드는 그런 물건을 어떻게 돈을 주고 살 수 있겠습니까? 나아가 제품을 만드는 사람에게 고통이자 비탄인 그런 물건을 어떻게 기쁘게 사용할 수 있겠습니까?

자, 이제 오늘 하려 했던 말은 다 했습니다. 전혀 새로운 이야기는 아니지만 기회가 날 때마다 반복하고 있어요. 그래야 결국 많은 사람들이 귀를 기울이게 되는 게 세상사니까요. 그러니까 오늘의 강연도 그 생각을 공개적으로 알려야 했던 그런 기회로 보아주십시오.

나의 주장에 진지하게 반론을 제기할 분도 계시겠지만, 책임감과 진정한 선의에서 나온 주장이라면, 내 말이 그랬길 바라지만, 여러분은 거기서 사고가 촉발되고 좋은 씨가 뿌려지는 그런 청중이라고 믿습니다. 어쨌든 진지하게 사고하는 사람에게 함께할 동료가 있어 무엇이든 마음속에서 진정으로 활활 타오르는 생각을 털어놓을 수 있다는 건 좋은 일입니다. 그래야 서로 소원해지지 않고, 방향성도 없는 갈등을 수없이 초래하는 오해를 피할 수 있으니까요.

만약 내 주장이 가망 없이 느껴졌다면 그건 내가 말재주가 부족해서 그런 겁니다. 가망 없다고 본다면 내가 그냥 입을 닫고 있지 구태여 이렇게 주장하지 않았을 것이라는 사실을 기억해주세요. 정말이지 난 희망이 있다고 보거든요. 그 희망이 언제 이뤄질지 정확한 날짜를 대거나 우리 살아생전에 이뤄질 수 있다고 이야기할 순 없겠지만요.

적어도 용기를 내라고 말하고 싶습니다. 내가 살아온 이 짧은 시간에도 정말로 놀랍고, 생각지도 못하게 장엄한 일이 벌어졌으니까요. 그래요, 분명 지금은 놀라운 생산적 변화의 시기고, 그 변화가 쇠하고 그러는 중에 새로운 삶을 모아들이면 언젠가 노동하는 삶에 더 나은 상황이 도래할 것입니다. 그때가 되면 사람들은 자유로운 마음과 명료한 시야로 다시 한번 외적인 아름다움에 대한 안목을 찾아 기쁨 넘치는 삶을 살 수 있을 것입니다.

지금 여러 면에서 상황은 암울하지만, 적어도 바보나 잘난 신사가 하듯이 천한 일은 우리가 할 일이 아니라며 팔짱 끼고 혼돈에 압도당한 채 주저앉아 있지는 맙시다. 태양이 떠오를 내일을 위해 흐릿하나마 촛불을 켜고 자신의 작업장을 준비하려 애쓰는 성실한 사람처럼 일합시다. 탐욕스럽거나 끝없이 다투거나 파괴적이지 않은 문명세계에, 만드는 사람에게나 쓰는 사람에게나 행복을 주는, 민중에 의한 민중을 위한 장엄한 예술이 생겨날 내일을 위해서 말입니다.

Blackthorn pattern (1892)

Original from Metropolitan Museum of Art

Jasmine (1872)

Pink and Rose (1890)

어느 마을이든 화가와 조각가가 있었고, 배우도 있었습니다. 공예품을 만드는 사람들은 모두 예술가였죠. 다 망가지고 사라져 현존하는 건 얼마 안 되지만 당시 가구는 놀랄 만큼 아름다워요. 그때 짠 옷감과 자수는 아름다운 건물에 두루 어울리고 그림과 아름다운 책표지는 위대한 예술의 시대를 이룰 수 있을 만큼 훌륭하죠.

2

필요에서 아름다움이 나온다

고딕 건축

아마 건축이라고 하면 여러분은 주로 건물 장식의 예술을 떠올리겠죠. 이 강연에서 저도 건축을 대개 이런 의미로 쓰기는 할 겁니다. 하지만 그 생산물을 그저 제대로 균형 잡히고 잘 지은 건물이라고만 생각하지 말아주세요. 다시 말해, 건축가의 도안을 받아 예술가가 아닌 수많은 설비기술자들이 시행한(우리식 표현이죠) 후에 건축가들이 다른 예술가에게 넘겨서 만드는 그런 건물로 이해하지 않았으면 합니다.

진정한 건축 작품이란 그보다는 필요한 가구가 다 알맞게 갖춰지고, 간단한 몰딩이나 추상적 선에서부터 위대하고 장엄한 조각과 회화 작품—아주 고상한 건물의 장식을 위해서가 아니라면 전혀 제작될 필요가 없는—에 이르기까지 각 건물의 쓰임새와 특질과 품격에 따라 적절하게 장식된 건물입니다 그렇게 보면 건축 작품은, 한갓 장난감이나 잠깐 쓰고 버리는 예쁜 물건의 제작과는 관련이 없는 모든 진지한 예술을 포괄하는 조화롭고 협동적인 예술작품이라 하겠습니다.

이 예술작품은 인간 삶의 가치를 표현하고, 그 작품의 생산은 다시 그 삶을 값진 것으로 만듭니다. 또한 이런 작품은 보편적인 선의와 대중의 도움이 있어야만 만들어질 수 있습니다. 그러므로 진정한 건축예술이 존재하고 꾸준히 선보여지는 사회는 설사 그 내부에 어떤 또 다른 변화의 요소를 담고 있을지라도, 가장 유용한 사회구성원들이 행복하게 발휘하는 에너지에 기초한 안정적인 사회라 할 수 있습니다.

이러한 건축예술의 부재라는 현상이 장기적으로 무엇의 전조가 될지 가늠하기는 쉽지 않습니다. 그러한 사태가 역사상 최근에야 벌어진 일이라, 우리와는 너무 가까워 제대로 보이지 않기 때문이지요. 하지만 현재 문명사회의 관심이 인류의 인간적이고 지적인 에너지의 개발에서 기계적 에너지의 개발로 바뀌고 있는 것은 분명합니다. 이러한 경향이 지속되면 그 논리적 결론은 디자인 예술, 그리고 문학에서 그에 해당하는 모든 예술의 파괴일 것입니다.

하지만 이 명백한 경향의 논리적 결론은 역사적 과정에 의해, 곧 인류 공동의 의지라고밖에 달리 부를 수 없는 것을 통해 바뀔 때가 많습니다. 내가 헛된 희망에 눈이 멀었다면 모를까, 이러한 과정은 이미 시작되어 예술을 파괴하는 공리주의에 맞서는 저항이 진행되고 있지요. 게다가 이 저항은 그저 지나가는 유행 정도가 아니라 깊게 뿌리를 내리고 있습니다. 현 사회체제가 지속되는 한 이러한 저항이 큰 효과를 볼 순 없을 겁니다. 하지만 새로운 사회체제를 가져올 거대한 변화가 진정 빠르게 진행되고 있기 때문에 예술 차원과 사회 차원의 이 같은 두 종류의 저항이 힘을 합치든지, 적어도 서로를 파악해야 합니다.

수많은 시대를 거치며 끊임없이 전통이 진화한 결과 새로운 사회가 도래했다고 가정해봅시다. 그때 우리가 인간이 확실히 창조할 수 있는 아름다움에 대한 염원 즉 과거의 예술전통과 단절되어 있다면 새로운 계통의 예술을 얻기 위해 이리저리 헤매느라 많은 시간을 허비하게 되겠지요. 그사이 많은 사람은 세상에 잠깐이라도 없어서는 안 될 인간다운 즐거움이 없는 척박한 삶을 살 겁니다. 따라서 내가 지금부터 하는 이야기를 공리주의에 대한 저항, 그리고 가늘어진 전통의 끈을 너무 늦기 전에 다시 이어보려는 시도에 조금이라도 기여하려는 노력으로 받아들여주기 바랍니다.

예술을 두루 포괄하는 조화로운 건축이란 한갓 꿈이 아닙니다. 그것이 사멸에 이른 것은 최근에야 벌어진 일입니다. 현대사회가 발흥하기 전까지는 문명사회에서나 야만사회에서나 어떤 식으로든 그러한 건축이 없었던 적이 없고 중세시대에 최고로 발전했어요. 우리가 같은 민족으로 같은 땅에서 당시 삶의 어느 중요한 부분을 여전히 이어가고 있긴 하죠. 하지만 정말이지 중세시대는 생활방식이나 사고방식 면에서 그 이전 시대보다 더 우리 시대와 동떨어져 있어요. 그렇더라도 우리가 건축을 다시 찾으려 한다면 전통의 끈은 다른 곳이 아닌 중세시대에서 찾아야 합니다. 고딕 건축이 지금껏 세계에 존재했던 가장 완벽한 유기적 예술형식이기 때문이지요. 전통의 끈은 바로 그 지점에서 끊어졌어요. 그때까지의 발전이 모두 그 지점으로 수렴되었는데, 이 사실을 무시한 채 그보다 앞선 곳에서 끈을 이으려는 시도는 그저 작위적인 시도일 뿐입니다. 새로운 탄생이 아니라 변덕스러운 고대전통으로의 타락인 것이죠.

이런 내 입장을 뒷받침하기 위해 고딕 건축과 그 몰락에 이르는 일련의 역사적 사건을 아주 짧게나마 설명하겠습니다. 다 아는 기초적인 내용이겠지만 강연의 목적상 필요해서 그러는 것이니 양해해주길 바라고요. 또한 앞으로 예로 들게 될 건축물이 대부분 앞서 언급한 방식의 완전하고 포괄적인 작품이 아니라, 겉으로 보면 장식적 건물의 범주에 드는 것이라는 점도 먼저 말씀드리겠습니다. 하지만 이는 겉으로 보기에만 불완전한 것이지 건축을 연구하는 사람에게는 완전한 건축 작품의 범주에 든다고 할 수 있습니다.

장식적 건물들이 불완전해 보이는 이유는 단지 시간이 경과했기 때문일 수도 있겠고 사람들의 어리석음 때문일 수도 있습니다. 진정한 의미를 제대로 이해하지도 못한 채 그것을 사용한답시고 예술작품으로서의 진정한 용도를 망가뜨리기도 했고 또한 결국 마찬가지지만 일시적인 격정이나 순간의 앙심을 표현하기 위한 수단으로 이를 이용할 속셈으로 마구 대하기도 했으니까요.

건축예술의 역사는 크게 고대와 중세로 나눌 수 있습니다. 고대는 다시 미개(그리스 시각에서 보았을 때)와 고전기의 두 양식으로 나뉘지요. 그러면 미개와 고전과 중세라는 세 가지 주요 양식이 있는 셈입니다. 앞서 있는 두 양식은 한때는 동시에 존재했고, 적어도 어느 정도 서로 겹치고요.

처음으로 뚜렷한 역사의 무대가 막을 올렸을 때, 거기에는 헬레니즘 사고와 과학을 두드러진 특징으로 하고 아주 독특하면서도 정돈된 건축적 양식을 갖춘, 고도로 발달된 문명의 독점적인 소규모 집단이 있었습니다. 우리 눈에 그 양식은 제한적이기는 하지만 그 나름대로 극히 정교한 것으로 보이는데, 아마 애초에 그것을 만든 사람들에게도 그렇게 보였을 겁니다. 게다가 거기 장식된 인물조각상은 인류 역사의 가장 초기 단계에서도 거의 완벽에 가까울 뿐 아니라 기술적 우수함에서도 괄목할 만한 성장을 보였지요.

하지만 그 모든 것을 감안해도 그것은 결국 미개시대 건축의 일반적 양식에 속하는 것입니다. 인물 조각상과 그 정교함에서만 뛰어난 것이었지요. 그 뼈대인 건축적 측면만 놓고 보자면 미개시대의 원초적 건물에서 크게 나아가지 않았어요. 그러다 보니 건물 자체가 성장한다는 느낌이 없고 양식상으로도 더 성장할 가능성이 보이지 않는, 그저 건축자재를 쌓아 올리거나 연결해 붙이는 식이었습니다.

아주 잘 알려진 그리스식 건물의 하나인 원주를 세운 신전은 항상 돌로 만들었죠. 하지만 그 양식은 그리 멀지 않은 조상인 페리클레스 시대의 필수적 시설인 목조 사원에서 나온 것이 분명합니다. 뒤이어 부족 거주지가 도시가 되고 부족의 조상에 대한 숭배가 도시적 숭배(그리스의 진정한 종교)로 바뀌는 중에도 이 사원은 크게 바뀌지 않았죠.

사실 우리도 알다시피 형식의 엄격한 보존이 그리스 건축의 본질입니다. 이러한 형식의 보존 탓에 건물과 거기에 딸린 고도로 정교한 장식이 서로 투덕거리는 일이 벌어진 거지요. 조각에도 여전히 얼마간의 건강한 야만주의가 적용되던 초기에는 그 불화가 별로 느껴지지 않았어요. 하지만 문명이 발달하고 거리낌 없이 자연주의를 추구하라는, 건축가를 향한 요구가 갈수록 강해지면서 그 불화는 점점 뚜렷해지고 고통스러워지죠.

그러다 마침내 조각이 아예 건축에서 떨어져 나와 관습적으로 혹은 미신적으로 건축에 갖다 붙이는 외적인 예술이 되었습니다. 그리하여 그리스 장식적 건물의 형식은 내적으로 더 발달할 수 있는 여지가 없이 무척 제한을 받으면서, 위대한 고급 장식과 결별하게 되었던 겁니다.

그 형식을 지배한 정신에 대해서는 뭐라고 말할 수 있을까요? 제 생각에 그리스 신전 형식의 협소한 미신은 우연히 생겨난 것이 아니라 고대 그리스 정신의 귀족적 오만함과 배타성에 딱 어울리는 표현입니다. 건물의 각 부분마다 별의별 세세한 면까지 현학적으로 완벽을 추구한 것이 거기서 나온 자연스러운 결과이지요. 그래서 중요성이 떨어지는 장식은 더 중요한 장식에 비굴하게 종속되어 창의성이나 개성을 찾아볼 수 없게 되었고 그래서 왠지 헐벗고 텅 비었다는 느낌, 곧 낭만성의 부정이 생겨났습니다.

물론 그렇다고 역사적 유물로서의 흥미가 사라지는 것은 아닙니다. 하지만 거기에서 미래의 건축적 양식을 위한 토대의 가능성을 찾기는 힘든 거지요. 왜냐하면 그런 양식은 오래 지속될 수가 없기 때문이에요. 프렛(卍자와 유사한 무늬를 연속적으로 사용하는 건물장식─옮긴이)이나 덴틸(치아 모양의 건물장식─옮긴이)을 완벽하게 만들어내는 일이야 쉽지만, 그보다 더 고급스러운 장식을 완벽하게 해내는 일은 쉽지 않으니까요. 그래서 그리스 문명이 정점을 찍은 후 점차 쇠퇴하면서 절대적 완벽함에 대한 요구는 절대적 그럴듯함에 대한 요구로 바뀌고, 그로 인해 건축예술은 빠르게 형식주의(academicism)로 떨어지게 됩니다.

고전 예술이 그렇게 바닥까지 떨어지기에 앞서 로마 양식이라는 새로운 건축양식이 탄생하죠. 그것은 우선 아치형 구조물의 관용적 사용을 강제했다는 점에서 그리스 양식과 구별됩니다. 나는 유기적 건축, 즉 필연적으로 자연스럽게 성장하는 건축은 아치 구조물의 관용적 사용에서 시작되었다고 보는데요. 왜냐면 실용성과 아름다움을 함께 고려하는 아치 구조물이야말로 인류의 가장 위대한 발명임이 분명하니까요.

인간이 아치 구조물을 발명하고 또한 대담하게도 그것을 관용적으로 사용하기로 마음먹기 전까지 건축은 불가피하게 제한적이어서 힘차게 자라날 수 없었어요. 처음 건물을 짓기 시작할 때는 우연히 발견한 편리한 형식을 구체화하거나, 그리스처럼 더 복잡하거나 흥미로운 형식을 찾으려고 욕심 부리지 않고 그저 전통적 형식을 받아들이는 일이 아주 자연스러웠습니다. 아치 구조물이 사용되기 전에는 집을 지을 때 기후와 자재와 동원 가능한 노동력 등의 조건에 매일 수밖에 없었지요.

하지만 아치 구조물이 발명되자 건축에서도 자연의 정복이 가능해졌어요. 아무리 엄혹한 기후라도 꽤 편안한 주거환경을 조성할 수 있게 된 거지요. 딱히 질 좋은 자재도 필요하지 않아서 볼품없고 허접스러운 자재로도 그럴듯한 결과를 얻어낼 수 있게 됐고요. 넓고 큰 공간을 지을 때에도 전쟁포로를 무더기로 동원해 일을 시킬 필요도 없었습니다. 자유로운 시민(그런 사람들이 있다면)만으로도 충분했고, 그들이 뼈 빠지게 일하지 않더라도 해야 할 일을 다 해낼 수 있었으니까요.

그리스와 로마, 형식주의 시대의 굴레

아치 구조물이 건축에 필요한 일은 다 했으므로, 그것을 관용적으로 쓰게 된 이후 건축의 주된 예술적 업무는 아치를 장식하는 것이 되었습니다. 아치 구조물의 존재를 위장하지 않고 거기에 장식을 덧붙여 더 훌륭하게 만드는 방법이, 만족스러운 단하나의 양식이 된 것이지요.

아치를 처음 사용한 로마에서는 이렇게 하지 않았어요. 그냥 부분적으로 단순하고 아무 꾸밈없이 사용했을 뿐 장식은 하지 않은 거지요. 따라서 로마 건물의 이 측면은 건축이라기보다는 토목기술이라고 불러야 합니다. 그 거대하고 단순한 위엄이 끔찍하고 불안한 악몽 같은 현대 토목기술과는 엄청나게 대비되긴 하지만 말이지요.

다른 측면인 장식적 측면에서 로마 건물은 아치를 사용하고 장식도 했지만, 로마인들은 그것을 위장하여 그 구조물이 여전히 상인방(문이나 창의 상부를 가로지르는 가로대—옮긴이)처럼 보이게 했습니다. 아치는 거론할 가치도 없다는 투였죠. 로마는 자신만의 장식적 건물이 없었고(자신만의 예술 자체가 없었다고 해야할지도 모르겠네요) 조각-건축과 관련한 그리스식 사고를 제 나

71

름대로 해석하여 거대한 건물에 끼워 넣었을 뿐이니까요. 그리스는 또, 조상의 사원을 확장한 형태에 자신만의 유능하고 활력 있고 세련된 조각을 갖다 붙였잖아요. 이와 마찬가지로 로마는 자신의 장엄한 토목공학 작품에 조각과 사원과 별의별 것을 갖다 붙였습니다.

사실 이런 종류의 건물 전면 장식이나 덧붙임 장식이 로마 장식의 주요 재원이었어요. 그래서 구조물과 장식이 서로 섞여 들지 않았던 거지요. 지금 우리가 봐도 벽돌이나 콘크리트로 지은 견고하고 아름다운 그 벽을 대리석 덧장식으로 가리는 게 과연 좋은 일이었을까 의구심이 듭니다. 대리석이야 훨씬 더 훌륭하게 사용한 다른 민족이 있었지만, 벽을 세우고 아치 구조물을 만드는 일에서는 그들을 따를 민족이 없었으니까요.

로마 장식으로 말하자면, 그 자체로는 건물을 짓는 중에 희생하고 말고 할 것도 없었습니다. 그리스 장식의 경우에는 지독하게 제한적이고 관습적이었지만 모든 것이 제자리에 맞아 들어가고 각자 마땅한 존재 이유가 있었거든요. 그 이유라는 게 미신에 근거하긴 했지만요. 하지만 로마 장식은 그리스보다 자유로움은 덜한 데다 그리스의 논리마저 잃어버렸어요. 멋지고 다채롭지만, 존재 이유로는 그게 전부였고, 원래의 디자인과 실제 제작이 서로 자연스럽게 이어지지 못했죠.

그리스 장식은 실제 제작과정의 엄밀함과 떼어놓고 생각할 수가 없습니다. 로마 장식도 중요한 작품들에서는 솜씨 있게 제작되기는 했지만, 차라리 덜 솜씨 있게 제작되었다면 나았겠다는 생각이 들기까지 합니다. 그랬다면 그 현란하고 화려한 장식에 어떤 신비로움이 깃들었을 수도 있으니까요. 이는 불가피한 역사적 과정이므로 그것을 현재 작업의 관점에서 비판하는 일은 지질학 연대를 갖고 꼬투리를 잡는 거나 다를 바 없을 겁니다. 게다가 서로 어울리지 않는 수많은 현대식 주택 사이에서, 무질서하고 천박하고 추레한 현대 도시에서, 허물어지고 부서진 채 남아 있는 그 유적을 보며 감동을 받지 않을 사람이 누가 있겠습니까?

그 건축적 의미를 여러분들에게 환기시키고자 했던 것은 이후 시대가 그것을 마구 망가뜨렸고 그런 일은 반(反)건축적인 우리 시대에도 지속되고 있기 때문입니다. 또한 지금 새롭게 탄생할 수 있는 예술의 기초가 될 핵심적인 자질을 고대 그리스 시대의 장식에서는 찾을 수 없다는 점을 지적해야 했기 때문입니다. 고대 그리스 건축이 적절했던 시대에는, 오로지 그 덕택에 고대예술의 형식주의 작품들이 그나마 어느 정도 수준을 유지할 수 있었어요. 변화가 시작되기도 전에 소멸했다고도 할 수 있지만 그렇게 소멸되는 중에도 다가오는 변화의 징조를 보여주었지요. 그 변화는 로마 제국의 멸망만큼이나 더딘 과정이었습니다.

로마 예술에서 처음으로 반란과 변화가 모습을 드러낸 것은, 그러니까 가짜 상인방은 가짜일 뿐이고 그런 것이 없어도 아치 자체는 아무 문제가 없다는 사실을 인정하게 된 것은 어디서 처음 찾아볼 수 있을까요. 그것은 바로 로마 평화기인 세금 징수기의 절정기에 디오클레티아누스(313년 사망)가 황제 역할을 실컷 한 후 노년을 보낼 장소로 지은 스팔라토 궁전을 통해서였습니다.

중세 비잔틴 예술의 탄생

고딕 건축, 곧 유기적 건축이 처음 시작된 것이 바로 이때입니다. 그 이래로 현대 이전까지는 더딜지라도 그침 없이 성장이 지속되었고요. 정말이지 처음엔 아주 더뎠어요. 형식주의 시대가 묶어놓은 굴레에서 유기적 건축이 자유로워지는 데에만 두 세기가 걸렸고, 로마의 평화는 그보다 앞서 흔적도 없이 사라졌지요. 그러나 마침내 전면적인 변화가 찾아와, 논리적으로 원시적 상인방 건축—그리스의 문명적 양식이 그 마지막 발전단계였지요—을 대체해야 마땅한 건축이 탄생했습니다. 이제 건축은 유기적인 것이 되어, 앞으로 형식주의 같은 건 있을 수 없게 되었어요. 완전히 죽지 않는 다음에야 그 무엇도 그것의 성장을 막을 수 없게 된 겁니다.

이 자유로움이 처음으로 표현된 양식을 비잔틴 예술이라고 합니다. 그 명칭에 딱히 이의를 달 이유는 없지요. 수 세기 동안 비잔티움이 그 중심이었고, 그 도시의 첫 번째 위대한 건축물(540년에 유스티니아누스가 지은 아야소피아)은 아직도 그곳의 가장 위대한 건축물이니까요. 정말 멋진 이 건축물에서 이 양식은 단번에 완벽함의 경지에 올랐습니다. 이전의 주요 건축물 중에 지금 남아 있는 것이 거의 없기 때문이기도 하지요.

그 태생을 말하자면, 고전 예술이 시름시름 앓는 중에도 당연히 건축물은 내내 지어졌고 전통적인 형태와 작업방식도 여전히 쓰이고 있었습니다. 그리고 그즈음에는 로마식 건축까지 포괄했던 이 전통을 다시 그리스인이 가져다 쓰게 됩니다. 이 그리스-로마 건축물이 그리스인의 손을 거쳐 여러 전통과 만나게 된 거지요.

수많은 종족과 관습의 경계인 시리아에서 동서양의 만남이 이뤄지고, 그렇게 비잔틴 예술이 탄생합니다. 그 특성은 구조와 전체적인 윤곽의 단순성입니다. 모호함에 대한 타기(唾棄)가 놀랄 만큼 정교한 장식과 결부되어 있지요. 색은 밝고 선명한데, 모호함만큼이나 황량함도 꺼리는 선은 순수하기만 합니다. 차고 넘치는 면이 있지만 현란하지는 않아요. 로마 건축물에서 형태를 많이 따오고 거기에 새로운 활기를 불어넣었는데, 그 정수에 있어서는 로마 건축물의 정반대입니다. 인류 역사상 비잔틴 예술의 최고 작품보다 더 아름다운 작품이 만들어진 적은 없어요. 하지만 그 장중한 멋과 적요함을 지닌 그것이 사실 앞으로 탄생할 대단한 활력의 마중물이었습니다. 초기에 아야소피아가 지어진 이래로 고딕 건축은 천 년을 지속될 것이었으니까요.

고딕 건축은 동서양을 넘나들며 인간이 역사적 건축물을 짓는 곳마다 퍼져나갔습니다. 이는 동양에서는 토착 전통, 특히 페르시아 사산왕조의 전통과 어울려 이스파한에서 그라나다까지 이르는, 아랍 예술로 불리는 예술 전체를 창조했습니다. 사실 아랍에는 따로 예술이라는 게 없었으니까 그 호칭은 상당히 잘못된 거예요. 서양에서는 고딕 건축이 유스티니아누스가 정복했던 이탈리아의 일부 지역, 특히 라벤나에 자리를 잡은 뒤 거기서 베니스로 갔습니다. 그 뒤로는 이탈리아에서, 어쩌면 비잔틴에서 직접, 독일과 노르만 이전의 영국으로 건너갔고, 아일랜드와 스칸디나비아에까지 퍼져나갔지요.

로마가 그것을 취해서 다른 경로로 프랑스 남부로 전파했고, 그곳에서 그 지역 로마 건축의 영향을 받아 빈틈없이 정연하고 논리적인 하위 양식을 만들어냈습니다. 고대 로마가 만약 피정복자 그리스의 영향력에 사로잡히지 않고 저항했다면 만들어냈겠다 싶은 그런 양식이지요. 그다음 가장 건축적이라 할 민족인 프랑스에서 최초의 건축적 발전을 이뤄내며 고딕 건축은 프랑스 전역으로 퍼져나갔지요. 그리고 나서는 북부에서 스칸디나비아와 튜턴족의 영향을 받아 마지막 반원형 아치 고딕 양식(우리가 노르만식이라고 부르는 양식)을 창조했어요.

다시 이를 활동적인 그 전사 무리가 시칠리아로 전했습니다. 그리고 바로 거기서 고딕 양식은 사라센식 비잔틴과 섞여 아름다운 작품을 만들어내게 됩니다. 하지만 그것은 바로 우리 영국에서 아주 잘 알려져 있죠. 윌리엄 공의 정복 때 함께 들어온 수도승들이 어디서나 그 양식을 활용하여, 독일을 통해 비잔틴의 영향을 받았던 영국의 토착 양식을 몰아냈으니까요.

고딕 건축의 정신, 자유로움

이 새로운 변화, 본질적인 건 아니지만 형식상으로 상당히 중요한 변화가 일어나기 직전인 이 시점에서 잠시 하던 이야기를 멈추고 그 본질적 특성을 다시 한번 짚어보겠습니다. 그것은 아치 구조물이 발명된 이후, 더 이상 위장하지 않고 그것에 마땅한 자격을 부여하여 논리적 방식으로 장식했던 첫 번째 양식이었습니다. 이것만 해도 대단하지요. 그러나 그렇게 얻어진 완전한 자유, 정말이지 그 독창성의 근원이라 할 자유로움은 더욱 의미심장합니다.

그리스의 미신과 귀족제도, 그리고 로마의 현학성의 족쇄를 다 벗어던졌거든요. 또한 하나의 양식이 되려면 어쨌든 그 나름의 규칙이 필요했지만 그것을 자유의지로, 그것도 무의식적으로 따를 수 있었습니다. 단순성의 아름다움(즉 헐벗음과 황량함)이라는 상투적 문구의 폐해를 벗어나 자연이 그러하듯 자재를 과다하게 쓰거나 장식을 과도하게 하는 일도 꺼리지 않았습니다. 기분에 따라 호리호리한 우아함도 만들고 건장한 견고함도 만들 수 있었지요. 특정한 종류에 얽매이지 않고 자재를 자유자재로 썼으므로 아름다움을 위해 꼭 대리석을 고집하지 않았어요. 돌이나 벽돌이나 목재로도 할 수 있었던 거지요.

문양을 새기지 않을 거면, 유리나 밝은 색깔의 반짝거리는 재료 아무거나 네모지게 잘라 붙여 내부를 구석구석 화려하게 장식했습니다. 아니면 그냥 석고본이라도 떠서 눈으로 따라가지 못할 정도로 정교한 문양을 넣기도 했지요. 그렇다고 선이 너무 복잡하고 선명해서 눈을 피곤하게 할 정도는 아니었고요. 매끈함을 사랑해서 손으로 할 수 있는 가장 최고의 마무리를 보여주었습니다.

간혹 자재나 기술이 못 미쳐 좀 거친 작품은 또 그 나름대로 창의적인 연상으로 가득하여 보는 사람을 즐겁게 합니다. 고전 시기의 철칙, 위대한 예술가를 제외한 모든 사람이 꼼짝없이 따라야 했던 그 철칙이 이제는 사라져, 자유로움, 그것도 조화로운 자유로움이 그 자리를 대신했기 때문이지요. 따라야 할 것은 있었지만, 세부적 균일함이 아닌 전체적인 효과의 차원이었고,

현학적으로 따른 것이 아니라 진정으로 필요해서 한 일이었습니다.

고딕 양식이 유럽 건축가들의 손에 들어가면서 고딕 건축의 이러한 자유로움이 완전해집니다. 피를 두려워 않는 대단한 용기로 목숨까지 걸어가며 지키려 했을 만큼 자신들의 조합을 소중히 여긴다는 사실을 증명한 자유도시의 길드 장인들 말입니다. 처음부터 그 방향은 조화로운 협동에 순응하는 손과 정신의 자유로움을 향한 것이었어요. 바로 그 협동 덕에 자유로움이 가능했고요. 그것이 바로 고딕 건축의 정신이지요.

여기서 우리의 역사로 넘어가봅시다. 이 시점까지 발전이란 늘 동쪽에서 서쪽으로 움직였어요. 그러니까 동쪽이 서쪽을 끌고 간 거지요. 이제는 서쪽이 나서서 뭔가를 얻으러 동쪽으로 가야 합니다. 중세 초 유럽에 활력을 불러일으킨 요소 중 하나는 종교의 부흥입니다. 숭배 대상의 드러난 표식에 열광했던 이 종교 때문에 사람들은 숭배의 중심이 자리한 동쪽을 찾게 됩니다. 이로부터 오른뺨을 때린 사람에게 왼뺨을 내밀 준비가 전혀 안 된 민족들 사이에서 십자군의 전투적 순례가 일어난 거지요.

서쪽 끝 나라들이 동쪽을 찾는 경향이 십자군 직전에 처음 시작된 게 아닌 건 사실입니다. 그보다 한참 전부터 동쪽으로 향하는 순례자들의 흐름이 미약하나마 계속 이어져왔고 스칸디나비아 민족은 순례자가 아닌 군대로 비잔티움을 찾았으니까요. 보에링 가문의 이름을 걸고 그 혈족의 대표로 그리스 황제의 왕권을 세우고자 했던 자들은 귀향하면서 그들의 예술 사상을 지니고 돌아오는 경우가 많았는데, 그렇게 해서 규모는 작지만 정력적인 자기 부족에 얼마간의 영향을 주었습니다. 하지만 십자군이 동쪽에서 얻어온 것은 그보다 훨씬 더 규모가 컸어요. 반원형 아치에서 뾰족한 고딕 양식으로의 변화를 가져온 예술 사상 또한 분명히 그 안에 있었고요.

요즘도 그렇지만 당시에는 어느 나라가 되었든 정복자들은 자기 체제 이외에 다른 사회체제는 있을 수 없음을 당연시하는 게 일반적이었습니다. 그래서 〔당시 유럽인들이 예루살렘 왕국을 세우고〕 시리아를 정복한 이후 봉건제를 그곳에 도입했던 거지요. 〔성경에 따르면〕 예루살렘의 왕은 하나님의 전령으로부터 문장(紋章)에 금속을 겹쳐서 넣을 수 있는 허락을 받은 유일한 인물이기도 했습니다. 어쨌든 이 새로운 지역에 정착한 서구인은 비록 그 수는 얼마 되지 않았지만, 그곳에서 본 예술, 자신의 정신과 통하는 사라센의 비잔틴 예술이 주는 인상을 기꺼이 받아들였습니다.

거기에서 변화가 시작된 거예요. 반원형 아치에서 뾰족한 고딕 양식으로의 점진적 변화라는 형식상의 변화가 어떤 식으로든 동쪽에서 직접 왔다고는 생각하기 힘들기 때문이지요. 비슷한 종류의 양식이 서로 주고받는 영향 이상의 다른 뚜렷한 영향이 없었고, 빼어나게 가볍고 우아한 그 특성에서 어느 쪽으로 발전을 해갈지에 대한 암시를 받았던 거죠.

고딕 건축이 완성해낸 장식예술

일단 그런 변화가 일어나자 이러한 형식상의 변화는 의심할 바 없이 아주 놀라운 사건이 되었습니다. 짧지만 가장 아름다운 이행기를 지나고 나자 뾰족한 아치형 고딕은 진정 박력 있는 젊음을 지니고, 힘과 우아함의 결합을 가능한 한 끝까지 밀고 나갔어요. 사실 솔즈베리 성당 내부처럼 효과의 가벼움이 과도하다 싶은 경우도 간혹 있지요.

만약 11세기 수도원장이나 수도사가 13세기에 다시 지어진 이 성당을 다시 찾는다면 아마 기적이 일어났다고 생각할 수도 있을 겁니다. 거대한 원통형이나 네모진 피어(아치를 받치는 기둥—옮긴이)는 날씬하고 우아한 얇은 기둥(shaft) 무리로 바뀌었지요. 창문의 경우는 다음 세기의 정교한 트레이서리(교회 창문 윗부분의 장식—옮긴이)의 맹아를 보여주는데요. 위가 둥글고 좁은 것 대신 위가 뾰족한 길고 넓은 아치형 창문을 낸 후 여러 주제와 문양으로 멋지게 장식된 유리를 끼웠으니까요.

예전의 평평한 목재 천장 대신에 널찍한 중앙 신도석 위 전체에 대담한 아치형 천장이 자리했고, 어디에든 극도로 다채로운 쇠시리[몰딩 장식]를 넣었습니다. 화려하게 꾸민 조각은 고상하고 정연했고, 그림 역시 멋지고 훌륭했지요. 한마디로 그 어떤 변명의 필요도 없이 완벽하고 논리적인 양식으로, 상상력과 지성 모두에 경의를 표하는 양식이라고 하겠습니다. 더 발전된 고딕 건축은 로마뿐 아니라 비잔티움의 족쇄까지 모두 던져버렸고, 그러면서도 티린스의 벽과 미케네의 보물에서 나온 신기한 것들을 좇으려 의식적으로 노력하지 않고 꾸준히 착실하게 나아가 그 영광스러운 자리에 이르게 됩니다.

이러한 발전이 이뤄지던 당시는 사회적 갈등이 첨예했습니다. 이와 관련하여 18세기 역사가들이 무시했던 당시 상황과 역사적 사실이 이제 현대의 진화론적 역사학을 통해 우리 앞에 생생히 모습을 드러냈지요. 12세기에 실제 수공업자들은 마침내 유럽 부족사회의 유물이라 할 초기 자유민 연합의 발전된 형태와 마주하게 됩니다. 이 배타적이고 귀족적인 자치도시에서 수공업자들은 연합하여 장인 길드를 만들었고, 합법적·자의적 탄압으로부터의 자유와 도시 행정에 참여할 권한을 요구했지요.

13세기 말경엔 어디에서나 확고한 지위를 차지했고 이후 50~60년 동안은 장인 길드의 대표가 자치도시의 시장을 맡았습니다. 그 길드 연합에는 모든 수공업자가 포괄되어 있었고요. 다른 사건도 많지만 특히 프랑스 기사단이 플랑드르 직공과 맞닥뜨리자 등을 보이고 꽁무니를 뺐던 "코르트리크의 전투"가 확실히 이 승리의 시기를 보여줍니다. 바로 이때가 고딕 건축이 정점에 이르렀던 때죠. 이 시기에 적어도 아름다운 건축물의 예술성 면에서는 프랑스와 영국이 타의 추종을 불허하는 건축의 나라였습니다. 물론 밝고 눈부시고 환희가 넘치는 이 건축 예술은 지성이 살아 있는 유럽 어디에나 널리 퍼져, 우아함과 아름다움의 절정을 보여주었지요. 이뿐 아니라 가구 분야에서도 유럽 여러 나라들이 다양한 방식으로 그 명성을 드높였습니다.

말이 나온 김에 한마디 하자면, 사람들은 흔히들 고딕 건축의 내부가 건축적 형태 외의 다른 요소는 전혀 신경 쓰지 않는 흰색과 회색의 무채색 공간이라고 생각하잖아요. 하지만 그리스 신전이 모두 순결한 흰 대리석으로 이뤄졌다는 생각과 마찬가지로 그것은 사실과 다릅니다. 전혀 사실이 아니에요. 두 시기 모두 건물마다 장식이 입혀 있었고, 실제 장식의 가장 고귀한 몫은 바로 인간의 마음과 정신에 호소하는 이야기인 위대한 서사시가 담당했음을 기억해야 합니다.

고딕 건축물에서는, 특히 지금 다루는 반세기 동안에는 인류의 위대한 사건을 당시 살아 있던 사람들이 이해하던 그대로 재현하기 위해 벽과 창문을 비롯한 모든 공간을 이용했어요. 그래서 이 공간을 거리낌 없이, 아낌없이 사용했지요. 그림을 그릴 만한 공간이다 싶은 곳에는 어디에나 그림이 있었다고 봐도 무방합니다.

고딕 건축은 또한 그 가구를 완성했습니다. 당대 대표적인 문학이라면 단테, 초서, 페트라르카, 독일의 영웅 발라드 서사시, 프랑스의 로망스, 숲을 배경으로 한 영국 발라드, 이른바 반란 서사시, 아이슬란드의 영웅전설, 프로아사르를 비롯한 연대기 작가의 작품 등이 있지요. 그림으로 말하자면 주로 이탈리아와 플랑드르에 수많은 화가가 있었고, 그 선두에 선 인물이 위대한 사실주의 화가인 조토(Giotto)와 반에이크(Van Eyck)입니다.

하지만 어느 마을이든 화가와 조각가가 있었고, 배우도 있었습니다. 공예품을 만드는 사람들은 모두 예술가였죠. 다 망가지고 사라져 현존하는 건 얼마 안 되지만 당시 가구는 놀랄 만큼 아름다워요. 그때 짠 옷감과 자수는 아름다운 건물에 두루 어울리고 그림과 아름다운 책표지는 위대한 예술의 시대를 이룰 수 있을 만큼 훌륭하죠. 그 장엄한 의도나 한 치의 오차도 없는 완벽한 장식, 경탄할 만한 솜씨, 어느 것 하나 뛰어나지 않은 것이 없습니다. 그 고귀한 걸작품과 우리가 요즘 건축의 견본이라고 부르는 건축물, 요즘에는 휴일에 일부러 찾아갈 그런 건축물이 당시에는 예술 전체의 일반적인 수준이었다는 거지요.

여기에는 완벽함에 이른 전성기 예술의 이야기만이 아니라 이후의 서글픈 이야기까지 담겨 있습니다. 세상만사가 완벽함에 가까워지면 그다음에는 쇠퇴와 죽음—거기에서 새로운 것이 다시 태어날 수 있도록—만이 남아 있을 뿐이니까요. 그렇게 환희 넘치는 중세의 경이로운 예술도 그 운명을 비껴가지 못했습니다.

14세기 중반에 흑사병(아마 현대 세계를 호시탐탐 노리는 공포와 유사할)이라는 불가사의한 공포가 유럽 곳곳을 샅샅이 훑고 지나갔고, 때맞춰 그에 못지않게 불가사의한 상업주의와 관료주의라는 역병이 덮쳤습니다. 이 불행한 사건들이 중세의 전환기를 이루며 다시 한번 커다란 변화를 목전에 두게 되죠.

상업주의가 불러낸, 천 년 전의 죽은 예술

예술은 그 변화의 탄생과 성장을 아주 충실하게 기록하고 있습니다. 고딕 건축은 대역병이 지나자마자 바로 그 특성이 바뀌기 시작해요. 원대한 양식을 잃어버리고, 전성기에 우리에게 선사했던 풍요로운 아름다움도 줄어들기 시작하지요. 영국이나 다른 일부 지역에서는 갈수록 망가져 때로 진부해지기까지 했고요. 프랑스를 비롯한 다른 지역에서는 정연한 선과 정력과 순수함을 잃어버렸습니다. 그렇지만 그 후로도 오래도록 활기를 잃지 않고 살아남았고, 발전하는 사회에 적응하는 면에서는 예전보다 훨씬 나은 능력을 보여주기도 했어요. 또한 그런 양식의 변화가 모든 가구에 해로운 영향을 준 것도 아니었습니다. 예를 들어 플랑드르 태피스트리와 영국의 목공예 같은 일부 부수적 예술은 나빠지기는커녕 더 나아지기도 했으니까요.

15세기가 끝나갈 즈음 드디어 거대한 변화가 뚜렷해집니다. 이것이 형식이라는 외양만의 변화가 아니라 불가피하게 모든 형식에 영향을 끼치는 정신의 변화라는 점을 기억해야 합니다. 우리는 그것을 다소 과시하듯 새로운 탄생이라고 부르는데, 이는 예술과 관련해서는 맞는 말이 아닙니다. 그게 과연 어떤 의미인지 살펴보겠습니다.

이제 사회는 구석구석 완전히 탈바꿈할 태세를 갖춥니다. 지위 중심의 중세사회가 계약 중심의 근대사회로 이행하고 있었던 거지요. 새로운 생산체제에 적합한 새로운 계급이 형성되기 시작했고, 그 생산체제를 토대로 다음과 같은 상황이 벌어졌습니다. 새로운 관료계급의 탄생과 함께 정치생활이 다시 시작되었고, 천부적 민족과 구별되는 정치적 민족도 만들어지고 있었습니다. 새로운 체제에 꼭 필요한 관료계급이 활동하기 위해서지요. 동시에 새로운 삶의 이론에 어울리는 새로운 종교도 생겨나고 있었는데, 곧 상업주의의 시대가 탄생했던 겁니다.

우리 가운데는 이 모두가 당시 세상에 고통과 비루함을 초래했고 여전히 그러하며, 하나의 역사적 체제인 그것이 이제 더 나은 체제에 자리를 내줘야 한다고 생각하는 사람들이 있습니다. 하지만 그것이 좋은 역할도 했다는 건 인정해야 해요. 온갖 추레함과 혼돈을 초래하는 중에도 사상의 자유와 인간 능력이 향상되었고, 그것이 자연을 이용하여 물질적 요구를 충족하는 데 필요한 수단이 되었으니까요. 이 커다란 변화는 필요하고 또 불가피한 것이었습니다. 상업과 상업적 과학, 그리고 정치의 측면에서는 진정 새로운 탄생이었어요. 그것은 지금까지 전례가 없는 것으로 어떤 현학적 모델에 기초하여 생긴 것도 아니고, 그것을 이뤄낸 주요 원동력도 우연성이 아닌 필연성이었습니다.

그런데 참 이상하게도, 이렇게 '새롭게 탄생한' 사회·정치·종교·과학이라는 살아 있는 몸에 과거 예술의 사체가 묶이게 됩니다. 사람들에게 이런저런 변화를 기대하라고 떠드는 소리가 사방팔방에서 울렸죠. 좋은 것이든 나쁜 것이든 상관없이 말입니다. 그런데 예술의 측면에서는 지독히도 근엄한 현학적 말투로 "우리를 낳은 조상과 유명한 인물들"의 시대는 멸시하고 그것을 건너뛰어 천 년 전의 죽은 예술로 돌아갈 것을 명령했습니다.

역사가 시작된 이래로 늘 그랬지만, 그때까지는 딱히 의식하지 못할지라도 자기 당대에 살아 있지 않은 모든 과거는 그저 과거에 불과했어요. 그런데 이제부터는 과거가 우리의 현재가 되어야 했고, 텅 빈 그 죽은 벽이 우리의 미래를 가로막게 된 것입니다. 이러한 변화가 얼마나 심각하고 불길한 것이었는지, 그리고 현재 이렇게 우리를 멍청이로 만든, 상자 모양의 벽돌에

슬레이트 지붕을 얹은 빅토리아 건축과는 또 얼마나 긴밀히 연결되어 있는지 제대로 이해하지 못하는 예술가가 많아요. 도대체 대중의 미적 사상이 어떻게 그렇게까지 달라질 수 있느냐고 물을 사람이 있을지도 모르겠습니다. 과연 대중의 미적 사상이 달라져서였을까요? 그보다는 무의식적일지는 모르지만 그 시대 사람들에게는 아름다움이 더는 이뤄야 할 목표가 아니었던 것은 아닐까요?

아름다움이란 모든 구성원의 조화로운 협력의 결과물

부활한 고전주의 양식, 그 새로운 경전의 이른바 걸작이라는 건축물들, 예를 들어 런던의 성바오로 대성당 같은 걸 보고 있자면 예전에는 너무 이해가 안 되었어요. 심지어 가장 후대의 형편없는 고딕 건축물과 비교를 해봐도, 그 고딕 양식 대신 저런 건축물을 받아들일 수 있는 건 도대체 어떤 정신구조인지 이해하기가 너무 힘들었지요. 그런 식의 취향이란 마치 사랑하는 여성이 대머리이길 바라는 남자의 취향과 같았으니까요.

이제는 그것이 아름다움을 알아보는 안목이 있던, 당시 살아 있던 그 누가 선택해서 이뤄진 일이 아니었음을 깨달았어요. 그 변화가 아름다움의 차원에서 이뤄졌다면 전혀 불가해한 일이겠지만, 사실은 그렇지 않았던 거죠.

물론 르네상스 초기에는 뛰어난 자질을 지닌 예술가들이 있었습니다. 하지만 그 위대한 인물들(그 위대함은 협동 작업이 이뤄지지 않는 분야, 주로 회화와 조각에서 탄생했다는 점을 유념해야 합니다)은 사실 예술이 만개했던 고딕 시대의 산물이었어요. 이는 바로 이어진 르네상스기에 모든 예술 분야에서 아둔하고 지당한 것밖에는 창조되지 못했다는 점에서 차고 넘치도록 증명된 사실입니다. 정말 위대한 예술가가 몇 있긴 합니다. 하지만 예술가들은 이제 예술의 주인이 아니었어요. 왜냐하면 이제 대중들은 예술가일 수가 없고 현학적인 학자들이 예술을 좌지우지했기 때문이지요.

로마의 성베드로 성당과 런던의 성바오로 성당은 아름다움을 위해 지은 것이 아니고, 아름다우면서 편리하기 위해 지은 것도 아니었습니다. 고양의 순간마다, 너무 슬프거나 정말 희망에 벅찬 순간마다 시민들이 머무는 장소로 지은 것이 아니었던 거지요. 온당해야 하고 존경을 받아야 하므로, 그러니까 그걸 지은 무지한 자들의 생각에 무지한 야만인이 아니었던 유일한 민족과 시대, 즉 그리스-로마 시대에 마땅한 교양과 지식을 보여주기 위해 지어졌던 겁니다. 요즘 간혹 '교수님'으로 불리는 사람들의 집, 점잖고 무심한 교회중심주의가 차지할 장소로 지어졌던 것이지요.

그것을 지은 사람들의 열망에 아름다움과 낭만이라고는 없었어요. 당시에는 그럴 수밖에 없었지요. 건축적 아름다움은 작품 창조에 참여한 모든 일꾼의 조화롭고 지적인 협력의 결과니까요. 그리고 '새로운 탄생'이라는 바꿔치기한 아기가 힘이 넘치는 악동으로 자랐을 때쯤에는 그런 일꾼이 아예 존재하지 않게 됩니다.

그즈음 유럽은 도시와 성당, 영주의 저택과 농민의 오두막 할 것 없이 아름다움을 창조해온 예술가-장인의 위대한 집단을 거대한 규모의 인간 기계 재고품으로 전환하기 시작했지요. 그들은 '내가 지금 이게 뭐하는 건가' 생각하느라 조금이라도 일을 지체하면 생존에 필요한 벌이도 하기 힘들었습니다. 누구도 그들에게 생각하라고 하지 않았고, 생각하라고 돈을 주는 것도 아니었으며, 생각하는 게 허락되지도 않았기 때문이지요.

이 새로운 발명품이 이제 거의 완성단계에 이른 듯하니 다시 새로운 것에 자리를 내주어야 할 것입니다. 다행스러운 일이죠. 흔히 말하듯 어차피 진짜는 갖지도 못할 것이라, 이 새로운 발명품이 쓰이는 동안은 건축에 골머리를 썩힐 필요도 없을 테니까요.

'새로운 탄생', 하지만 그것은 불모의 존재

지금으로서는 이 참담한 '새로운 탄생'에 대한 직접적인 치

유책은 거론하지 않으렵니다. 이 자리에서 해줄 수 있는 말이라고는 여러분 능력껏 하라는 것뿐입니다.

지금까지 예술의 전개 과정을 간략하게 설명했는데요. 정리하자면, 오늘날 사회생활과 기후 등의 다양한 조건에 자유롭게 적응할 수 있는 진정으로 살아 있는 예술의 기초가 될 유일한 건축양식이 있다면 그것은 바로 고딕 건축이라는 것입니다. 이 같은 결론을 여러분이 이해했기를 바랍니다. 지금 건축이라고 부르는 것은 대부분 모방의 모방의 모방, 우둔한 품위 유지나 뿌리도 성장도 없는 멍청한 변덕의 결과물에 불과하니까요.

현학적으로 과거에 빠져 있는 사례 하나를 들어보겠습니다. 그리스의 두리기둥식 신전은 애초에 지어졌을 때는 성지 둘레에 세운 성스러운 울타리의 일종이었어요. 당시 사람들은 이러한 것을 원했고, 당연히 그리스의 기후와 민족의 감수성에 맞춰 신전의 형식을 만들어냈던 거지요. 하지만 지금 우리가 그런 걸 원하나요? 만약 원한다면 무엇 때문에 그러는지 알고 싶네요. 정말 그런 걸 원한다는 듯이 현대 도시에 그리스 신전을 굳이 세운다면 에든버러의 로크에 늘어서 있는 것과 같은 터무니없이 흉한 것들만 생겨날 겁니다.[1] 우리가 사는 섬에는 지붕과 창

---

1 모리스가 말하는 에든버러의 로크는 그곳의 구도심으로 고대 그리스 건축양식을 본따서 만든 칼턴힐이 위치해 있기도 하다.—옮긴이

문 달린 벽이 필요하잖아요. 그리스 신전은 그런 건 전혀 제공할 수가 없는 거지요.

그렇다면 로마식 건축이 이러한 필요를 충족시켜줄까요? 만약 그러려면 벽과 지붕과 창문이 수치스러워 그런 건 없는 척하며 그리스 신전 비슷한 것을 이래저래 따라 지어야 할 겁니다.

신고전주의 건축은 어떤가요? 로마식 건축과 매한가지입니다. 반 이상이 고딕 양식을 따르는 경우가 아니라면 말이지요. 역시 지붕이나 벽이나 창문이 없는 척하는, 그리스 신전의 로마식 모조품의 모방에 불과합니다.

고딕 건축은 벽을 세우는 일을 부끄러워하지 않고 원하면 그 벽 어디에나 창문을 냅니다. 그리고 벽이 부끄럽지 않다는 걸 보여주기 위해 맘이 동하면 예쁘게 장식도 하죠. 꼭 있어야 하는 창문은 주택 건물에서 아주 아름다운 부분이라서, 가짜-로마의 가짜 양식에서처럼 칠흑같이 어두운 집에서 살지 않기 위해 억지 논리를 만들어낼 필요가 없습니다. 이제 창문은 인간의 약점을 어쩔 수 없이 인정하거나 흉해도(양심적으로 말하자면 대부분 아주 흉하긴 합니다) 불가피하게 있어야 하는 것이 아니라 건축 예술의 아주 자랑스러운 부분입니다. 가짜 양식의 지붕으로 말하자면, 고딕 건축의 상식을 무시하는 건물의 경우 여러분은 차양만 있으면 되는 아주 더운 지방에 살고 있고 이 섬에

눈비라고는 오지 않는다고 가정해야 합니다. 그와 달리 고딕 건축물의 지붕은 외부나 내부나(아주 적절하게도 특히 내부가) 최고의 아름다움을 자랑하는, 지혜가 깃든 장소이지요.

다시 건물의 외관으로 가봅시다. 외부인의 접근이 금지된 공원 안에 지은 게 아닌 다음에야 건물 외관은 사적 소유물로 삼을 수 없는, 모든 행인이 공유하는 것이지요. 우리 신고전주의 건축의 기원이 되는 건축물은 맑고 건조한 기후에서 대리석을 사용하도록 고안된 것으로, 그곳에서 대리석은 풍화되어 금빛을 띠게 됩니다. 그런 신고전주의 건물이 시월부터 유월까지 이어지는 영국의 험한 겨울 날씨에 시달려 풍화된다면 그 모습이 정말 보기 좋을까요? 그와 달리 복원의 손길을 피한 고딕 건물의 풍화된 외관에 감동하지 않을 사람이 누가 있겠습니까? 그것이 자연의 일부라는 것을, 인간의 손과 의지를 창조의 도구로 사용한 더 훌륭한 자연의 상태라는 것을 확실히 알게 되지 않나요?

건축은 수 세기 동안 발전하다가 어느 순간 생명과 성장의 요소를 모두 상실한 과거의 양식으로 자의적으로 회귀해버렸습니다. 그 바람에 그 성장이 돌연 중단되었고, 그래서 내 생각에는 여전히 새로운 발전의 잠재력이 있습니다. 지금은 시간이 부족해 이 건축을 과거에 존재했던 것의 한갓 현학적인 모방에 불과한 건축과 여러 측면에서 비교할 수는 없겠네요.

고딕 양식이라는, 오래된 미래

마지막으로, 현대 사회의 우리는 현재의 절충주의가 아무것도 생산하지 못하는 불모의 존재라는 사실을 깨달아야 합니다. 그리하여 봉건주의를 끝장낸 것과 마찬가지의 광범위하고 근본적인 변화의 일부일 수밖에 없는 건축양식이 필요하고 따라서 그런 건축이 있어야겠다는 결론에 이르러야 합니다. 그래야만 건축양식은 비로소 진정한 의미에서 역사적인 존재가 될 겁니다. 전통을 무시하고는 아무것도 해낼 수 없는 거지요.

적어도 과거에 이뤄졌던 것과 전혀 관련 없이 시작할 수는 없을 겁니다. 형식이야 어떤 식이건, 그 정신은 케케묵은 구시대의 요구와 열망을 따라하지 않고 자기 시대의 요구와 열망과 공명하게 될 겁니다. 그렇게 과거 역사를 기억하고, 현재에서 역사를 일구어내고, 미래에 역사를 가르치게 될 것입니다.

그 형식과 관련해 내게 분명한 것은 정신과 형식 모두가 고딕 양식이어야 한다는 사실뿐입니다. 유기적 양식은 절충적 양식에서는 나올 수가 없고 오로지 유기적 양식에서만 나올 수 있으니까요. 미래에 우리 건축 양식이 고딕 양식이 되어야 하는 이유가 여기에 있습니다.

그럼 그동안 필요한 건축과 관련해서는 뭘 어떻게 해야 할까요? 그동안? 그동안이라는 게 있긴 한가요? 지금 당장 고딕 건축이 필요하고 진정 새로운 탄생을 원하는 것 아닌가요? 제가 보기에는 그래요. 지금 세상은 50년 전보다 더 추해진 게 사실이죠. 그런데 그때 사람들은 그 추함을 바람직하다고 여겼고, 그게 문명의 징표려니 하며 흡족하게 바라봤어요. 사실 문명의 징표이긴 합니다. 이제 우리는 흡족해하는 대신, 좀 뒤죽박죽이고 막연하게나마 불평하고 있습니다. 뭔가를 잃었다는 기분이므로, 그게 비현실적이거나 우리가 무력하지 않다면 조만간 잃어버린 것을 찾으려 노력할 것입니다.

예술은 우리가 그 결핍을 절감하는 한에서는 죽은 것이 아닙니다. 아마 그 결핍을 메우기 위해 수많은 우회로를 거쳐야 할지도 모르지만, 결국 어떤 위험이 있더라도 무엇을 잃게 되더라도 불행한 노예적 노동은 끝장내야 한다는 결론으로 이어지는 단 하나의 올바른 길에 들어서게 될 겁니다. 그때가 되면 우리는 고딕 건축의 손을 잡게 될 것이고, 그것이 과거에 어떠했는지, 현재에는 어떠한지를 이해하게 될 것입니다.

Four Fruits pattern (1862)

Trellis (1862)

Original from Metropolitan Museum of Art

Vine (1873)

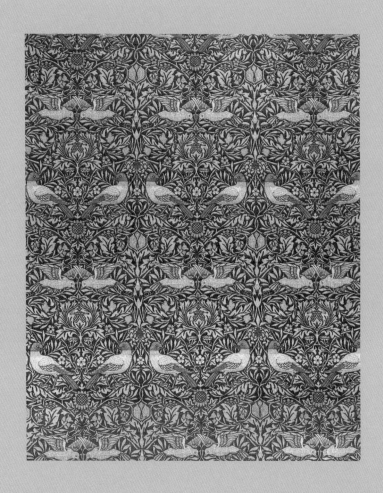

Wool Curtain Bird (1877-1878)

Original from Birmingham Museum

FLOWER PO

CHINTZ.

사람들이 사용하는 물건에 즐거움을 입히는 일,
그것이 바로 장식이 수행하는 하나의 위대한
역할입니다. 사람들이 만드는 물건에 즐거움을
부여하는 일, 그것이 또 다른 역할입니다.
이러한 예술이 없다면 우리의 휴식은 공허하고
무료할 것이고, 노동은 한갓 심신을 소모하는 일로
그저 견뎌야 하는 것이 될 겁니다.

cut the red. yellow & white
as white

cut the light blue & green as green _light blue_

where light blue & white join
make the white of the exact
sizes shown - make the light
blue overlap the white slightly

cut the yellow & green as yellow _+orange_

3

물건에 즐거움을 입히는 일
현대의 생활예술

지금 강연을 시작하면서 생활예술 혹은 장식예술이라고 부르는 분야의 역사를 말씀드리면 좋을 텐데 그러진 못하겠네요. 앞으로 또 다른 강연에서 이에 대해 간략하게나마 설명할 기회가 있을 겁니다. 또한 요즘 우리가 수행하고 있는 장식예술에 관한 다양한 문제에 대해서도 나중에 논의하게 될 것이고요.

이 강연에서는 우선 그 예술의 특성과 범위, 현재의 상황, 앞으로의 전망 등과 관련한 내 자신의 견해를 미리 밝혀두려 합니다. 그래야 나중에 혼동을 초래하거나 과도한 설명을 해야 할 곤란한 입장에 처하지 않을 것 같거든요. 그러다 보면 십중팔구 여러분이 별로 동의하지 않는 주장이 나올 수도 있겠어요. 하지만 내가 무엇을 비난하고 무엇을 칭찬하든, 지나온 역사를 잘 아는 나로서는 과거가 아쉬워 한탄하지도, 현재를 혐오하지도, 미래를 절망하지도 않는다는 점을 확실히 해두고 싶습니다. 주변에서 벌어지는 변화와 소요는 모두 세계가 살아 있다는 표시

이며, 우리로서는 추측할 수조차 없는 경로를 통해 모든 인류의 발전을 가져올 것이라고 저는 믿습니다.

이제 생활예술의 특성과 범위를 말해볼까요. 이 주제를 자세하게 다루더라도, 위대한 건축예술이나 통상 조각이나 회화라고 불리는 위대한 예술은 거의 건드리지 않으려고 합니다. 다만 내 머릿속에서는 이 강연의 주제인 이른바 장식예술이 그러한 예술들과 분리되지 않습니다. 그것들이 서로 떨어져 나오게 된 것은 나중에야, 아주 복잡한 상황을 거쳐 그렇게 된 것입니다.

예술이 그렇게 서로 분리된 것은 예술 전체에 해가 되었습니다. 생활예술은 사소하고 기계적이고 솜씨 없는 것으로 전락해서, 유행이나 부정직함이 가하는 변화의 압력에 저항하지 못하게 되었지요. 하지만 위대한 정신과 놀라운 기술의 소유자의 작업으로 창조되는 위대한 예술도, 생활예술의 도움이 없다면, 그 두 예술 분야가 서로 돕지 않는다면 분명 대중예술로서의 품격을 상실하고 무의미한 허세의 따분한 부속물이거나 소수 게으른 부자들을 위한 기발한 장난감에 불과하게 될 것입니다.

다시 한번 말하지만 여기서는 좁은 의미의 건축과 조각과 회화는 거론하지 않겠습니다. 불행한 일이지만 현재는 특히 지적인 특성이 강한 이 중요한 예술이 좁은 의미의 장식예술과 결별했기 때문입니다.

오늘의 주제는 광범위한 예술, 그러니까 모든 시대의 인간이 일상생활에서 늘 가까이 접하는 것들을 아름답게 꾸미기 위해 여러모로 수행했던 그러한 예술입니다. 이 예술은 더 폭넓은 주제이자 위대한 산업이고, 세계 역사의 큰 부분을 차지하면서 동시에 역사연구의 아주 유용한 도구이기도 합니다.

이 위대한 산업에는 집 짓는 기술과 페인트칠, 소목일과 목공, 금속세공, 도예, 유리공예, 직조 등 수많은 분야가 두루 포함됩니다. 대중에게 가장 중요한 예술 분야이면서 우리 장인에게도 아주 중요하지요. 대중적 용도로 우리가 만드는 물건이라면 모두 이래저래 장식을 하고 나서야 비로소 완성품이라고 여기니 말입니다.

그에 워낙 익숙한 나머지 우리 자신은 그런 장식이 저절로 자라나기라도 하는 양, 불쏘시개용 마른 장작에 낀 이끼만큼이나 이 예술에 주의를 기울이지 않습니다. 그러니 더 안타까운 거지요! 분명 거기엔 장식이나 아니면 장식 흉내라도 낸 것이 있고, 그건 당연히 쓸모나 의미가 있는 것입니다.

근본적으로 인간의 손으로 만든 것이라면 모두 아름답거나 추한 형태를 지니기 때문입니다. 자연과 조응하며 도움이 되면 아름다운 것이고, 반대로 자연과 어긋나며 방해가 되면 추한 것입니다. 이도 저도 아닌 중간은 없습니다.

바쁘게 살든 게으르든, 열심히 살든 불행하든, 우리는 그런 것들을 늘 보고 살기 때문에 그 형태가 이렇게 다종다양하다는 사실에 둔감해지기 쉽죠. 그래서 이런 면에서 둔감해진 우리 감각을 다시 예리하게 해주는 것이 장식의 주요 쓰임새, 장식이 자연과 함께 수행하는 주요한 역할입니다. 이런 목적으로 정교하고 화려한 패턴과 기묘한 형태가 창조되었고, 이로써 인간이 오랫동안 기쁨을 얻었던 것입니다. 이러한 패턴과 형태가 딱히 자연을 모방한다고 할 수는 없지만, 장인의 손이 자연과 마찬가지로 움직여, 푸른 들판이나 강둑이나 산속의 부싯돌이 그렇듯이 옷감이나 물잔이나 칼이 자연스러워 보이고, 나아가 멋져 보이게 되었지요.

우리가 장식예술의 역사를 공부해야 하는 이유

사람들이 사용하는 물건에 즐거움을 입히는 일, 그것이 바로 장식이 수행하는 하나의 위대한 역할입니다. 사람들이 만드는 물건에 즐거움을 부여하는 일, 그것이 또 다른 역할입니다. 이제 이 주제가 아주 중요하게 다가오지 않나요? 이러한 예술이 없다면 우리의 휴식은 공허하고 무료할 것이고, 노동은 한갓 심신을 소모하는 일로 그저 견뎌야 하는 것이 될 겁니다.

우리가 하는 일에 즐거움을 입히는 이러한 예술의 이 같은 쓰임새는 몇 번이고 강조하고 싶군요. 진실은 이처럼 거듭 이야기하는 게 좋으니까요. 이 이야기는 사실 위대한 어느 인물이 이미 다 한 말들입니다. 바로 내 친구 존 러스킨 교수가 한 말인데요.[1] 여러분이 그의 『베니스의 돌』 2권에 있는 「고딕예술의 성격과 그 노동자의 임무에 대하여」를 읽었다면 이 주제와 관련한 가장 진실하고 설득력 있는 주장을 이미 알고 있는 셈입니다.

이제부터 하려는 이야기는 거기 담긴 주장의 되풀이에 불과할 것입니다. 그래도 진실은 잊히지 않도록 계속 반복할 필요가 있잖아요. 그래서 더 나아가 이렇게 이야기하고 싶어요. 우리는 사람들이 노동의 저주에 대해 어떤 말들을 하는지도 알고, 그러한 말이 대부분 참담할 만치 터무니없다는 것도 압니다. 그러나 장인에게 닥친 진짜 저주는 어리석음이라는 저주, 내적·외적 불의라는 저주입니다. 멍청이들이 하는 말처럼 이른바 신사처럼 사는 것, 그러니까 아무 일도 하지 않고 두 손 모으고 앉아 있는 것이 좋은 삶이거나 재미있는 삶이라고 생각하는 사람은 이 자리에는 없을 거라고 믿습니다.

어찌 되었든 간에 우리가 해야만 하는 따분한 일이 존재하

---

1 존 러스킨(John Ruskin)은 모리스의 생애에 큰 영향을 미친 인물로, 근대 노동의 비인간화를 비판하며 중세 고딕의 장인들이 보여준 수공예 정신을 찬양했다.—옮긴이

고, 사람들에게 일을 시키고 일을 끝내도록 관리하는 일은 참 고달픈 일입니다. 나 같으면 그런 일을 하느니 차라리 내 몸을 써서 두 배로 일하겠어요.

지금 논의되는 예술이 우리의 노동을 아름답게 만들고, 더 향상되고 확산되어 물건을 만드는 사람이나 쓰는 사람이나 이를 제대로 이해하게 되면, 한마디로 대중적이라는 의미에서 더욱 성장하게 되면, 따분한 일과 고달프게 그 일에 매인 삶이 거의 끝나게 될 겁니다. 그러면 누구라도 노동의 저주를 떠들어댈 명분도 없고 축복 같은 노동을 회피할 핑계도 없겠지요. 이 과업을 이루는 일만큼 세계의 진보에 기여하는 것도 없을 겁니다. 이런 일만큼은 어떻게든 우리 모두가 갈망하는 정치적·사회적 변화와 더불어 생겨나리라 믿어 의심치 않습니다. 제가 가장 바라는 바이기도 하고요.

장식예술이 사치와 폭정과 미신의 시녀 노릇을 해오지 않았느냐고 반론을 제기할 수도 있습니다. 어떤 면에서는 맞는 말이라고 인정하지 않을 수 없겠네요. 다른 많은 훌륭한 것들이 그랬듯이 장식예술도 그런 노릇을 했으니까요. 하지만 하나의 민족이 가장 원기왕성하고 자유로웠던 시대가 바로 그들의 예술이 만개했던 시대였다는 것도 사실입니다.

동시에 장식예술이 자유에 대한 희망이라고는 없었던 피억압계층 사이에서 번성했다는 것도 인정하지 않을 수 없습니다.

그럼에도 그런 시기에, 그런 사람들 사이에서 예술은 적어도 자유로웠어요. 자유롭지 않았다면, 정말로 미신이나 사치스러움에 완전히 지배되었다면, 그것은 그 지배 아래서 바로 병들기 시작했을 테니까요.

하나 더 기억해야 할 사실은, 이러저러한 교황이나 왕이나 황제가 이러저러한 건물을 지었다고 말할 때 그건 그냥 말이 그런 겁니다. 역사책을 펼쳐서 웨스트민스터 성당이나 콘스탄티노플의 아야소피아를 누가 지었나 찾아보면, 헨리 3세와 유스티니아누스 3세라고 나오죠. 정말로 그들이 지었나요? 아니면 그 건물 외에는 이름조차 남기지 않은 여러분이나 나 같은 수공업자들이 지은 건가요?

이러한 예술을 통해 현재 일상생활의 문제에 관심을 갖고 주의를 기울이게 되면 그것이 중요한 역할을 했던 각 시기의 역사에도 관심이 갑니다. 이 또한 중요한데, 아무리 저속한 민족이나 사회 형태라도 이런 예술이 전혀 존재하지 않았던 적은 없었기 때문입니다. 아니, 과거의 민족 중에는 그들이 이런저런 형태를 아름답게 여겼다는 사실 말고는 현재 알려진 바가 거의 없는 경우도 있지요.

역사와 장식예술의 유대는 워낙 긴밀해서, 현재 이뤄지는 장식예술의 실제 작업에서 과거의 영향을 완전히 떼어내는 일은 혹시 원한다 해도 할 수가 없어요. 아무리 독창적인 사람이라도 오늘날 옷감 장식이든 일상적인 그릇이나 가구의 도안이든, 몇백 년 전부터 존재했던 형태를 발전시키거나 더 형편없이 만드는 일을 할 뿐이라고 해도 과언이 아닌 거지요.

이 형태는 지금이야 손에 익은 습관일 뿐이지만 예전에는 중요한 의미를 지녔던 경우가 비일비재합니다. 지금은 거의 기억하지 못하거나 완전히 잊힌 종교적 믿음이나 참배의 신비한 상징이었던 거지요. 이런 멋진 예술의 연구들을 부지런하게 찾아 읽으면, 마치 창문 너머로 보듯 과거의 삶을 바라볼 수 있어요. 우리로서는 이름조차 모르는 민족 내에서 처음으로 사상이 일어났던 시절, 고대 동양의 무시무시한 제국들과 그리스의 자유분방한 활력과 찬란한 문명, 로마의 육중한 존재와 장악력. 인류가 절대 잊을 수 없고 늘 실감하지 않을 수 없는, 온갖 선과 악을 세상에 널리 퍼뜨리며 한때 융성했던 로마 제국의 멸망, 풍요롭고 기름진 땅 비잔티움을 놓고 동양과 서양, 남부와 북부가 충돌한 일, 이슬람 제국의 발흥과 내적 불화와 쇠퇴, 스칸디나비아 민족의 방랑과 십자군 전쟁, 근대 유럽 민족국가의 성립, 사멸하는 구체제와 새로운 사상과의 갈등. 이 모든 사건과 의미가 대중예술의 역사에 아로새겨져 있거든요. 역사적인 산업으로서의 장식예술을 꼼꼼히 공부했다면 다들 잘 알고 있을 겁니다.

근래 들어 우리들은 우리에게 새로운 시각을 제공해줄 분야로 등장한 역사연구를 열심히 공부하고 있습니다. 과거에 일어난 사실을 전부 알고 싶다는 강렬한 갈망이 있어 왕과 악당의 전투와 책략만 늘어놓는 따분한 역사기록에 만족할 수 없는 거지요. 이 역사 분야의 지식이 얼마나 유용할지를 생각해본다면, 장식예술이 과거 삶과 맺은 밀접한 관계는 현재와의 관계만큼 중요하다고 할 수 있습니다. 이 모든 기억 역시 우리 일상생활의 일부가 되어야 하지 않을까요?

장식예술의 결실, 가질 것인가 내던질 것인가

이쯤에서 장식예술의 현재 상황을 설명하고자 하는데, 그전에 먼저 간단하게 요약을 해보겠습니다. 이 예술은 인간이 아름다움에서 느끼는 기쁨을 표현하기 위해 발명한 위대한 체계로, 어느 시대, 누구에게나 존재했어요. 자유로운 민족에게는 즐거움이었고 피억압 민족에게는 위안이었죠. 종교는 그것을 잘 이용해 격을 높이기도 했고, 이를 남용하며 격을 떨어뜨리기도 했습니다. 모든 역사와 연결되어 존재했고 역사의 명징한 스승이기도 했습니다. 가장 중요하게는, 그 물건을 만드는 데 일생을 바친 수공업자에게나, 매일 일을 하면서 늘 그것에서 영향을 받았던 대중에게나 노동을 바랄 만한 것으로 만들어주었죠. 우리의 노역을 행복한 일로, 휴식을 풍요로운 시간으로 만들었던 것입니다.

이런 이야기가 그저 넋 놓고 칭찬만 늘어놓는 것으로 들린다면, 내가 지금껏 보여준 그 예술이 아무 까닭 없이 그런 형식을 띠게 된 게 아니라는 점을 강조해야겠습니다. 이 지점에서 여러분에게 이런 질문을 하나 하겠습니다. (장식예술에서 생겨날) 이 모든 훌륭한 것들을, 여러분은 갖겠습니까, 아니면 내던지겠습니까? 뜻밖의 질문인가요? 여러분들도 대부분 나와 마찬가지로 대중적이거나 대중적이어야 할 예술품의 제작에 실제로 종사하고 있으니 말이지요.

이와 관련해서는 아무래도 앞서 했던 이야기를 되풀이해야겠습니다. 먼 옛날 수공예의 신비와 경이로움을 세상이 인정하던 때가 있었습니다. 인간이 만드는 모든 물건에 상상력과 공상이 버무려지던 때, 모든 수공업자가 요즘 말로 예술가였던 때였지요. 그런데 인간의 사상이 점점 복잡해지고 갈수록 표현하기 어려워지면서 예술도 점점 다루기 힘든 것이 되었고, 그러면서 예술의 주체가 위대한 사람과 그보다 못한 사람, 보잘 것 없는 사람으로 나뉘게 되었어요. 결국 한때는 직조기의 북을 움직이거나 망치를 휘두르는 이에게 심신의 휴식과 다름없던 그 예술이 누군가에게는 아주 진지한 노동이 되어 그 작업이 희망과 두려움, 기쁨과 고난의 비극적이고 기나긴 여정이 되어버린 겁니다.

이것이 예술의 성장 과정입니다. 모든 성장하는 생물이 그렇듯 예술은 한동안 훌륭한 모습으로 자라며 풍요로운 결실을 맺었어요. 결실을 맺는 모든 성장이 그러하듯 그러고 나서는 퇴락했죠. 그리고 결실을 맺은 후 퇴락하는 존재가 다 그러하듯 이제 새로운 존재로 자라날 것입니다.

그게 왜 퇴락이냐면, 예술이 위대한 것과 그보다 못한 것으로 분리되어 한쪽에서는 경멸감, 다른 한쪽에서는 무심함이 생겨났기 때문입니다. 둘 다 방금 암시한 장식예술의 철학에 무지해서 생겨난 일이죠. 수공업자들 중에서 예술가가 등장하면서 나머지 수공업자들은 신분 상승의 희망을 상실했고, 다른 한편 예술가 자신은 총명하고 건실한 동료의 도움을 상실했어요. 양쪽 모두에게 손해였고, 수공업자 못지않게 예술가에게도 그렇습니다.

이것을 보루를 지키는 한 무리의 군인들을 예로 들어 설명해볼까요. 한마디로 승리를 위해 기운차게 앞으로 뛰어나는 대장은 부하들이 따라오는지 돌아보지도 않고, 부하들은 자신들이 왜 여기까지 끌려와서 죽어야 하는 건지 모른 채 뒤에서 미적거리는 그런 상황인 겁니다. 대장의 목숨은 무의미하게 희생되고 나머지 부하들은 불행과 야만성의 보루에 갇힌 침울한 수감자가 되는 거지요.

특히 장식예술과 관련해 지금 전반적인 변화가 필요해진 것은, 그 일에 종사하는 우리가 앞선 사람들보다 열등해서가 아닙니다. 단도직입적으로 말하자면 현재 장식예술 자체가 해체되어 혼란스러운 상황에 빠져 있기 때문이지요. 그래서 조금 전의 질문으로 다시 돌아가자면, 장식예술에서 생겨날 모든 훌륭한 결실을 여러분은 가지겠습니까, 내던지겠습니까? 지금 요구되는 전반적인 변화에서 잃는 게 많겠습니까, 얻는 게 많겠습니까? 세상사의 연속성을 믿는 우리로서는 변화를 통해 얻는 게 많다는 희망을 가질 수밖에 없고, 그런 결실을 얻기 위해 노력할 수밖에 없습니다.

하지만 내 질문에 세상이 어떻게 답할지 그걸 누가 알겠습니까? 짧은 인생을 사는 동안 앞을 내다본다고 해봐야 대단한 것도 아닐 테고, 내 생전에 이미 뜻밖의 놀라운 사건들이 벌어지기도 했으니까요. 그래서 나로서는 지금 주변에서 벌어지는 일이 아니라 바로 거기에 내 희망이 있다고 말할 수밖에 없어요. 창의적인 예술이 완전히 소멸된다 해도 지금은 짐작할 수 없는 새로운 어떤 것이 생겨나 그 빈자리를 메울 수도 있다는 주장을 두고 왈가왈부할 것도 없고요. 왜냐하면, 난 그런 전망에 만족할 수가 없고 인류가 그러한 상실을 영원히 참아낼 거라고 믿지도 않기 때문입니다.

하지만 현재 생활예술의 상태와 그것이 현대의 삶과 발전을 다루는 방식을 보면 적어도 겉으로 보기엔 가까운 미래에 창의적 예술이 모두 사라지게 될 공산이 큽니다. 그러니까 세상 사람이 예술이 아닌 다른 문제로 바쁘게 사느라 예술이 점점 바닥으로 떨어지거나 말거나 신경도 안 쓰다 보면, 결국 교육받았다는 다수는 예술이 본래 어떠했는지도 모르면서 미래의 전망을 비관하며 생활예술을 그저 경멸조로 바라보겠지요. 정신없이 바쁘게 내달리던 세상이 어느 날 완전히 새 출발을 하겠다고 마음먹고는, 복잡하고 골치 아픈 건 못 참겠다며 전부 싹 쓸어버리는 겁니다.

어둠 속에서 움틀, 새로운 씨앗

자, 그러면, 그다음에는 어떻게 될까요?

지금 말도 못하게 누추한 런던을 눈앞에 두고도 과연 이 도시가 어떻게 될지 상상하기가 힘듭니다. 건축과 조각과 회화, 그리고 그에 속한 무수한 생활예술, 이 모두가 음악과 시와 더불어 사멸해 망각될 것이고, 더는 사람들을 즐겁게 하거나 흥을 돋우는 일이 없게 되겠죠. 우리는 스스로를 기만하지 말아야 해요. 하나의 예술이 죽으면 모든 예술이 죽는 겁니다. 그 운명에서 차이가 있다면 그나마 제일 운 좋은 예술이 마지막으로 잡아먹힌다는 것뿐이지요. 제일 운이 좋은가 제일 운이 나쁜가 그 차이뿐이에요.

아름다움을 다루는 모든 일에서 인간의 발명과 독창성은 완전히 중단될 겁니다. 그동안 자연은 여전히 아름다운 변화—봄 여름 가을 겨울이라는 계절, 햇빛과 눈과 비, 태풍과 맑은 날, 새벽녘과 한낮과 저녁노을, 낮과 밤—를 한없이 반복하면서, 일부러 아름다움 대신 추함을 선택한 인간을, 누추하고 삭막하더라도 자기가 제일 힘센 존재니까 그렇게 살겠다고 결정한 인간의 어리석음을 증언하겠지요.

여러분, 그건 우리로서는 상상하기도 힘든 일입니다. 거대한 첨탑이 우뚝 솟은 유명한 교회가 있는 마을, 세심하게 흰색으로 칠한 예쁜 집들이 있던 그 옛날의 런던에 살며 넓은 강가까지 길게 이어지는 아름다운 정원을 거닐던 우리 조상들은, 그 런던이 크건 작건 다 흉물스러운 가축우리 같은 집으로 뒤덮인 이런 도시가 되리라고는 상상도 못했을 것처럼요.

나로서는 너무나 두려운, 예술의 완전한 공백 상태를 상상하기 쉽지 않습니다. 만약 이런 결과를 피할 수 있다면 그것은 지금으로서는 예견할 수 없는 어떤 방식으로 사태가 전환되었기 때문이겠지요. 그러나 실제로 예술이 모조리 사라져버리더라도, 쌓아놓은 잡초를 태워버리듯 그런 일이 얼마간 지속되고 나면 땅은 더욱 비옥해지리라는 것이 내 생각입니다. 얼마 지나면 인간이 정신을 차리고 주변을 돌아볼 것이고 그 삭막한 모습을 견딜 수 없어 예전에 그랬듯 다시금 창조하고 모방하고 상상하기 시작하리라고 봅니다.

그런 믿음은 위안을 줍니다. 모두 다 사라져 공백만 남는 일을 피할 수 없다 해도 그 어둠 속에서 새로운 씨앗이 움틀 거라고 담담히 말할 수 있는 거죠. 예전에도 그랬으니까요. 처음에 뭔가 탄생하면서 스스로도 거의 의식하지 못하는 희망이 싹트고, 이어서 대가(大家)라는 꽃이 만발하고 열매를 맺으며 의식적인 희망이 솟아오르죠. 그러다가 원숙함에 이어 쇠퇴기가 오면 안하무인 격으로 오만해집니다. 그러면 그때 새로운 탄생이 준비되는 거지요.

예술을 진지하게 생각하는 사람들이라면, 무지와 어리석음의 결과로 기껏해야 세상에 손실만 초래할 일을 막기 위해 최선을 다해야 합니다. 사실 사멸한 야만성의 자리를 새로운 야만성으로 채우는 게 가장 허탈한 일이니 그것을 막아야 하는 거지요. 아니, 당장은 진심으로 예술을 아끼는 사람들이 정말 얼마 안 되고 힘도 약해서 할 수 있는 일이 달리 없더라도, 전통이나 과거의 기억을 보존하는 것을 임무로 삼을 수도 있습니다. 새로운 생명이 찾아왔을 때 새로운 정신에 맞는 완전히 새로운 형식을 지어내느라 너무 힘을 소진하지 않도록 말이죠.

그렇다면 위대한 예술이 세상의 커다란 이득이고 그것이 없다면 평화와 복된 삶이 상실된다는 사실을 이해하는 사람은 어디서 도움을 받을 수 있을까요? 바로 태고의 예술입니다. 의식적이지는 않아도 모든 걸 이해했다고 말할 수 있는 때의 예술 말입니다. 언제 시작되었는지 정확한 연대도 모르지만, 적어도 얼마 전 강가에 떠내려온 더미 속에서 발견된 기이하면서 노련한 매머드 뼈 조각품만큼 오래된 태고의 예술을 인정하는 것에서 시작해야 합니다.

우리는 의식적이지는 않아도 많은 것을 이해한 시절의 예술이 이제 거의 사멸했다는 사실을 알아야 해요. 반문명화된 종족에게 아직 남아 있는 얼마 안 되는 예술이 해가 갈수록 빈약해지고 거칠어지고 있다는 사실을요. 그들의 예술도 대부분 유럽의 〔새로운 기술로 개발된〕 염료를 배로 몇 번 실어 나른다든지 유럽 상인들이 그 지역으로 수십 번 제작 주문을 넣는 식의 상업상 우연적인 일들에 완전히 좌지우지됩니다. 이 사실을 분명히 인식하면서도, 동시에 언젠가는 의식적으로 이해하는 새로운 예술, 지금 세상이 영위하는 삶이나 지금껏 영위했던 어떤 삶보다 더 현명하고 자유로우면서도 소박한 삶의 방식이 탄생하여 그 자리를 채우는 일을 볼 수 있다는 희망을 잃지 말아야 합니다.

언젠가는 볼 수 있기를 희망해야 한다고 했지만, 우리 눈으로 직접 볼 수 있다는 뜻은 아닙니다. 그것은 아주 먼 훗날의 일일 테고, 그래서 지금 굳이 생각할 필요가 없다고 여기는 사람도 많을 거예요. 하지만 우리 중에는 그렇게 희망이 어렴풋하다고 해서 그냥 아무것도 안 하고 면벽하며 앉아 있을 수는 없는 사람들이 있습니다. 물론 구(舊) 예술이 쇠퇴하는 마지막 단계를 나타내는 뚜렷한 표식이 그 뒤를 따르는 온갖 폐해와 더불어 주변에 널려 있긴 하지만요.

다른 한편으로 아마도 예술의 한밤중일 현재를 넘어 새롭게 밝아오는 새벽의 조짐도 없지는 않습니다. 무엇보다 현재 상태에 만족하지 못하고 뭔가 더 나은 것이나 적어도 그러한 징조를 갈망하는 사람들이 적지만 존재한다는 사실입니다. 조짐이라면 이것이 가장 좋은 조짐이에요. 어느 시기든 자연과 불화하지 않는 물건을 만들어내는 일에 여남은 명이라도 진심으로 열성을 다한다면 언젠가는 그런 일이 일어날 것입니다. 그 소수의 머릿속에 그런 생각이 떠오른 것 자체가 우연이 아니거든요. 세상의 심장 속에서 뭔가 꿈틀거리는 것이 있어서, 이들이 아니라면 표현될 방도를 찾지 못했을 그것의 힘으로 그들이 말하고 행동하게 되었을 테니까요.

예술가와 수공업자는 함께 일해야 한다

그렇다면 예술의 개혁을 갈망하는 사람들은 어떤 방도를 세워야 할까요? 아름다움을 소유하고 싶은 갈망, 더 나아가 아름다움을 창조하는 재능을 개발하고픈 열렬한 갈망을 어떤 사람들에게 불러일으켜야 할까요?

　예술작품으로 성공하고 번창하고 싶으면 그걸 유행시켜야 한다는 말을 자주 듣는데, 나로서는 아주 거슬리는 말입니다. 그 말은 곧 내가 하루는 일하고 이틀은 영향력 있고 돈 많은 사람들, 사실 전혀 관심도 없는 이들에게 관심을 구걸해야 한다는 것이니까요. 그렇게 되면 "양 한 마리가 뛰어넘자 나머지도 다 넘어갔다"라는 속담처럼 된다는 거지요. 잠깐 있다가 사라질 것에 만족하는 사람에게는 그러한 조언이 옳을 수도 있습니다. 그러니까 그 문이 너무 빨리 닫혀버린다 해도 궁핍해지지 않도록 얼마간의 돈을 벌 수 있을 때까지 말이지요.

　그게 아니라면 그 말은 틀렸습니다. 그들이 염두에 두는 그 사람들은 워낙 수단과 책략이 많고 안 되겠다 싶으면 어느새 등을 돌리는 사람들이라 그들의 변덕을 믿고 의지하는 건 안전한 일이 못 됩니다. 이게 개인 탓은 아니고 불가피한 일이긴 하죠. 하지만 그들은 뭐가 되었든 예술에 대해 실질적으로 알 수 있을 만큼의 시간을 투자할 사람들이 아니에요. 그러다 보니 어쩔 수 없이 자신들에게 유리하게 이리저리 유행을 움직이는 사람들에 좌우될 수밖에 없지요.

　이러한 사람들, 또는 그러한 사람들에게 좌우되는 사람들에게서는 어떤 지원도 기대할 수가 없어요. 장식예술의 진정한 지원군은 그 일을 직접 하는 사람들에게서 나와야 합니다. 그들은 누군가의 인도를 받아야 하는 것이 아니라 스스로 주도해야 합니다. 예술작품이라 할 물건을 자기 손으로 만드는 여러분은 아직 다수 대중의 진지한 관심을 받지 못하더라도 모두 예술가, 훌륭한 예술가입니다. 그리고 그렇게 훌륭한 예술가가 되면, 장담컨대 여러분이 유행을 주도할 것이고 그 유행이 순순히 여러분의 손을 따를 겁니다.

사리에 밝은 대중예술을 만들어내려면 이 방법밖에는 없습니다. 그런 예술을 하는 예술가라야 얼마 되지도 않는데, 상업이라는 이름으로 불리지만 사실 돈에 대한 탐욕이라고 해야 할 그 체제가 온갖 어려움을 초래하는 지금 그들이 과연 무슨 일을 할 수 있을까요? 어처구니없게도 제작자—이건 본래 수공업자인데—라고 불리는, 그러나 사실 대부분 평생 손으로 뭘 만들어본 적도 없는, 따라서 자본가나 세일즈맨과 다를 바 없는 그런 무리들 사이에서 속수무책으로 일을 할 뿐이니 말이지요. 어떤 면에서 장식예술이라고 주장하지만, 그것을 팔아야 하는 세일즈맨 외에는 아무도 신경 쓰지 않는, 그래서 아름다운 것이 아니라 뭔가 새로운 것을 바라는 대중의 열망을 충족하기엔 역부족인 그런 제품이 매년 엄청난 물량으로 쏟아져 나오는 와중에 이 한 줌의 모래 같은 이들은 무엇을 할 수 있을까요?

그 해답은 명백합니다. 우리가 이를 실행할 수만 있다면 말이지요. 예술이 분리되면서 예술가에게서 떨어져 나온 수공업자들이 다시 예술가들과 합쳐서 함께 일해야 합니다. 대가와 제자 사이의 차이, 누구는 모방하는 사람이 되고 누구는 건축이나 장식의 예술가가 되는 각자 타고난 능력과 성향의 차이를 제외하면, 엄밀하게 장식과 관련된 일을 하는 사람들 사이에 차이란 있을 수 없어요. 그리고 이런 작업을 하는 예술가 집단은 각자의 예술을 통해 각 제품의 필요와 쓰임새에 따라 모든 제작자가 예술가가 될 수 있도록 이끌어줘야 합니다.

이 일을 가로막는 사회적·경제적 장애물이 실로 엄청나다는 것은 나도 잘 알아요. 하지만 보기보다 그 장애물이 엄청난 게 아닐 수도 있어요. 그리고 그 장애물을 넘어설 수 없다면 어떤 진정한 살아 있는 장식예술도 가능하지 않다는 점 하나는 확실합니다.

여러분에게 진심으로 예술을 살려내겠다는 열망이 있다면 이는 불가능하지 않고, 오히려 확실히 이룰 수 있는 일입니다. 예술은 다시 자라날 수 있어요. 세상이 지금 너무나 열심히 매달리는 것들(내가 보기에는 대다수가 그런 수고를 들일 가치도 없는 것들인데) 가운데 얼마간은 아름다움과 품위를 위해 희생하겠다는 의지만 있다면 말이죠. 앞서 언급한 어려움 중 일부는 인간의 상대적인 조건이 점차 변화하면서 함께 사라지기도 할 거예요. 나머지는 자연의 법칙—동시에 예술의 법칙이기도 한—에 대한 확고한 관심과 이성으로 조금씩 해결할 수 있습니다. 의지만 굳게 다진다면 그 방법은 멀리 있지 않아요.

의지가 있고 우리가 가야 할 길이 앞에 있음에도 처음에는 그 여정이 가시밭길일 겁니다. 아니, 한동안은 오히려 상황이 더 나빠질 텐데 그래도 낙담해서는 안 됩니다. 한편에서 삶과 지혜가 새로운 것을 건설하고 다른 한편에서 죽음과 어리석음이 구태를 여전히 끌어안고 있는 동안, 개혁을 추동한 바로 그 폐해는 더욱 추한 모습을 보일 테니까요.

다른 문제와 마찬가지로 여기서도 상황이 제자리를 잡기까지는 어느 정도의 시간이 필요합니다. 지금 당장 할 수 있는 소소한 일을 무시하지 않는 용기와 인내심이 필요합니다. 또한 토대가 제대로 갖춰지기도 전에 담을 쌓는 일을 하지 않도록 주의하고 경계해야 해요. 그러는 동안 실패해도 쉽게 의기소침해지지 않고, 가르침을 듣고 기꺼이 배우고자 하는 겸허함을 잃지 말아야겠습니다.

거창한 것이 아닌 자연스러움과 자유로움을 따르라

자연과 역사를 스승으로 삼아야 합니다. 자연에 대해서야 이미 많이 배웠을 테니 길게 언급하지 않겠습니다. 자연으로부터 어떻게 배워야 하는지는 나중에 구체적으로 이야기하게 될 겁니다. 역사로 말하자면, 최고의 천재성을 지닌 사람이 아니고

서는 모두 고대예술을 공부해야 합니다. 심지어 천재라도 그런 공부가 부족하면 많은 제약이 따를 겁니다.

이 주장이 고대예술의 사멸이라든지 예술의 현재성에 대한 앞선 설명과 모순된다고 생각할 수도 있겠네요. 하지만 아는 건 엄청나게 많아도 실제 결과로 나오는 작품은 빈약하기만 한 이런 시대일수록 고대 작품을 직접 공부하여 이해하려고 노력해야 해요. 그렇지 않으면 보잘 것 없는 주변의 작품에서 영향을 받게 되고, 훌륭한 작품도 한 다리 건너서, 그것도 제대로 이해하지도 못한 채 모방하게 될 테니까요. 그런 식으로는 당연히 사리에 밝은 예술이 나올 리가 없지요. 그러니 고대예술을 제대로 공부하고 그로부터 교훈과 영감을 얻도록 합시다. 그러는 중에 이를 그대로 모방하거나 똑같은 식으로 반복하지는 말아야 합니다. 자기 고유의 예술이 아닌 다음에야 차라리 예술이 없는 게 나으니까요.

이렇게 자연과 예술의 역사를 공부하라고 하다가도 런던의 지금 모습이 어떤지를 떠올리면 말문이 막힙니다. 이 흉측한 거리를 매일매일 오가는 노동자들에게 어떻게 아름다움에 관심을 가지라고 할 수 있을까요? 정치라면 당연히 관심을 갖게 되겠지요. 과학이라면 주변에서 무슨 일이 일어나든 별로 개의치 않으며 사실과 자료에 푹 빠져 있을 수 있겠지요. 그런데 아름다움이라니! 예술이 얼마나 오랫동안 등한시되어, 더불어 이성도 등한시되어 지금 이렇게 끔찍한 어려움에 봉착했는지 모르겠나요?

얼마나 애를 써야, 얼마나 필사적인 노력을 기울여야 이 어려움에서 벗어날 수 있을지, 그것은 너무 버거운 질문이므로 아무래도 잠시 미뤄둬야겠네요. 하지만 적어도 역사 공부와 기념비적인 과거 작품의 공부가 이 점에서 얼마간 도움이 되기를 바랍니다. 여러분의 정신을 위대한 예술작품과 위대한 예술적 시대의 기억으로 진정 가득 채운다면, 어느 정도는 앞서 말한 흉측한 환경을 뚫고나갈 수 있을 것입니다. 또한 지금의 무신경하고 야만적인 것에 대해 만족하지 않고, 바라건대 종국에는 모든 나쁜 것에 대해 불만족하게 되면서 복잡한 우리 문명의 수준에 먹칠을 하는 누추함의 근시안적이고 무모한 야만성을 더 이상 참지 못하게 될 것입니다.

어떤 점에서 보면 런던은 괜찮아요. 박물관 환경이 좋으니까요. 박물관을 일주일에 엿새가 아니라 일주일 내내 열든지, 적어도 사느라 바쁜 평범한 사람들, 사실 꼬박꼬박 내는 세금으로 박물관을 지원하는 장본인인 그들이 유일하게 조용히 관람할 수 있는 날인 일요일에는 꼭 열어준다면 참 좋겠어요. 그러면 분명 타고난 예술적 자질이 있는 우리 같은 사람들이 자주 드나들면서 많은 도움을 받을 수 있을 테니까요. 물론 국가가 소유한 그러한 대단한 보물에서 되도록 많이 얻어내려면 예비

교육이 좀 필요한 게 사실입니다. 거기서는 전시품을 따로따로 보게 되니까 말이지요. 게다가 박물관이라는 곳은 좀 우울한 면이 있잖아요. 그곳에 소장된 물건들이 전해주는 폭력과 파괴와 무심함의 이야기들을 생각한다면 말이죠.

그러나 그 무엇보다 여러분은 협소하지만 더 친밀하고 친절한 형식의 고대예술, 곧 우리 땅의 기념비들을 연구할 수 있는 기회를 이따금 가질 수 있습니다. 이따금일 뿐이긴 하지만요. 현재 우리의 세상이 벽돌과 모르타르의 세상이라 웨스트민스터 대성당이라는 유령을 제외하면 거의 남은 게 없으니까요. 그 성당만 해도 외양은 멍청한 복원작업으로 다 망가지고, 장엄하던 내부는 젠체하는 사업가들의 거짓말로, 지난 두 세기 반의 허영과 무지로 온갖 모독을 당했지요. 그래서 그것과 근처의 웨스트민스터 홀 말고는 남아 있는 곳이 거의 없긴 해요.

연기 자욱한 그 세상을 벗어나 시골로 나가면 우리 조상들이 재료로 사용했고 또한 오롯이 그 일부로 살았던 자연 속에 여전히 살아 있는 조상들의 작품을 만나볼 수 있습니다. 다른 곳도 아닌 영국의 시골에, 모두들 그러한 것을 아꼈던 그 시절에, 정말이지 인간이 만든 물건은 그것이 놓인 땅과 온전한 조화를 이루었거든요. 영국 땅은 작아요. 좁은 바다에 둘러싸여 거대한 존재가 될 만한 공간이라고는 없죠. 황량하게 펼쳐진 광활한 황무지가 우리를 압도하지도 않고 첩첩산중 산림도 없고 사람의 발길을 막는 어마어마한 산맥도 없습니다. 어디고 다 측량되어 서로 섞이고 각양각색이면서 서로 평탄히 이어집니다. 작은 강과 작은 평원, 갑자기 불쑥 튀어 올라오는 고지대, 거기에 정연하게 가득 들어찬 멋진 나무들. 모든 것이 자그마하지만 멍청하거나 무의미하지 않아서, 누구든 보려고만 하면 진중하면서 온갖 의미가 가득합니다. 이곳은 감옥도 아니고 왕궁도 아닌 근사한 집인 거지요.

찬미하거나 비난하는 게 아니라 그저 사실이 그렇다는 겁니다. 대지가 세계의 축이라도 되는 양, 이 순박함을 지나치게 찬미하는 사람도 있지요. 하지만 나는 그런 사람이 아니에요. 자기 자신과 자신의 모든 소유물에 대한 자부심으로 눈이 멀지 않은 다음에야 다들 마찬가지일 겁니다. 그러한 삶과 그 온순함을 경멸하는 사람들도 있는데 나는 그런 것도 아닙니다. 물론 세상에 존재하는 게 오로지 그것뿐이어서 경이롭거나 무시무시한 것, 말로 표현할 수 없는 아름다움 같은 것이 없다면 그건 정말 괴롭겠지만 말입니다.

우리가 사는 이 땅이 세계의 역사, 그 과거와 현재와 미래에서 차지하는 부분이 얼마나 작고, 예술의 역사에서는 얼마나 더 보잘 것 없는지를 생각해봅시다. 또한 그럼에도 우리 조상들은 얼마나 애정을 쏟아 주의 깊고 수고스럽게 우리의 땅을, 낭만적이지도 않고 파란만장하지도 않은 영국 땅을 아름답게 꾸미려

했는지를 생각해보자고요. 그러면 응당 거기에 감동을 받고 희망이 솟아나게 되는 거지요. 그러한 일에 다들 수고를 아끼지 않는 동안에는 이 땅의 예술도 이 땅과 함께 했으니까요. 허세나 재간으로 애써 사람들의 시선을 끌려고 애쓰지 않았고, 그래서 평범함에 그친 게 다반사고 장엄함에 이른 경우는 드물었지만, 절대 억압적이지 않았고 노예의 악몽이나 무례한 과시인 적이 없었습니다. 결국 최고의 수준에서는 더 웅장한 스타일의 작품에 뒤지지 않을 창의력과 개성을 보여주었죠.

영주의 저택이나 장엄한 대성당만큼이나 농부의 집과 소박한 시골교회에서도 최고이자 핵심이라 할 모습을 풍부히 찾아볼 수 있어요. 농부의 예술은 대(大)상인이나 궁정 신하들의 예술보다 투박할 때가 많지만 전혀 천박하지 않고 자연스럽고 꾸밈없고 얼마나 사랑스러운지 모릅니다. 그걸 보고 애정이 우러나지 않는다면 정말 냉정한 사람임이 틀림없어요. 우리처럼 여기 태어난 사람이든, 궁금한 마음으로 저 멀리 바다 건너에서 와서 소박함에 끌린 사람이든 그것에 애정을 품게 되죠.

촌부의 예술이라 할 이것은 민족의 삶에 깊이 새겨져, '세련된 프랑스식' 저택들을 여기저기 짓고 있는 지금도 농부의 집과 오두막에서 아직 살아 숨 쉬고 있습니다. 다른 나라에서는 어리석게 거창한 것을 좇느라 자연스러움과 자유로움이 완전히 없어졌습니다. 특히 프랑스에서 성공했다는 예술은 의기양양한

파렴치함—얼마 지나지 않아 영원히 구덩이에 처박히게 되는
—의 표현에 불과하게 되었지만, 우리에게는 수많은 베틀과 날
염 판목의 예스러운 문양과 수예바늘 등에서 이 자연스러움이
여전히 살아 있습니다.

디자인은 결코 학교에서 배울 수 없다

영국의 예술이란 그런 것입니다. 그 예술의 역사는 말하자
면 여러분 문 앞에 있는데, 정말이지 거의 자라지 못하고 있고
해가 갈수록 상황은 더 안 좋아지고 있습니다. 그것은 탐욕에
의한 파괴—이는 확실히 예전보다는 덜합니다—때문만이 아
니라 요즘 '복원'이라고 부르는 또 다른 적의 공격 때문입니다.

길게 할 이야기는 아니지만, 여러분에게 고대 기념물을 공
부해야 한다고 강조한 마당에 그냥 넘어갈 수는 없겠네요. 사정
은 이렇습니다. 이 오래된 건축물들은 세월이 지나면서 수없이
개축되고 증축되었는데, 거기에는 주로 아름다움이 더해졌고
이는 항상 역사적인 측면에서 이뤄졌어요. 바로 그 점에서 그
건물들의 가치를 찾을 수 있지요. 대부분 방치되기 일쑤였고,
또한 폭력(이는 전혀 시시하지 않은 역사의 단편이기도 한데)으로 망가
지면서도 통상의 보수작업을 통해 자연과 역사의 존재로 버텨
왔던 것입니다.

그런데 최근 종교적 열풍이 대규모로 일어나면서 중세 건축에 대한 연구와 지식의 확대와 맞물려 이 건물들에 돈을 쏟아붓는 일이 벌어지고 있어요. 안전하고 깨끗하게 한다든지, 바람과 비를 막는 식으로 보수하려는 목적만이 아니라 어떤 이상적인 완벽함의 상태로 '되돌린다'는 목적으로 말입니다. 적어도 종교개혁 이래로, 종종 그보다 앞선 시기부터 벌어졌던 사건의 흔적을 가능한 한 다 지우려는 거지요. 예술적 면에 대한 고려는 별로 없이 완전히 종교적 열정에서 이뤄질 때도 있지만, 예술적으로 충분히 고려하는 경우도 많긴 합니다.

아무리 그렇다 해도 그런 시도는 복원 대상인 건물에는 파괴적이고 따라서 복원이라는 건 사실상 가능하지 않다는 것이 내 생각이에요. 여러분이 이런 시각으로 그 상황을 바라보지 않는다면, 오늘 내가 지금까지 한 이야기를 제대로 이해하지 못한 겁니다.

그 기념물의 얼마나 많은 부분이 예술과 역사를 연구하는 사람에게 거의 쓸모없게 되었는지, 정말 생각하고 싶지도 않아요. 여러분에게 상당한 건축 지식이 있지 않은 다음에야 여기서 위험천만한 '약간의 지식'이 얼마나 끔찍한 피해를 초래하는지 이해하기 힘들 겁니다. 하지만 적어도 한번 사라지고 나면 아무리 호화찬란한 현대예술로도 결코 대체할 수 없는 귀중한 민족유산을 함부로 마구 다루는 일이 국가적으로 얼마나 애석한 일인지는 쉽게 이해할 수 있겠지요.

고대예술의 연구에 관한 지금까지의 이야기를 들으며, 내가 의미하는 교육이 디자인스쿨에서 특정한 예술을 가르치는 일보다 광범위한 것이고 얼마간은 우리 자신을 위해 해야만 하는 일이라는 사실을 알아차렸을 것입니다. 나의 바람은 여러분이 체계적으로 그 문제에 집중하여 다방면으로 공부하고 열심히 주의 깊게 실천하며 기술과 디자인에서 괜찮다고 알려진 것 외엔 하지 않겠다고 결심하는 것입니다.

물론 모든 수공업자는 지금 논의하고 있는 공부의 도구이자 예술 실천의 도구인 도안을 꼼꼼히 배워야겠지요. 사실 신체적으로 어려운 경우가 아니라면 모두가 도안을 배워야 해요. 하지만 그렇게 배우는 도안은 디자인 기술이 아니라 예술을 다루는 전반적인 능력이라는 목적에 맞는 수단이어야 합니다.

이 점은 특별히 강조하고 싶은데, 디자인은 절대 학교에서 배울 수 있는 게 아닙니다. 재능을 타고난 사람이라면 꾸준히 연습하고 자연과 예술을 늘 관찰하면 도움이 될 것입니다. 디자인 재능을 타고난 사람은 여전히 많고, 그들은 분명 작업에 필요한 도구를 원하듯 학교에서 어떤 기술적 교육을 받기를 원하죠. 또한 두루두루 성공적 작품을 생산하던 최고의 학교가 침체에 빠진 요즈음에는 당연히 예술의 역사를 배워야 하고요. 디자인스쿨이 이 두 가지는 가르쳐줄 수 있어요. 하지만 디자인의

사이비 과학—그 자체도 과학이 아니라 일종의 규칙일 뿐인데
—에서 디자인의 왕도(王道)라며 내세우는 몇몇 규칙으로는 아
무것도 이룰 수 없습니다. 아마 다시 원점으로 돌아가게 되겠
지요.

장식예술에 종사하는 사람이 도안을 배우는 최고의 방법이
라 할 게 딱 하나 있습니다. 그것은 인물의 형상 그리는 법을 가
르치는 것이지요. 인간의 육체는 그 무엇보다 섬세합니다. 뭔가
잘못되었을 때 확실히 문제를 찾아내어 고칠 수도 있고요. 이것
을 관심 있는 모든 사람에게 가르친다면 예술의 부흥에 큰 도움
이 될 겁니다. 바른 것과 그른 것을 분별하는 습관과 멋진 선을
그리면서 느끼는 기쁨을 가르치는 일은 창조의 씨앗을 품고 있
는 모든 사람에게는 마땅한 의미에서의 교육이 될 것입니다. 어
쨌든 요즘 같은 시대에 과거의 예술을 무시하는 건 한갓 가식일
뿐입니다. 우리는 과거의 예술도 공부해야 해요.

다른 사회적·경제적 상황에 방해받지 않는다면, 그러니까
세상이 다른 일로 너무 바빠서 장식예술 자체가 아예 존재할 수
없는 게 아니라면, 장식예술을 길러낼 수 있는 직접적인 방법이
두 가지 있습니다. 그것은 전반적으로 정신의 힘을 기르는 일
과, 전반적으로 눈과 손의 힘을 기르는 일입니다.

여러분에게는 너무 뻔한 이야기일 수도 있고 너무 돌아가는
길로 보일 수도 있겠네요. 그렇지만 어떤 길을 통해서건 오늘

강연의 주제인 새로운 예술에 도달하고자 한다면 그것이 확실한 방법입니다. 그게 아니라면, 그러니까 여전히 사람들에게 전반적으로 존재하는 창조의 씨앗이 방치된 채 개발되지 못한다면, 다른 모든 경우와 마찬가지로 여기서도 자연의 법칙이 작동하여 디자인의 특정한 능력 자체가 인류에게서 점차로 사라질겁니다. 여러분, 우리는 지능을 가졌기에 인간일 수 있잖아요. 그런데 인간의 지능에서 그렇게 커다란 자리를 차지하는 그 능력을 던져버리고서 우리가 어떻게 완전함을 향해 나아가겠습니까?

모든 예술은 연결되어 있다

이 강연을 마무리하기에 앞서 여러분이 관심을 기울였으면 하는 문제 하나를 언급하고 싶습니다. 다른 일에 바빠 예술을 도외시하는 중에 이 문제가 막대한 걸림돌이 되었기에, 이제 그 문제를 처리하기 전에는 일을 시작하기도 어려워요. 그럴 리는 없다고 보지만, 오늘의 주제에 비해 이야기가 너무 심각해지는 것 같으면, 처음에 했던 말, 그러니까 모든 예술은 다 연결되어 있다는 사실을 기억해주기 바랍니다.

옥스퍼드에 뉴 칼리지를 설립했던 에드워드 3세가 "삶의 태도가 사람을 만든다"를 표어로 삼았을 때 염두에 두었던 예술이 하나 있습니다. 그가 말한 태도란 도덕의 예술, 인간답게 가치 있는 삶을 사는 예술을 의미합니다. 이러한 예술도 오늘의 주제와 관련이 있지요.

이 세상에는 구매자에게나 판매자에게나, 스스로 의식할 수만 있다면 무엇보다 제작자에게 가장 해가 되는 가짜 작품들이 넘쳐납니다. 평균 내에서도 아주 낮은 수준—그것보다 더 못할 때도 많지만—밖에 안 되는 작품이 요즘 수없이 만들어지고 있지요. 우리 수공업자들이 무슨 작업을 하든 뛰어난 솜씨를 보이는 작품 말고는 만들어내지 않겠다고 결심한다면, 그것이 장식 수공예인 훌륭한 장식예술에 얼마나 든든한 토대를 제공할까요?

이건 어느 한 부류를 비난하자는 게 아니라 모든 부류에 해당하는 이야기입니다. 우리 수공업자의 단점이야 여러분이나 나나 너무 잘 알아 굳이 이야기할 필요도 없으니 일단 제쳐둘게요. 내가 알기로 대중들은 대체로 싼 물건을 사려는 생각밖에 없어요. 값이 싸면 물건이 형편없다는 사실은 잘 모르고, 얼마나 무지한지 그 물건을 만든 사람에게 정당한 대가가 지불되는지 어쩌는지 알지도 못하고 관심도 없지요.

또한 이른바 '제작자'는 물건의 질이 아니라 가격을 두고 벌이는 경쟁을 끝까지 몰고 가려는 생각밖에 없어요. 그러다 보니 싼 물건을 찾아다니는 사람들과 타협하여 일말의 거리낌도 없이 그들이 요구하는 싼 가격에 형편없는 물건을 공급합니다. 사기라고밖에 달리 표현할 수 없는 그런 방법으로 말이죠. 요즘 영국에는 거래상만 넘쳐나고 실제 작업장은 충분하지 않습니다. 그 결과 지금은 거래상에서 다루는 주문도 별로 없습니다.

이 문제에 대한 책임은 모두에게 있습니다. 그 해결의 열쇠는 일반 대중과 달리 이런 상황에 무지하지 않고, 제작자나 중간거래상처럼 서로 떨어져 있지도 않고 탐욕스럽지도 않은 수공업자가 쥐고 있습니다. 대중을 교육해야 할 의무와 영예뿐 아니라, 그 의무를 수월하게 할 질서와 조직의 씨앗도 그들이 갖고 있으니까요.

이 점을 깨달아 가장 중요한 삶의 태도를 강조함으로써 우리 모두를 인간다운 존재로 만드는 일에, 수공업자들은 언제쯤에야 나서게 될까요? 온당한 가격에 즐겁게 물건을 구매하는 기쁨, 정당한 가격과 좋은 솜씨 모두에 자부심을 가질 수 있는 물건을 판매하는 기쁨, 서두르지 않고 견실하게 일하여 우리가 자부심을 가질 수 있는 물건을 만드는 기쁨으로 삶을 꾸밀 수 있도록 말입니다. 그 가운데 가장 커다란 기쁨은 마지막 것으로, 지금 세상에서는 누릴 수 없는 기쁨이죠.

이러한 삶의 태도가 오늘의 주제에서 벗어난다고 생각하면 안 됩니다. 오히려 핵심적인 부분이고 가장 중요한 부분이에요. 왜냐하면 예술가가 되라는 게 나의 주문이기 때문입니다. 우리 삶에서 예술이 완전히 종말을 맞을 게 아니라면 말이지요. 무슨 일이 있든 훌륭한 작품을 만들겠다고 다짐하는 수공업자가 바로 예술가 아니겠습니까? 달리 말해, 성공적인 노동에서 느끼는 즐거움의 표현이 아니면 장식예술이 달리 무엇이겠습니까? 형편없는 작품, 성공하지 못한 노동에 무슨 즐거움이 있을까요? 그리고 노동이 한순간도 성공적이지 못하다면 그걸 어떻게 견디며 살겠습니까?

정당하지 못한 이득을 얻으려는 탐욕, 직접 일해서 벌지 않은 대가를 바라는 욕심은 형편없는 작품과 가짜 작품이라는 엉킨 덩굴로 우리 앞길을 막습니다. 더군다나 이 탐욕으로 우리가 쌓아올리는 돈(다른 모든 강렬한 열정과 마찬가지로 탐욕도 자기 멋대로 움직이니까요), 정말 불행하게도 우리 안에서 온갖 그릇된 구분을 하게 만드는 돈, 작거나 크거나 다들 무더기로 쌓아올리는 이 돈은 예술의 앞길에 사치와 과시의 사랑이라는 장벽을 세웁니다.

이것은 견고한 장벽 중에서도 가장 넘기 힘든 장벽입니다. 아무리 교육을 많이 받아 고상한 계층이라도 그 천박함에서 자유롭지 못하고 아무리 빈곤한 계층이라도 그 시늉이라도 내려는 욕구에서 자유롭지 못합니다. 이 말의 정확한 의미이자 그에 대한 해결책을 원한다면, 쓸모가 있지 않다면 그 무엇도 예술작품일 수 없다는 사실을 기억해야 합니다. 여기서 쓸모란 정신이 적절하게 지휘하는 우리의 육체에 도움을 주고, 건강한 몸의 정신에 즐거움과 위안을 주고 정신을 고양시키는 것을 말합니다.

이 금언을 이해하고 그에 따라 행동한다면 런던 주택 내부에 자리를 차지한, 일면 예술작품인 척하는 형언할 수 없는 무수히 많은 잡동사니들을 전부 내던져버릴 수 있겠지요! 내 생각에 잘사는 집에서 도대체 쓸모가 있다고 할 것들은 그저 군데군데에서, 예를 들어 부엌 같은 공간에서만 눈에 띌 뿐이에요. 일반적으로 집안에 놓인 장식품이라는 것들은 모두 누가 좋아해서가 아니라 과시하려고 있는 겁니다. 이 멍청한 짓은 어느 계층이나 마찬가지예요. 주인집 거실에 달린 실크 커튼은 그 집 하인이 머리에 뿌린 파우더나 다를 바 없이 예술에 해당하지 않는 거죠. 도리어 시골 농가의 경우 응접실은 쓸모없고 을씨년스럽지만 부엌은 유쾌하고 가정적인 분위기일 때가 아주 많아요.

검소하되 품위 있는 예술

우리가 바라마지 않는 더 나은 새로운 예술이 탄생하려면 소박한 취향, 곧 감미롭고 고결한 것에 대한 사랑을 낳는 소박한 삶이 무엇보다 가장 필요합니다. 시골 오두막이든 왕궁이든 어디에나 소박함이 있어야 하는 거지요. 그보다 더 필요한 것으로는 어디든 깔끔함과 품위가 있어야 한다는 겁니다. 그것이 부족하다면 삶의 태도에 심각하게 고쳐야 할 부분이 있다는 뜻이죠. 그러한 결핍과 온갖 불평등, 그리고 그것을 초래한 수 세기 동안 쌓인 무질서와 무분별까지 말입니다.

상황이 이러함에도 넓은 차원에서 그 해결책을 생각하기 시작한 사람들은 얼마 되지 않습니다. 좁은 차원에서조차, 상업과 함께 생겨난 별의별 것들로 우리 도시의 외관이 훼손되는 이런 상황을 누가 신경이나 쓰나요? 그 누추함과 흉물스러움을 어떻게 해보려는 사람이 누가 있나요? 이에 대해서는 무분별함과 무모함밖에 남은 게 없습니다. 뭐라도 해볼 만큼 오래 살지 못하고, 일을 시작할 수 있을 정도의 예지력이나 담대함도 없어서 뒷세대에게 그 일을 넘겨주어야 했던 사람들의 무력함뿐이지요.

왜 그렇게 돈을 모아야만 하는 건가요? 주택 사이 푸른 나무를 다 잘라내고, 몇 평 되지도 않는 런던의 땅 조각에서 나올 돈 때문에 오래된 고색창연한 건물을 다 때려 부수고, 강물은 시커멓게 오염되고 연기와 매연으로 해는 가려 보이지 않고 공기는 오염됐어요. 그런데 아무도 그런 상황을 살피고 해결하려 하지 않아요. 그게 다 현대의 상업, 즉 작업장을 망각한 거래상의 체제가 우리에게 저지르는 짓입니다.

과학, 우리가 그렇게 애정을 쏟으며 열심히 쫓아다닌 과학은 무엇을 할 수 있을까요? 내가 보기에는 거래상과 그의 충실한 조교에게 돈을 받아 일하느라 너무 바빠 지금으로선 아무 일도 하지 않을 겁니다. 사실 과학이 쉽게 할 수 있는 일이 있어요. 예를 들면 맨체스터에서 매연을 어떻게 없앨지, 리즈에서 남는 검은 염료를 강에 흘려보내지 않고 어떻게 없앨 수 있을지 알려주는 일이지요. 이는 두꺼운 검은색 실크를 생산하거나 쓸모도 없는 커다란 총을 만드는 일보다 훨씬 가치 있는 일이지요.

어쨌든 사람들이 어떤 방식이든 세상을 추하게 만들지 않고 생활을 영위하는 일에 마음을 쓰지 않는 다음에야 어떻게 예술에 관심을 갖겠습니까? 이런 상황을 심지어 약간만 개선하려 해도 엄청난 시간과 돈이 든다는 건 나도 압니다. 하지만 우리나 다른 사람이나 즐겁고 정직한 삶을 이루기 위해서가 아니라면 시간과 돈을 달리 어떻게 더 잘 쓸 수 있을까요. 대도시의 품격을 개선하는 일에 진지하게 나선다면, 그에 따라 시골에서도 전반적으로 좋은 생활환경을 이룰 수 있을 겁니다. 거기에서 특히 예술에 이로운 일이 생겨나는 건 아니겠지만 그것만으로도 대단히 소중한 일이겠지요. 그런 일이 생길는지 잘 모르겠지만, 사람들이 일단 관심을 가져야 비로소 상황이 희망적일 것입니다. 그렇지 않고서야 희망을 갖고 예술의 발전을 위해 노력하는 일은 그 발걸음을 떼기도 어렵습니다.

동물이 사는 들판과 인간이 사는 거리가 너무 볼썽사나울 정도로 대비되기 전에 우리 모두 자신과 이웃이 사는 곳에서 눈으로 보는 즐거움과 마음의 휴식을 얻을 수 있도록 뭐라도 해야겠습니다. 그렇게 하지 않으면 높은 교양을 쌓은 소수만이 예술을 누리며 살게 될 거예요. 그들은 아름다운 장소에 자주 드나들 수 있고 좋은 교육을 받아 과거의 찬란한 아름다움을 음미하면서 대개 서민이 처한 일상적 누추함을 전혀 보지 않고 살 수 있으니까요.

여러분, 예술은 활달한 자유와 열린 마음, 주변의 현실과 공명하는 만큼 이기심과 사치 아래에서는 병들어버립니다. 예술은 그렇게 배타적으로 고립된 상태로는 살아남을 수 없어요. 아니, 차라리 그런 조건이라면 살아남지 않았으면 하는 게 내 바람입니다. 정직한 예술가가 그런 식의 예술을 혼자 끌어안고 지내는 데 만족하는 것은 포위당한 요새 안의 군인들은 굶주리고 있는데 부자가 산해진미를 펼쳐놓고 먹는 일만큼이나 수치스러운 일이지요. 나는 소수를 위한 교육, 소수를 위한 자유를 원하지 않는 만큼 소수를 위한 예술도 원하지 않습니다.

자신들이 도맡아서 하는 일에 상대방이 무지하다고, 자신들은 겪을 필요도 없는 야만성 속에서 허우적거린다고 자신보다 못한 사람들을 경멸하는 소수의 예외적인 인물 사이에서 예술이 이렇게 형편없고 빈약한 삶을 사느니, 차라리 당분간 세계에서 모든 예술을 싹 쓸어버리는 게 낫다고 봅니다. 그런 일이 벌어질 수도 있습니다. 한마디로 자린고비의 곳간에서 곡식이 썩어가게 두느니 차라리 땅 속에 다시 묻히는 게 낫다는 거예요.
그러면 어두운 땅속에서 다시 살아나기를 바랄 수 있으니까요.

하지만 이렇게 예술이 완전히 사라지지는 않으리라는 일말
의 희망, 인간이 더 현명해지고 아는 것도 많아지리라는 희망이
있습니다. 현재 수많은 정교하고 복잡한 제품이 있지요. 그것들
이 한편으로는 새롭기도 하고, 다른 한편 이를 토대로 더 나은
것들을 얻기 때문에 우리는 이를 과도하게 자랑스러워하지요.
다만 그것들은 제 역할을 다 하고 나면 쓸모가 없어져 사라질
것입니다.

모든 전쟁에서, 총칼의 전쟁뿐 아니라 상업의 전쟁에서 벗
어나기를 바랍니다. 올바른 목적을 덮어 가리는 지식에서, 무엇
보다 돈에 대한 탐욕과 돈이 가져다주는 특별한 지위를 향한 갈
망에서 벗어나기를 바랍니다. 지금 우리는 부분적으로 자유를
성취했습니다. 그러므로 언젠가는 평등을 성취할 수 있을 것이
고, 그 평등을 통해, 오로지 우애를 뜻하는 그 평등을 통해서만
이 가난과 그에 수반되는 온갖 번거롭고 추레한 걱정에서 벗어
날 수 있을 겁니다.

이 모든 것에서 벗어나고 또한 새로이 삶의 소박함을 되찾
고 나면 우리의 일에 대해서, 이제는 아무도 저주라고 부르지
않을 매일의 충실한 동반자인 일에 대해 생각할 여유를 갖게 되
겠지요. 그때는 각자 자신의 자리에서, 누구도 남이 가진 것에

원한을 품지 않고 행복하게 일할 것입니다. 누구도 다른 누구의 하인으로 불리지 않을 것이고, 누군가의 주인으로 군림할 수 있다는 발상 자체를 다들 비웃을 겁니다. 중요한 건 사람들은 일을 하며 행복할 것이고, 그 행복이 분명 고귀하고 대중적인 장식예술을 꽃피울 것이라는 점입니다.

그 예술 덕택에 우리의 거리는 숲처럼 아름답고 산비탈처럼 고상해질 겁니다. 그리하여 너른 시골에서 도시로 와도 정신이 무겁게 짓눌리지 않고 즐거움과 휴식을 누릴 수 있을 것입니다. 모든 집은 품위 있고 아름다워, 일하는 데에 도움이 되고 정신을 어루만져줄 겁니다. 우리 삶에 공존하는, 우리가 다루는 모든 일의 결과물이 이치에 맞을 것이고 아름다워질 것입니다. 유치하거나 무기력한 게 아니라 소박하면서도 활력을 주겠지요. 인간의 정신과 손으로 만들어낼 수 있는, 아름답고 찬란한 모든 것이 공공 건물에 가득하고 개인의 집에도 낭비나 허세나 무례함 같은 건 흔적도 없고 모두가 각자의 몫에 해당하는 최고의 것을 갖게 되는 겁니다.

이런 건 지금까지 존재한 적도 없고 앞으로도 존재할 수 없는 한갓 꿈이라고 말할지도 모르겠습니다. 지금까지 존재한 적이 없는 건 맞아요. 바로 그렇기 때문에, 그리고 세계는 여전히 살아 움직이기 때문에, 그것이 언젠가 이뤄지리라는 희망이 더 강렬한 거죠.

꿈인 게 맞겠지요. 하지만 지금 우리가 사용하는 훌륭한 많은 물건이 이런 꿈에서 생겨났습니다. 예전 사람들은 갖고 있지도 못했고, 가질 꿈도 꾸지 못했던 그런 것들을 지금 우리는 햇빛처럼 아주 당연시하며 살지요.

어쨌든 나로서는 꿈으로나마 그것을 여러분 앞에 보여주지 않을 수 없습니다. 그것이 바로 장식예술이라는 내 작업의 바탕에 깔려 있고 앞으로도 내 머릿속을 떠나는 일이 없을 것이기 때문이지요. 그래서 오늘 여기에서 이 꿈을, 이 희망을 실현하는 일에 힘을 보태주기를 여러분에게 호소하는 것입니다.

Kennet (1883)

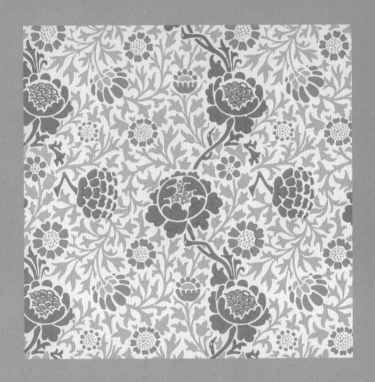

Grafton pattern (1883)

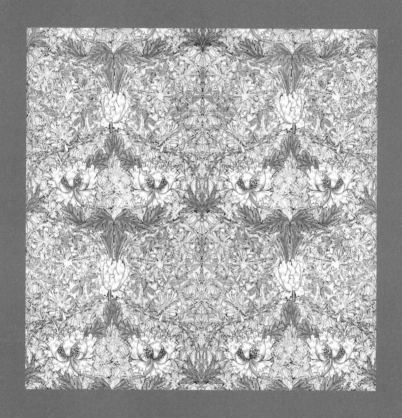

Honeysuckle pattern (1876)

Original from Smithsonian Institution

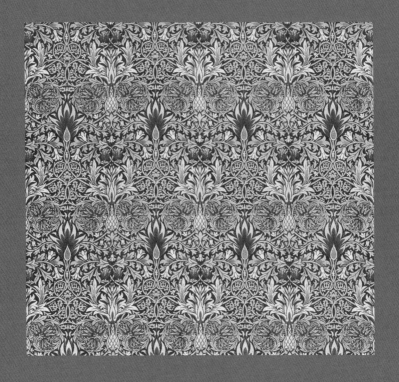

Snakeshead pattern (1876-1877)

Original from Cleveland Museum of Art

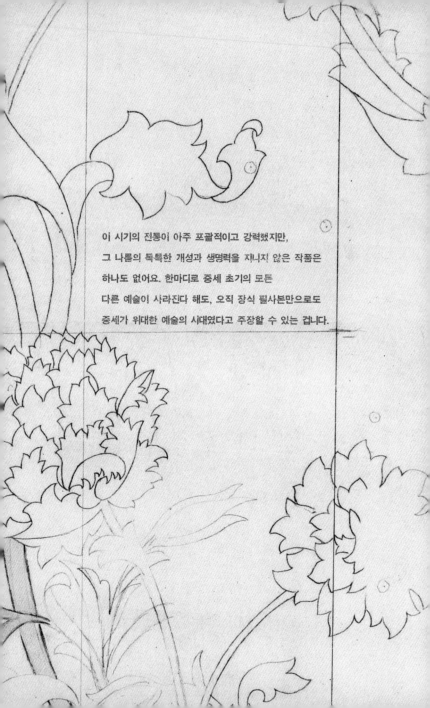

이 시기의 전통이 아주 포괄적이고 강력했지만,
그 나름의 독특한 개성과 생명력을 지니지 않은 작품은
하나도 없어요. 한마디로 중세 초기의 모든
다른 예술이 사라진다 해도, 오직 장식 필사본만으로도
중세가 위대한 예술의 시대였다고 주장할 수 있는 겁니다.

4

필사의 시대

중세 채색 필사본에 대한 단상

중세는 무엇보다 필사의 시대라고 할 수 있습니다. 인간은 돌과 청동, 룬 문자가 새겨진 나무막대, 밀랍을 바른 서판, 파피루스, 이런 재료 위에 이런저런 도구로 글을 써왔지요. 하지만 이 모두는, 약하고 부서지기 쉬웠던 파피루스를 포함하여 글 쓰는 재료로서는 임시방편일 뿐이었습니다. 양피지와 다른 동물 가죽, 그리고 마침내 리넨 넝마지가 널리 보급되었을 때 비로소 그 위에 글을 쓸 수 있는 진정한 재료가 등장했고 그와 함께 진정한 필기구인 깃펜이 쓰였습니다. 그때부터 인쇄기술이 본격적으로 사용되기 전까지의 시기는 필사의 시대로 보아야 해요.

다른 수공예와 마찬가지로 필사 분야에서도 참된 창조력의 위대한 시기(과거를 잊은 사람들, 그리고 편안한 감옥을 미래의 이상으로 삼는 사람들이 예전에 '암흑기'라고 불렀던)는 하나의 예술에 값하는 일을 모두 해냈습니다. 그 덕분에 '새로운 탄생'(르네상스)이라는 시기와 근대문명의 지력이 그럭저럭 꾸려나갈 수 있었던 것입니다.

중세 서법(書法, calligraphy)이 비잔티움에서 시작된 것은 분명하지만, 그것은 순식간에 북유럽으로 퍼져나가 초기부터 그곳에서 번성했습니다. 그래서 우리가 알게 되었다시피 7세기에는 아일랜드에서도 만개하게 되었으니 정말 놀랍지 않을 수 없죠. 필사만 놓고 봤을 때 초기 아일랜드 종교서적에서처럼 완벽한 수준에 이른 것은 그 이전에도 이후에도 없었습니다.

그 서법은 고대 대문자에서 현재 인쇄공들이 '소문자'라고 부르는 것이 발전되어 나온 과정을 보여준다는 점에서도 흥미롭습니다. 그 서체는 그것만으로도 두말할 나위 없이 아름답고 어디를 보나 장식적입니다. 물론 이 책들 대부분은 실제로도 장식되어 있지요. 글씨와 마찬가지로 세심하게 장식되어, 진드근하고 독창적인 교차문양(interlace, 얇은 선을 교차시켜 하나의 패턴, 도형을 만드는 기법—옮긴이) 장식의 경이로움을 보여줍니다.

하지만 진짜 아일랜드 것이라 할 책의 경우, 이 장식은 전통적인 비잔티움 양식과 전혀 관계가 없고 오히려 전반적으로 존재했던 위대한 본래 장식의 한 분파라 할 수 있어요. 그것은 인류나 인류의 활동, 아니 어떤 자연물을 재현하는 일에도 별로 관심이 없어서 추상적인 선의 복잡한 응용에 만족했고, 그 방면에서는 대단한 경지에 올랐습니다. 뉴질랜드 마오리 족의 조각품이 이런 종류의 예술의 분명한 예일 테지만, 이는 일정한 발전단계에 이른 많은 종족에서 흔히 찾아볼 수 있지요. 아일랜드 장식은 색이 그렇게 화려하지 않고 금색도 쓰지 않았거든요.[1]

이 아일랜드의 서법과 채색장식을 영국 북부의 수도승이 이어받았습니다. 그만큼 온전하게 이어진 것은 아니지만 거기서 프랑스와 독일 카롤링거 왕조의 제책업자에게로 갔지요. 이들은 아일랜드 채색장식에서 쓰였던 인간 형상의 기초적인 재현에 만족하지 않고 비잔티움의 그림책을 모방하여 빈 곳을 채웠고, 이는 상당히 성공적이었습니다.[2] 이윽고 인물 도안과 장식을 결합한 아주 아름다운 채색장식이 개선되어 등장했고, 11세기 초에 그러한 일을 해낸 곳 중 하나가 윈체스터였습니다.[3] 그

---

1 『켈스의 서』(트리니티 대학 소장)를 예로 들 수 있다. (『켈스의 서』는 아일랜드 켈스의 수도원 필경사들이 800년경에 완성한 책이다. 마태복음, 마가복음, 누가복음, 요한복음을 680장의 최고급 양피지에 필사한 작품으로 "단행본으로는 서구 세계에서 가장 유명한 책"으로 꼽힌다.—옮긴이)

2 『더럼 복음서』(브리티시 박물관 소장)를 예로 들 수 있다. (『더럼 복음서』는 『세인트 커스버트 복음서』를 가리키는 듯하다. 영국 동북부의 섬 린디스판에서 687년에 세상을 떠난 커스버트 주교의 관에서 발견된 이 책은 1천 년이 지나서 발견되었음에도 그 보존 상태가 거의 완벽에 가깝다. 유럽에서 제본하여 남아 있는 책 중에 가장 오래된 공예품으로 알려져 있다.—옮긴이)

3 『뉴민스터 인가서』(브리티시 박물관 소장). (『뉴민스터 인가서』는 영국 윈체스터의 뉴민스터 베네딕도 수도회가 10세기 후반에 왕으로부터 인가를 받은 내용을 기록한 책이다.—옮긴이)

뒤로 이러한 종류의 책은 금을 풍부히 사용했지만, 중세 채색장식의 전성기에 나타난 특성처럼 세심하게 양각하여 반짝이도록 광택을 내지는 않았습니다.

초기 비잔티움 책 가운데에는 호화로움이라면 그 어떤 책도 따라오지 못할 책들이 얼마간 있다는 사실에 주목해야 합니다. 이 책들은 피지에 금은으로 글씨를 적었고 전체적으로 보라색 물을 들였습니다. 이후 반(半)비잔틴-앵글로색슨(혹은 카롤링거 왕조) 시기의 것으로, 흰색 피지에 금은으로 글씨를 쓴 견본 몇 권이 남아 있지요. 15세기 후반에 주로 이탈리아에서 이런 식의 화려함을 종종 사용했고요.

방금 거론한 후기 앵글로색슨 양식의 바로 뒤를 이어 최초의 완벽한 중세 학파라고 할 수 있는 이들이 12세기 중반에 등장했습니다. 전보다 얼마나 나아졌는지가 정말이지 아주 확연해요. 내용을 설명하고 '신자'들을 교화하기 위해 넣은 실제 그림 말고도 가장자리 장식과 장식 글자를 사용했는데, 인간과 동물 혹은 괴물 같은 형상, 이파리 등을 무척 대담하고 완벽하게 능숙한 솜씨로 섞어 사용했어요. 형상은 견고하고 정확하게 그려져 있고, 아름다운 색을 사용하는 명확한 체계가 이제 그 모습을 드러냈다고도 할 수 있지요.

얼마간 퇴락한 양식이 아니라면 모든 장식 학파의 특성이 그렇듯이, 여기의 색은 기본적으로 진적색과 진청색을 병치한 후 거기에 뚜렷한 밝은색 선과 흰색 '반짝이'(pearling)를 넣기도 하고, 약간의 녹색을 사용하거나 연분홍과 살색의 공간을 둔다든지 군데군데 바탕처럼 회색이나 유백색을 넣었습니다. 호화로운 책이라면 대부분 금색을 아낌없이 사용했는데 대개 배경 등의 넓은 공간에 썼고요. 단단한 면에 두꺼운 금박을 입힌 후 공들여 광택을 냈기 때문에 실제 금으로 만든 판처럼 보이지요. 정성 들여 금을 입히고 마무리에도 대단한 공을 들여서, 요란하다는 느낌 없이 화려하면서도 세련된 분위기가 생겨났습니다. 좀 더 확실하게 '고딕'식이 된 이 시기의 서체도 앞선 반 세기의 서체에 뒤떨어지지 않습니다. (그것을 능가하는 것은 불가능하겠고요.)

장식 필사본이 만들어낸 위대한 예술의 시대

이때부터 서서히 변화가 생겨납니다. 밑그림이 좀더 정교해지고 색채도 세련되어가던 이 변화와 함께 13세기의 첫 사분기에 이릅니다. 이때부터 각 민족이 서로 다른 양식으로 갈라져가는 현상이 분명해지지요. 서로 차이점이 있긴 했지만 12세기 내내 영국이나 프랑스의 책과 독일이나 이탈리아의 책을 구분한 것은 채색장식이 아니라 서체였어요. 그러나 1225년 이후로는 책을 펼쳐 슬쩍 보기만 해도 대개 그것이 독일 책인지, 이탈리아 책인지, 프랑스-영국 책인지를 한눈에 알 수 있었습니다. 그 외의 특성으로는 채색장식이 더욱 아름답고 섬세해지고, 금색이 전반적으로 더 화려해지고 색채도 더 경쾌해졌다는 걸 들 수 있겠네요.

이제 화공이나 필경사와 구분되는 장식공이 더 중요해졌고 15세기 말까지 계속 그러했습니다. 청색과 적색을 엇갈려 뒤섞으며 항상 거침없이 이루어졌던, 대개 펜을 사용했던 대단히 섬세하고 우아한 작업이 작은 머리글자와 다른 부수적인 부분에도 아낌없이 적용되었어요. 그 작업은 더 정교하고 야무진 채색장식이 없을 때에도 견고한 검은색 글자나 상아색 피지와 대비되어 무척 아름다운 효과를 자아냈습니다.

신학서나 철학서, 식물학과 동물학 서적 외에도 아주 화려하게 장식된 책으로 이 시기에 가장 흔히 만나볼 수 있었던 것이 예배용 시편찬송가였습니다. 거기에는 으레 달력이 덧붙여졌고, 성인의 호칭 기도는 항상 포함되었지요. 그런데 이 세기와 다음 세기에 나온 달력 중에는 집안에서 해야 할 일을 재현한 것이 많아 아주 흥미롭습니다. 시편집의 첫 커다란 머리글자인 B(Beatus vir qui non, '~하지 않는 자는 행복하여라'로 시작하는 제1 시편의 B―옮긴이)는 채색장식가들이 자신의 도안과 색채 능력을 한껏 발휘할 기회를 주었고, 그들은 그 기회를 놓치는 법이 거의 없었지요.

13세기 마지막 사분기에 책 안의 그림과 구분되는 채색장식이 절정에 이르렀습니다. 이 시기에 나온 최고의 장식을 보여주는 책들의 멋진 색채와 도안의 우아함, 품위, 아름다움은 그 어떤 책도 뛰어넘지 못해요. 또한 덧붙여야 할 사실은, 현재 남아 있는 견본으로 판단해보건대 다른 것에 비해 좀 거친 작품이 있을지언정 형편없는 작품은 하나도 없었다는 점입니다. 이 시기의 전통이 아주 포괄적이고 강력했지만, 그 나름의 독특한 개성과 생명력을 지니지 않은 작품은 하나도 없어요. 한마디로 중세 초기의 모든 다른 예술이 사라진다 해도, 오직 장식 필사본만으로도 중세가 위대한 예술의 시대였다고 주장할 수 있는 겁니다.

고딕 디자인 중 최고의 사례, 그리고 변화

13세기 후반에 유럽의 각 나라에서 서로 다른 양식이 나타나는 것이 눈에 띕니다. 당시 프랑스-플랑드르-영국 학파, 이탈리아 학파, 독일 학파라는 세 개의 주요 학파가 있었어요. 프랑스-플랑드르-영국 학파가 가장 두드러지고 독일 학파가 가장 미미하죠. 영국과 프랑스의 관계에 대해서는, 둘 사이에 존재했던 차이는 좀 미묘하다고 표현할 수 있겠고요. 어떤 책은 영국 책이라고 할 수 있고, 또 어떤 책은 프랑스 책이라고 할 수 있지만, 대다수 책을 보면 '프랑스-영국 학파'에 속한다고밖에 말할 수 없다는 것입니다. 그나마 확실하게 말할 수 있는 차이점이 있다면, 프랑스 양식은 특히 앙증맞고 정연한 우아함이 두드러진다면, 영국의 그것은 생명과 자연을 특히 사랑했고 동시대 프랑스 양식에 비해 비속한 해학을 많이 담고 있었다는 것입니다. 하지만 프랑스식이 영국식보다 낫다거나 아니면 그와 정반대라거나 하는 식의 판단은 아주 까다로우면서도 동시에 절대적인 기준을 가진 사람이나 할 수 있을 거예요.

보들리 도서관의 옴스비 시편찬송가와 앤 여왕 도서관의 애런델 시편찬송가, 브리티시 박물관의 테니슨 시편찬송가가 이러한 영국 필사본의 가장 훌륭한 본보기에 속합니다. 그 풍부한 창의력과 빛나는 실행과 색의 아름다움을 능가하는 것은 아무것도 없어요.

이렇게 13세기 말에는 점점 빠른 속도로 멋진 시편찬송가가 제작되었습니다. 하지만 1260년에서 1300년이나 1320년에 이르는 시기에 필사 작업은 주로 성경, 특히 소형 성경책에 집중되었습니다. 소형 성경책은, 그렇게 오랜 세월이 흐른 현재에도 수천 권이 남아 있는 걸 봐서는 엄청난 양이 제작되었음이 분명해요. 그것들은 하나같이 아주 정교한 필체로 아름답게 글씨가 적혀 있고 각각의 머리글자는 대개 아주 작은 형상 모양으로 무척 멋지게 장식되어 있습니다.

13세기 말에서 14세기 초에 이르는 짧은 기간에는 묵시록의 필사본이 많이 제작되었습니다. 많은 그림이 삽화로 들어가 있어서 본격적인 고딕 디자인의 최고 사례를 보여주고, 이를 통해 당시 북유럽에서 그려졌던 벽화가 어떤 것이었을지도 추측할 수 있습니다.

거대한 변화가 시작된 14세기에는 다른 분야도 마찬가지였지만 장식 책 역시 부지런히 생산되었습니다. 14세기가 한참 진전되면서 양식 면에서 다시 커다란 변화가 나타나죠. 이전 것에 비해 과다하다는 말은 딱히 사실에 부합하지 않지만, 그 과다함이 기계로 찍어낸 듯한 것은 사실이에요. 그림의 배경은 더 정교해졌지요. 적색과 청색의 마름모꼴 무늬일 때도 있고 금색으로 무척 아름답게 점과 선 무늬를 넣기도 했고요. 가장자리의 비중이 더 커졌고 새순보다는 활짝 벌린 이파리가 등장했어요. 가장자리에 사실적으로 표현된 새와 동물을 무수히 그려 넣는 경우가 많았고 그 솜씨 또한 좋았습니다.

이 작업에서 자유로움은 늘었지만 개성은 줄었어요. 한마디로, 최고의 작품을 봤을 때, 장식 책의 아주 바랄 만한 자질인 앙증맞음과 우아함이라는 면에서 예전에 비해 수준이 떨어지지는 않았지만 양식상의 정밀함과 기상은 얼마간 잃은 것이 분명해요. 이러한 경향은 지속되어 14세기 말이 가까워지면 바람직하지 않은 쪽으로의 변화를 알려주는 핵심적 특성을 지닌 작품이 나타납니다.[4]

나라 간 격차도 커져갔습니다. 14세기가 미처 끝나기도 전에 영국은 이 방면에서 뒤처지고[5] 프랑스-플랑드르 파와 부르고뉴 파가 앞서게 되었지요. 이탈리아는 르네상스로 방향을 틀었고요. 독일 역시 조잡함과 불완전함의 경향을 자주 보이게 되었는데 솔직담백한 고안과 적합한 목적에 따라 가미한 판화장식을 통해 종국에는 이를 상쇄할 수 있었죠. 어쨌거나 14세기 내내, 나아가 15세기 초반까지도 무척 아름다운 책들이 수없이 쏟아져 나왔습니다.[6]

필경사, 장식공, 채색공. 그들의 현재와 미래

이탈리아에서 라틴 고전서의 아름다운 필사본을 제작하기 시작한 것은 서책 제작에 밀려들 대변환의 첫 조짐이었습니다.

4   14세기 후반의 아주 주목할 만한 작품으로는 풍부한 그림과 함께 제작되었던 프랑스의 『연대기 성경』, 즉 성경 일부분을 번역한 책이 있다. 푸아티에 전투 중에 프랑스 왕의 막사에서 가져온 성경책(현재 브리티시 박물관 소장)이 좋은 예다.

5   그래도 브리티시 박물관에는 14세기와 15세기 초에 제작된 훌륭한 영국 채색 장식 필사본이 있다. 솔즈베리의 책과 영국 특유의 양식으로 장식된 거대한 성경책이 그 예다. 그곳에 소장된 『성경』(위클리프 역)도 이러한 양식의 좋은 표본이다.

6   파리의 국립도서관에 있는 『베리공의 매우 호화로운 기도서』와 역시 프랑스 책인 『베드퍼드 기도서』(브리티시 박물관 소장)가 이 시기 필사본의 아주 훌륭한 예다.

이 필사본들은 대단한 장식이 된 경우가 많았죠. 처음에는 11세기와 12세기의 엄밀한 서체를 아주 자연스럽게 모사했을 뿐 아니라 그와 동떨어진 당시 교차문양 장식까지 모방했어요. 이 서책에서는 서체가 그 나름으로는 장식보다 훨씬 더 아름답다고 봐야 합니다. 15세기에 제작된, 그림이 있는 필사본 대다수는 그 장점을 빠짐없이 나열하자면 지면이 모자랄 정도입니다. 15세기 중반 유럽에서는, 더 값싼 책을 더 많이 생산해야 한다는 요구가 강해지면서 어쩔 수 없이 그 자체로는 하찮다 할 발명이 이루어졌습니다. 구텐베르크가 어쩌다 보니 누름판(punch)과 어미자(matrices)와 조립식 주형을 생각해냈고, 그렇게 활자를 만들어냈지요. 쇠퍼(Schoeffer), 멘텔린(Mentelin) 등도 중세 장인들의 특징이라 할 열정과 기술을 동원하여 그 일에 뛰어들었고요. 이 새로운 독일 기술은 들불처럼 유럽 전역에 퍼졌고, 몇 년 사이에 필사본이 대부호들의 한갓 장난감으로 전락했습니다.

하지만 필경사와 장식공과 채색공은 그렇게 쉽게 사라지지 않았습니다. 인쇄술이 보편화된 뒤에도 장식 필사본은 많이 제작되었거든요. 이 가운데 가장 큰 부분을 차지하는 것이 기도서로서, 그림도 많고 장식도 무척 화려했지요. 예전의 어떤 양식에 비해서도 그 나름의 뚜렷한 양식을 지녔지만 이제 논리적 일관성의 길에서는 벗어나기 시작했습니다. 그림과 장식의 사이가 벌어지게 된 것이지요.

그때의 그림은 당시의 최고 화풍을 따르면서 섬세한 마무리를 보여주는 세밀화였습니다. 하지만 많은 경우 분명 빈자리를 채우려고 고용되어 생계를 위해서가 아니라면 그 일에 전혀 관심이 없는 그런 일꾼들의 산물이었죠. 채색장식은 '장식예술'이라는 측면에서 딱히 '탁월'하진 않았고 특히 후대 서책에서 그렇듯이 주인공이라 할 세밀화의 효과를 증대하는 데 별로 기여하지 않았지만, 절대 그렇게까지 수준이 떨어지지는 않았습니다.

이러한 후대의 필사본이 아니라도 인쇄술이 발명된 초기에 장식공들은 일반적으로 인쇄된 책 작업에 고용되었고 채색공의 고용도 드물지 않았습니다. 인쇄술이 이용되던 초기에도 커다란 머리글자는 거의 언제나 장식공의 몫이었어요. 적색과 청색으로 글자를 만들었고, 예쁜 채색무늬로 장식하는 경우도 많았어요. 한두 장의 가장자리를 금색과 다른 색색의 장식으로 둘러싸는 경우도 간혹 있었고 머리글자들은 마찬가지로 정교하게 모양을 냈지요.

인쇄된 책의 부속물로 기능했던 이 후대 작업의 가장 완벽한 예는 이탈리아에서 초기에 인쇄된 책들로, 특히 로마와 베네치아 인쇄소에서 발간한 고전 저작의 호화로운 판본을 들 수 있습니다.

1530년경이 되면 중요한 모든 서책 장식이 종말을 맞습니다. 그와 함께 중세의 독특한 예술이라 할 예술도 사라졌지요. 그 예술은 대체로 최고 수준의 중세 수공예를 보여줍니다. 그것은 작품 자체가 훌륭하기 때문이기도 하고, 그 작품이 세월이 가며 망가지고 훼손되기는 해도 중세 건물처럼 '복원'이라는 더 잔인한 파괴에 노출되지는 않았기 때문이기도 합니다.

Branch pattern (1872)

Lodden pattern (1884)

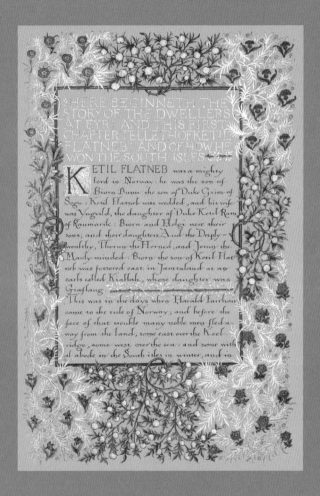

The Story of the Dwellers at Eyr (1871)

Diaper pattern (1870)

이 모든 문명의 오물 속에서 위대한 변화의 씨앗이,
다른 이들이 사회적 혁명이라고 부르는 것의 씨앗이
움트고 있을 거라는 생각이 어쩌다가 문득
머리에 떠오르지 않았다면, 나는 여전히 그렇게
비관적인 삶의 종말에서 헤어나지 못했을 것입니다.
그 깨달음으로 만사가 완전히 달라졌어요.

5

나는 어떻게 사회주의자가 되었나

편집자의 요청은 제목에서 언급된 것처럼 나의 생각이 어쩌다 바뀌게 되었는지 이야기해달라는 것이었습니다. 저를 특정한 집단에 속한 인물로 보는 분들에게는 그런 이야기가 소용이 되긴 할 테지만 그걸 짧고도 명료하고 진실하게 들려주기란 그렇게 쉬운 일이 아니지요. 어쨌든 노력은 해보려 합니다.

우선은, 사회주의라는 용어가 십 년 전과 달리 지금은 그 의미가 명확하지 않다는 말을 들었기 때문에, 내가 의미하는 사회주의가 무엇인지부터 설명해야겠습니다.

제가 뜻하는 사회주의는 부유한 사람도 가난한 사람도 없는, 주인이나 주인을 섬기는 종도, 빈둥거리는 사람이나 과로하는 사람도 없는, 머리에 병이 나는 두뇌노동자나 심장에 병이 나는 육체노동자도 없는 사회입니다. 한마디로 모두가 동등한 조건에서 살고, 낭비 없이 만사를 꾸려가고, 어느 누구에게 해가 되면 곧 모두에게 해가 되는 것이라는 사실을 완전히 의식하

165

는 그런 사회적 조건이지요. 마침내 공화(共和)라는 단어의 본래 의미가 구현되는 사회라 할 수 있어요.

지금부터 죽을 때까지 제가 지켜나갈 이러한 사회주의에서부터 이야기를 시작하고자 합니다. 제게는 과도기 같은 건 없었어요. 이상은 확실했지만 그것을 구현할 희망을 어디서도 찾지 못했던, 짧았던 정치적 급진주의 시기를 과도기라고 할 수 없다면 말이죠. 그런 시절이 지나고 몇 달 되지 않아 저는 (당시의) 민주연합에 가입했고, 그것은 곧 제가 저의 이상을 실현할 희망을 품게 되었다는 뜻입니다. 어느 만큼의 희망이었는지, 당시 우리 사회주의 활동가들이 무엇을 이룰 수 있으리라 생각했는지, 혹은 실제 사회에서 언제쯤이나 변화가 일어날 수 있을지 묻는다면, 저도 모른다고 대답할 수밖에 없습니다. 그저 당시에는 저의 희망을 수치로 따져보지 않았고, 당시 내가 누렸던 기쁨을 그렇게 재보지 않았다라고밖에는 말이죠.

그 단계에 들어섰을 때 저는 경제에 대해서는 전혀 무지했습니다. 애덤 스미스 책을 펼쳐본 적도 없었고, 리카도나 칼 맑스라는 이름은 들어보지도 못했죠. 왜인지는 모르겠지만 존 스튜어트 밀은 좀 읽어봤는데, 그러니까 그가 푸리에주의의 가면을 쓴 사회주의를 공격한 유작 말이죠(그게 발표된 것이 『웨스트민스터 리뷰』인지 『포트나이틀리』인지 모르겠네요). 그 논문에서 밀은 그 나름대로 자신의 주장을 분명하고도 정직하게 개진했어요. 그걸 읽고 저는 적어도 사회주의가 꼭 필요한 변화이고 지금 우리 시대에 그걸 이룰 수도 있다는 확신을 갖게 되었죠. 제가 사회주의로 전향하는 일의 마무리 작업을 밀의 논문이 해준 셈입니다.

사회주의 조직(민주연합은 얼마 안 있어 확실한 사회주의 조직이 되었습니다)에 들어갔기 때문에 양심적으로 사회주의의 경제적인 면을 공부해보려 애썼고 맑스까지 붙들고 씨름했습니다. 고백하자면 『자본론』의 역사적 설명은 아주 재밌게 읽었지만, 그 위대한 저서의 순전히 경제학적인 부분은 읽으면서 머리를 쥐어뜯을 수밖에 없었어요. 여하튼 읽을 수 있는 만큼 읽었고, 그로부터 내 머리에 뭐라도 남았기를 바랄 뿐이죠.

솔직히 말해 백스(Bax)나 힌드만(Hyndman), 쇼이(Scheu) 같은 친구들과 나눴던 수많은 대화나, 당시 활발하게 진행되던 선전선동모임의 교육 과정—나도 거기서 나름의 몫을 했던—을 통해 얻은 것이 더 많았습니다. 내게 가능한 정도의 실제적인 사회주의 교육의 매듭을 지어준 것은 그 뒤로 만난 무정부주의자 친구들이었어요. 밀의 글을 읽으며 그의 의도와는 반대로 사회주의의 필요성을 알게 되었던 것처럼, 그들의 의도와는 전혀 다르게 그들을 통해 무정부주의가 불가능함을 깨달았던 거죠.

사회주의라는 이상은 어떻게 생겨났는가

그런데 이렇게 내가 실제적인 사회주의에 빠져들게 된 경위를 이야기하는 것은 내 생각에도 중간에서 이야기를 시작하는 격입니다. 사실 노동자를 수시로 난관에 빠트리는 장애물에 시달리는 일 없이 넉넉한 형편이었던 내 처지에서는 어떤 이상에 의해 피할 수 없이 그쪽으로 향하게 되지 않았다면 사회주의의 실질적인 측면에 끌릴 일은 절대 없었을 테니까요. 혐오스럽고 번거롭지만 어쩔 수 없이 필요한, 목적을 위한 수단이 아닌 본래의 정치가 내 관심을 끈 적도 없었고요. 지금도 여전한 사회의 폐해와 억압받는 빈곤층을 의식하게 되었을 때에도 나는 그러한 폐해를 부분적으로 바로잡는 일이 가능하다고는 믿은 적이 없습니다. 다시 말해서 하층계급이면서 행복하고 '품위 있게' 사는 일이 가능하다고 믿을 만큼 어리석지는 않았던 것이지요.

그렇게 나의 이상이 나를 실제적인 사회주의로 이끌었다면 그 이상은 어떻게 생기게 되었을까요? 여기서 내가 앞서 언급한, 특정한 집단의 이야기로 돌아갈 필요가 있겠네요.

현대 사회주의가 발흥하기 전까지 거의 모든 식자는 당대 문명의 상태에 상당히 만족했거나 만족한다고 공언했습니다. 사실 대부분이 정말 만족해했고, 야만 시대의 몰상식한 몇몇 잔재만 제거해서 이 문명을 완성하는 일 외에 달리 할 일이 없다고 보았죠. 곧 이것이 성공한 현대 중산층에게 아주 자연스러운 휘그식 정신 상태입니다.[1] 사실 그들은 사회주의가 자신들에게 풍요로운 생활을 계속 누리게만 해준다면, 기계적인 발전의 문제에서 달리 요구하는 바가 없어요.

하지만 그렇게 만족한 부류 말고도, 사실은 만족하지 못한 다른 부류가 있었습니다. 그들은 문명의 승리에 막연한 반감이 있었지만 휘그 파의 막강한 권력에 눌려 침묵할 수밖에 없었지요. 마지막 부류로 휘그 파에 공공연하게 맞선 몇 명이 있었으니, 사실 몇 명도 아니고 토머스 칼라일(Thomas Carlyle)과 존 러스킨 두 사람이었습니다.

러스킨은 내가 실제적 사회주의에 몸담기 이전에 나의 이상을 심어주었던 스승으로, 지금 돌이켜봐도 그가 아니었다면 이십 년 전의 내 삶이 말할 수 없이 삭막했을 거라고 말하지 않을 수 없습니다. 나의 불만이 막연하기만 한 것은 전혀 아니었지만, 바로 그를 통해 확실한 형태를 갖추게 되었던 것이지요. 아름다운 물건을 만드는 일을 빼면, 제 삶을 지배하는 중요한 열정은 예나 지금이나 현대문명에 대한 증오입니다. 이제 이런 말

---

1 휘그(Whig)는 절대군주제에 반대하고 의회주의를 옹호했던 당파로 1688년 명예혁명에서 주도적 역할을 한 후 보수주의 토리 파와 함께 영국의 양대 정파를 이루었다.─옮긴이

까지 했고, 그것이 파괴되었으면 하는 희망까지 이야기한 마당에, 사회주의가 그것을 대신했으면 한다는 바람과 관련해 더 말할 게 뭐가 있을까요?

물리력을 장악하고 낭비하는 것에 대해, 형편없는 공익성과 배가 부를 대로 부른 공익성의 적과 그 막강한 조직, 그리고 그것이 초래하는 삶의 비참함에 대해서는 말할 수 있겠습니다. 그 바보짓만 아니면 모두가 누릴 수 있는 순박한 기쁨을 현대문명이 얼마나 혐오하는지, 그리고 노동이 가질 수 있는 단 하나의 확실한 위안인 예술성을 파괴하는 그 눈먼 천박함에 대해 말이죠!

지금과 마찬가지로 당시에도 이런 마음이 가득했지만 왜 그런지는 알지 못했습니다. 과거의 희망은 모두 사라졌다고 생각했고, 그렇게 오랜 세월 지속된 인류의 투쟁이 낳은 것이라고는 그저 목적도 없이 너절하고 추한 혼돈뿐이라고 보았거든요.

현대문명의 무미건조한 누추함이 세상에 자리 잡기 이전의 유산이 머지않아 흔적도 없이 모조리 파괴되고 현재의 사악함이 더욱 심해지리라는 게 저의 생각이었습니다. 정말이지 비관적인 전망이 아닐 수 없지요. 나 자신을 하나의 유형만이 아니라 하나의 성격으로 봤을 때, 그러니까 과학적 분석은 물론이고 형이상학과 종교에도 무관심하지만, 대지와 대지의 삶에 깊은 애정을 갖고 있고 인류의 과거 역사를 무척이나 아끼는 나 같은 성향의 사람에게 이 같은 전망은 특히 좋지 않았습니다.

생각해보세요! 머지않아 올 세상이 잿더미 꼭대기에 세워진, 포드스냅(찰스 디킨스의 『우리 서로 아는 친구』에 나오는 거만한 중상층 집안—옮긴이)의 응접실이 갖춰진 경리실로 귀결될까요? 눈에 즐거운 것들은 지상에서 다 사라지고 호메로스 자리에 헉슬리가 들어앉고, 만인을 만족시킨다는 그런 편리한 비율에 따라 휘그위원회가 부자에게는 샴페인을, 빈자에게는 마가린을 배급해주는 그런 세상으로요? 진심으로 말하지만, 어쩔 수 없이 미래를 내다봐야 할 때면 정말이지 저의 눈앞에 나타난 모습이 그러했습니다. 제가 알기로는 그런 식으로 문명이 완성되는 것에 맞서 싸워야 한다는 생각을 하는 사람도 거의 없는 듯했고요.

나는 역사와 예술이 만들어낸 사회주의자

이 모든 문명의 오물 속에서 위대한 변화의 씨앗이, 다른 이들이 사회적 혁명이라고 부르는 것의 씨앗이 움트고 있을 거라는 생각이 어쩌다가 문득 머리에 떠오르지 않았다면, 나는 여전히 그렇게 비관적인 삶의 종말에서 헤어나지 못했을 것입니다. 그 깨달음으로 만사가 완전히 달라졌어요. 그때 제가 사회주의자가 되기 위해 해야 했던 일은 그저 실제적인 운동에 뛰어드는 것이었죠. 그리고 제 능력껏 열심히 하려고 했습니다.

요약하면, 역사 공부와 예술에 대한 애정, 예술 활동을 통해 나는 현 문명을 증오하게 되었습니다. 이 문명을 그냥 이대로 놔두면 인류 역사는 하찮고 무의미한 것이 되고, 예술도 현재의 삶과 진정한 관련이 없는 과거의 진기한 골동품 수집이 되기 때문이죠.

동시에 나는 혐오스러운 현대사회 안에서 꿈틀거리는 혁명적 의식에 대해 알게 되었습니다. 그 덕택에 예술적 감수성을 가진 다른 많은 이들과 달리, 한편으로 그저 '문명의 진보'에 대해 분노하거나 다른 한편으로 기초도 없이 중산계급의 유사예술 취향으로 예술을 키워보겠다며 온갖 계획을 세우느라 시간과 기력을 낭비하는 그런 방향으로 빠지지는 않았죠. 그렇게 나는 실제적인 사회주의자가 된 것입니다.

역사니 예술이니 하는 것이 우리랑 무슨 상관이 있느냐고 물을 동지가 있을지 몰라서 마지막으로 한두 마디만 덧붙이고 싶습니다. 우리는 사회민주주의로 품격 있는 삶을 일궈내길 바라지요. 어떻게든 삶을 꾸려가길 바라며 그것도 당장 이루고자 해요. 예술과 교양이라는 건 먹고사는 일 뒤에 와야 한다고 생각하는 사람들(일부는 정말로 그렇게 제안하기도 합니다)은 분명 예술의 의미를 제대로 모르는 것입니다. 예술이 뿌리내리려면 근심 없는 풍요로운 삶이라는 토양이 필요하다는 사실을 이해하지 못하는 것이지요.

우리가 명심해야 할 것은, 노동자를 이렇게 메마르고 애처로운 존재로 만든 것이 바로 이 문명이라는 사실입니다. 또한, 그리하여 노동자들이 어쩔 수 없이 견디는 현재의 삶보다 더 나은 삶을 향한 열망을 어떻게 구체화할지 알지 못한다는 사실입니다. 여기서 예술의 몫은 그들 앞에 합리적이고 충만한 삶의 진정한 이상을 세워주는 일이겠지요. 예술의 감상과 창조, 곧 진정한 기쁨의 향유가 매일의 양식만큼이나 필요한 것으로 여겨지는 삶, 그냥 싫어서(이런 모습은 힘이 다하는 데까지 막아야 하죠)가 아니라면 어느 누구도, 어떤 집단도 예술을 박탈당하지 않는 그런 삶 말입니다.

Holland Park Carpet (Year unknown)

Woven Fabric Tulip and Rose (1890)

Original from Birmingham Museum

Vine pattern (1873)

The Strawberry Thieves pattern (1883)

부란 자연이 우리에게 준 것, 합리적인 인간이 합리적인
용도로 그 자연의 선물에서 만들어내는 것입니다.
인간이 가장 인간다울 때, 아이디어와 포부가 가득
차오를 때 창조되는 아름다움. 곧, 자유롭고
인간다우며 타락하지 않은 사람들의 즐거움에
기여하는 모든 것, 그것이 부입니다.

6

쓸모 있는 일과 쓸모없는 노역

어떤 분들은 이 강연의 제목부터 이상하다고 느낄지도 모르겠네요. 요즘 사람들은 대부분 일이라면 다 쓸모 있다고 가정하고, 대부분의 부유한 사람은 일이란 다 바람직하다고 여기니 말이죠. 부유하든 아니든, 대다수의 사람들이 쓸모없어 보이는 일을 하더라도 어쨌든 그 일로 밥벌이를 하고 있습니다. 보통 하는 말처럼 '고용된' 것이죠. 또 얼마나 '근면한지' 노동의 신성한 대의를 위해 휴일이나 삶의 즐거움이라고는 전혀 갖지 못하고 살아가지요. 이런 사람을 보면 부자들은 대개 행복한 노동자라며 칭찬과 축하를 아끼지 않습니다.

한마디로 모든 노동은 그 자체로 좋은 것이라는 생각이 현대 도덕적 신조의 하나가 된 것입니다. 이는 다른 사람의 노동으로 먹고사는 사람에게는 정말 편리한 믿음이 아닐 수 없어요. 하지만 그 부유한 이들을 자신의 노동으로 먹여 살리는 사람이라면 그것을 아무 의심 없이 받아들이지 말고 조금은 더 깊이 따져보았으면 합니다.

일단 인류는 노동하지 않으면 소멸할 수밖에 없다는 사실을 인정해야겠습니다. 자연은 우리에게 먹고살 거리를 거저 주지 않지요. 그러므로 우리는 어느 정도 힘들여 일해 스스로 얻어야 해요. 노동이 아닌 다른 측면에선, 자연이 인간 개개인과 전 종족의 생명 유지에 필요한 행동을 단지 참을 만한 것이 아니라 즐거운 것이 될 수 있도록 배려해주잖아요. 그렇다면 이러한 의무적인 노동에는 자연이 어떤 식으로 보상해주지 않는지를 이제부터 살펴봐야겠습니다.

사실, 병들어 아픈 게 아닌 다음에야 특정한 조건에서는 일하면서 즐거움을 얻는 게 인간의 본성이라는 데에 다들 동의할 겁니다. 그럼에도 불구하고 방금 언급한 식의, 어떤 노동이건 가리지 않고 칭송하는 위선적인 태도에 맞서서 축복은커녕 저주라고밖에 할 수 없는 노동이 존재한다는 사실 또한 지적해야만 합니다. 그러다가 죽는 수밖에 없더라도, 감옥이나 구빈원에 보내지더라도—그렇게 될 테니까—노동자가 팔짱을 끼고 노동을 거부하는 게 노동자와 사회에 더 나은 일이라고 말이에요.

보다시피 좋은 일과 나쁜 일, 두 종류의 일이 있기 때문입니다. 삶을 밝혀주는 축복에 가까운 일이 있고, 삶에 짐을 지우는 그저 저주인 일이 있지요. 그렇다면 이 두 가지 일은 어떻게 다른 걸까요? 그건 희망이 있는지 없는지에 달려 있습니다. 한 종류의 일을 하는 것이 인간답지만 다른 종류의 일을 거부하는 것 역시 인간답습니다. 이때 일에 희망이 있다고 한다면, 그 희망으로 일이 할 만한 가치를 갖게 된다면, 그 희망이란 본질상 어떤 것일까요?

내 생각에 희망은 세 겹으로 이뤄져 있습니다. 즉 휴식에 대한 희망, 생산물에 대한 희망, 그리고 일 자체에서 느끼는 즐거움에 대한 희망, 이렇게 세 가지입니다. 여기서 휴식이란 질적으로나 양적으로나 충분한 휴식을 말하지요. 생산물은 바보나 금욕주의자가 아닌 다음에야 대개 소유하고픈 물건을 가리키고요. 즐거움이란 일하는 동안 우리 모두 의식할 수 있을 만큼의 즐거움을 뜻합니다. 실을 쥐고 부산스럽게 연신 꼼지락거리던 사람이, 실이 없을 때 느끼는 상실감 정도를 주는 한낱 습관으로서의 즐거움이 아니라요.

휴식에 대한 희망이 첫 번째 자리를 차지한 것은, 그것이 가장 단순하면서도 자연스럽기 때문입니다. 일을 하는 데에 어떤 즐거움이 있더라도 모든 일에는 분명 수고가 따르게 마련이지요. 잠자는 우리 몸의 에너지를 깨워 움직이게 할 때의 동물적 고통과, 만사가 편하게 흘러가는데 그걸 바꾸는 것에 대한 동물적 두려움. 이러한 동물적 수고에 대한 보상이 곧 동물적 휴식입니다.

일하는 동안에는, 일하지 않아도 되는 시간을 곧 가질 수 있다는 것을 실감할 수 있어야 합니다. 또한 그 휴식은 우리가 그 것을 누리고 있다는 기분이 들 만큼은 되어야 해요. 노동하느라 소진한 에너지를 회복할 딱 그만큼으로는 부족한 것이죠. 또한 걱정에 시달리면 휴식을 누릴 수 없으므로 이런 점에서도 동물 적 휴식이어야 해요. 이러한 종류의 휴식을 이만큼 누릴 수 있 다면 일단은 동물보다는 못하지 않습니다.

그다음은 생산물에 대한 희망입니다. 자연이 우리로 하여금 생산을 위해 일하도록 했다는 사실은 이미 이야기했지요. 하지 만 아무것도 아닌 게 아니라 정말 무언가를 생산하는지는, 적어 도 우리가 원하지도 않고 쓸 수도 없는 물건이 아닌 어떤 것을 생산하는지는 우리에게 달려 있어요. 우리가 이런 점을 고려하 면서 그에 따라 의지를 행사할 수 있다면 일단은 기계보다는 낫 습니다.

마지막으로 일 자체에서 느끼는 즐거움에 대한 희망. 오늘 오신 청중 가운데 어떤 분들에게는—아니 대부분의 청중에게 —이런 희망이 얼마나 황당하게 들릴까요! 하지만 모든 생물 은 에너지를 행사하면서 즐거움을 느낀다는 것이, 동물조차 유 연함이나 속도나 힘을 행사할 때에 기쁨을 느낀다는 것이 나의 생각입니다.

일하는 인간은, 자신의 의지로 자신이 힘을 가하여 곧 세상 에 나올 어떤 것을 생산하는 인간은 몸만이 아니라 정신과 영혼의 에너지까지 쏟아붓습니다. 기억과 상상력의 도움을 받는 것이죠. 단지 자신의 생각만이 아니라 과거 많은 사람의 생각이 그의 일을 돕습니다. 그렇게 인류의 일부로서 창조하는 것이죠. 그런 식으로 일한다면 우리는 인간다운 존재로 살게 될 것이고 행복하고 흥미진진한 나날을 보내게 될 것입니다.

할 만한 가치가 있는 일에는 이렇게 휴식하는 즐거움에 대한 희망, 일해서 생산한 것을 사용하는 즐거움에 대한 희망, 그리고 매일의 창조적 기술을 행사하며 느끼는 즐거움에 대한 희망이 있습니다. 이런 것이 없다면 무가치한 일이고 노예의 일입니다. 살려고 하는 노역이고, 노역을 하려고 사는 것이죠.

각각의 계급은 얼마나 일하고 있나

이제, 세상에서 이뤄지는 일을 재어볼 일종의 저울이 생겼으니 이 저울을 사용해볼까요. 수천 년 동안 노역을 해온 끝에, 수많은 약속이 줄곧 유예된 끝에 문명이 진보했고 자유를 얻었다고 그렇게 기뻐하는 지금, 우리가 하는 일이 얼마나 가치 있는 일인지 한번 재보자고요.

지금의 문명에서 가장 쉽게 눈에 띄는 첫 번째 사실은 일이 각각의 계급에 무척이나 불평등하게 분배되어 있다는 점입니다. 일단 전혀 일하지 않고, 하는 척도 하지 않는 사람들이 있는

데, 그것도 꽤 되지요. 그다음으로 상당히 열심히 일하지만, 휴일과 편안함을 넉넉하게 요구하고 또 그만큼 누릴 수 있는 아주 많은 사람이 있습니다. 마지막으로 너무나 열심히 일해 일 외에 다른 것이라고는 전혀 할 수 없는, 그래서 앞에서 언급한 부유층—혹은 귀족—이나 중산계급과 구별하여 '노동계급'으로 불리는 사람들이 있습니다.

이러한 불평등은 '노동계급'에게 너무나 과도한 부담을 지워 적어도 휴식의 희망을 말살하는 경향이 두드러집니다. 이 특정한 면에서 그들은 들판의 맹수보다 못한 삶을 살고 있는 셈이지요. 하지만 이는 쓸모 있는 일을 쓸모없는 노역으로 만드는 어리석음의 전부나 끝이 아니라 그저 시작일 뿐입니다.

일단 아무 일도 하지 않는 부유층으로 말하자면, 다들 알다시피 그들은 생산하는 건 전혀 없으면서 엄청나게 많이 소비하고 있습니다. 따라서 분명 그들은 거지가 그렇듯 일하는 사람에게 빌붙어 사는 사회의 짐일 수밖에 없습니다. 요즘 들어 이러한 사실을 알게 된 사람들이 많아요. 하지만 다들 거기서 더 나아가 현 체제의 폐해를 깨닫고 이러한 짐을 제거할 계획을 생각해내지는 못하고 있어요. 하원의원을 선출하는 시스템을 바꾸면 마법처럼 그런 변화가 생겨나지 않을까 하는 막연한 희망이 있을 수는 있지만 말이죠. 하지만 그런 희망이나 근거 없는 믿음에 매달릴 필요가 없어요. 귀족이라는 이 계급은 한때는 국가에 아주 필요한 존재였지만 그 수가 미미하고 이제 자체의 힘은 거의 없이 바로 아래의 중산계급의 지원에 의존하고 있을 뿐이잖아요. 사실 부유층 자체가 중산계급에서 가장 성공한 사람이나 그들의 직계후손으로 이뤄져 있습니다.

상업과 제조업과 전문직을 포함한 중산계급의 경우, 그들은 대개가 아주 열심히 일하는 사람들입니다. 그러니 언뜻 보기에 사회의 짐이 아니라 오히려 보탬이 되는 것처럼 보일 수도 있지요. 하지만 지금까지 그들 대부분은 일은 하지만 생산은 하지 않고, 생산을 하더라도 그저 상품의 분배에 종사하거나(정말이지 아무 쓸모없이), 의사나 (진짜)예술가와 문학인의 경우처럼 마땅한 몫을 넘어 지나치게 많은 소비를 해왔습니다.

가장 강력한 부문인 상업과 제조업에 종사하는 사람들은 진짜 노동자를 강제하여 생산한 부를 서로 더 많이 가지려고 다투는 일에 평생 가진 에너지를 다 쏟아붓습니다. 나머지는 대체로 여기에 빌붙은 사람들로, 대중이 아니라 특권계급을 위해 일합니다. 이들은 때로 기생충 같은 존재여서 변호사는 아예 대놓고 그렇고, 의사나 앞서 언급한 전문직처럼 사회에 유용한 존재라고 공공연하게 말하지만 사실 어리석은 짓이나 사기, 그 자신이 속한 폭압의 체제를 지탱하는 일 외에 거의 쓸모가 없는 경우가 비일비재해요.

대체로 이 모든 사람에게는 단 하나의 목적이 있습니다. 그 목적이란 공익의 생산이 아니라 바로 자신과 그 후손이 전혀 일을 하지 않아도 될 지위의 획득입니다. 자신들이 갖기는 어렵더라도 적어도 후손을 위해 전체 사회에 명백한 짐이 될 그런 자랑스러운 지위를 차지하는 일이 그들의 야망이자 평생의 목표인 것이죠.

자신들의 일에 온갖 허울 좋은 존엄성을 발라놓기는 하지만 사실 그들은 일 자체에는 전혀 관심이 없습니다. 일부 열정적인 사람이나 과학자, 예술가, 문학가 등은 그렇지 않겠지만, 그들은 세상의 소금이라기보다는 기껏해야 자신들이 노예처럼 종사하는 끔찍한 체제의 소금이 되고(아, 얼마나 안된 일인지!), 그래서 번번이 길이 가로막히고 때로는 타락하기도 하는 거죠. 이렇게 이 계급은 규모도 상당하고 무소불위의 권력을 지니고 있는데, 생산하는 건 거의 없이 소비는 엄청나게 하기 때문에 거지와 마찬가지로 주로 진짜 생산자가 먹여 살려야 합니다.

마지막으로 살펴볼 계급은 모든 생산품을 생산하여 자신과 다른 계급을 다 먹여 살리는 이들입니다. 그런데도 다른 계급들보다 열등한 지위에 놓여 있지요. 정신과 육체의 존엄성이 모두 손상되는 진짜로 열등한 지위 말이에요. 하지만 그것은 다시 이들 노동자 중 많은 수가 진짜 생산자가 아니라는 이 어리석은 폭정의 불가피한 결과입니다. 태반이 또다시 기생충 같은 존재가 되는 것이고 그중에는 공공연하게 그러는 존재도 있거든요.

예를 들어 군대가 그렇습니다. 국가 간의 경쟁과 적대감을 영속하기 위해, 그리고 대가를 지급하지 않은 노동의 생산물을 차지하려는 나라 간 싸움을 위해 유지되는 육지와 바다의 군대 말이에요.

하지만 이렇게 생산자에게 명백하게 짐을 지우는 부류와 그렇게 명백하지 않지만 결국 마찬가지인 집안의 하인 같은 부류만 있는 것이 아닙니다. 우선 부를 쌓기 위한 개인의 전쟁—앞에서 이야기했듯 이것이 부유한 중산계급의 직업의 본질이지요—에 복무하는 점원과 판매원 같은 무리가 있어요. 이 집단은 생각보다 훨씬 많아요. 무엇보다 경쟁적 판매라고 할, 그보다 덜 점잖은 표현을 쓴다면 상품의 과대광고라고 할 만한 일에 종사하는 모든 사람이 여기 속하기 때문이에요. 과대광고는 이제 그 정도가 얼마나 심해졌는지, 생산하는 비용보다 판매비용이 더 많이 드는 상품도 많지요.

그다음으로 터무니없는 온갖 사치품을 생산하는 집단이 있습니다. 그런 사치품에 대한 수요가 있는 이유는 아무것도 생산하지 않는 부유층이 있기 때문이지요. 그러니까 인간답고 청렴한 삶을 영위하는 사람이라면 절대 원하지도 않고 아예 꿈도 꾸지 않을 그런 물건 말입니다. 누가 뭐라고 하든, 난 이런 종류의 물건을 절대 부(富)라고 부르지 않을 것입니다. 그건 부가 아니라 낭비니까요.

부란 자연이 우리에게 준 것, 합리적인 인간이 합리적인 용도로 그 자연의 선물에서 만들어내는 것입니다. 밝은 태양빛과 신선한 공기, 훼손되지 않은 땅, 우리에게 필요한 괜찮은 정도의 음식과 의복과 주거지. 온갖 종류의 지식을 쌓고 퍼뜨리는 힘. 인간과 인간 사이의 자유로운 의사소통 수단. 예술 작품처럼, 인간이 가장 인간다울 때, 아이디어와 포부가 가득 차오를 때 창조되는 아름다움. 곧, 자유롭고 인간다우며 타락하지 않은 사람들의 즐거움에 기여하는 모든 것, 그것이 부입니다.

이러한 항목에 해당하지 않으면서 소유할 가치가 있는 게 뭐가 있을지 나로서는 떠올릴 수가 없습니다. 그런데 지금 세계의 작업장이라는 영국에서 생산되는 제품을 생각해보세요. 정신이 온전한 사람이라면 도대체 바랄 수도 없는 엄청난 양의 물건을 우리의 쓸모없는 노역으로 만들어내고 또 팔고 있으니 그 누군들 나처럼 망연자실하지 않을 수 있을까요?

여기서 그치지 않고 너무나 많은 노동자에게 강요된 이보다 더 서글픈 산업이 있습니다. 그것은 바로 열등한 계급인 노동자들과 그 형제들에게 적합하다고 보는 물건을 생산하는 일입니다. 많은 사람이 생산하지 않는 삶을 사는 한, 아니 대다수 노동자들이 누구도 필요로 하지 않을, 돈이 많아도 원하지 않을 그런 물품을 생산할 수밖에 없는 공허하고 멍청한 삶을 사는 체제에서는 대부분이 가난하게 사는 것도 당연합니다.

자신들이 먹여 살리는 계급으로부터 임금을 받아 사는 그들은 정작 자신의 용도로는 인간이라면 당연히 바랄 만한 제품을 갖지 못합니다. 또한 영양가 없는 질 나쁜 음식과 몸을 제대로 감싸주지도 못하는 형편없는 옷가지, 문명시대 도시에 살면서도 유목민의 천막집이나 선사시대 원시인의 동굴을 회한에 잠겨 돌아보게 할 정도로 끔찍한 주거지 같은 참담한 임시변통의 것들을 참고 견딜 수밖에 없는 거예요.

아니, 노동자들은 심지어 이 시대의 위대한 공업적 발명인 '짝퉁 생산'에도 가담해 그 도움으로 부자들의 사치품을 흉내내거나 모조품을 만들어 쓰기까지 합니다. 임노동자는 임금을 주는 고용자가 시키는 대로 할 수밖에 없고 그들의 생활습관은 주인에 의해 강요되기 때문이지요.

낭비가 가난을 만든다

여기저기서 입을 모아 칭찬하는 우리 시대의 값싼 상품이 사실 비난 받아 마땅하다는 사실을 여기서 일일이 따져봐야 시간낭비일 뿐입니다. 이 값싼 물건의 생산이 현대 제조업의 토대인 착취의 체계에 필요할 뿐이라는 점을 지적하는 정도로도 충분하겠지요. 다시 말해 우리 사회에는 노예처럼 먹고 옷을 입고 노예의 집에서 살아야 하는 다수의 노예가 있습니다. 그들은 살기 위해 불가피하게 노예의 물품—그것을 사용함으로써 노예 생활이 영속화되는—을 만들어낼 수밖에 없지요.

한마디로, 이른바 문명화되었다는 나라엔 세 계층이 존재합니다. 그 나라 안에서 이뤄지는 일의 방식에서 봤을 때 말이지요. 아예 일하는 척도 하지 않는 계층, 일은 하지만 아무것도 생산하지 않는 계층, 그리고 일은 하지만 다른 두 계층에 의해 종종 비생산적인 일을 할 수밖에 없는 계층이 그것입니다. 문명은 이처럼 자산을 낭비하고 있고, 현 체계가 지속되는 한 계속 그럴 거예요. 그런데 이는 좀 추상적인 말이라 우리의 삶을 고통스럽게 하는 폭정을 제대로 묘사하지 못하죠. 그것이 무슨 뜻인지 좀 더 자세히 살펴보겠습니다.

세상에는 어느 정도의 천연자원과 자연력이 존재하고, 그 속에 사는 사람들에게는 어느 정도의 노동력이 내재되어 있습니다. 수천 년 동안 인간은 필요와 욕구에 의해 노동하고 자연력을 통제하여 천연자원을 자신에게 유용하게 만들어왔지요. 우리에게 미래를 볼 수 있는 능력은 없으므로 일단 지금이 어떤지만 따져볼 때, 자연과 벌여온 투쟁은 이제 막바지에 접어들어 인간의 자연정복이 거의 완료된 듯합니다.

역사시대의 시초부터 돌이켜보면, 이러한 승리의 과정이 지난 2백 년 동안 전례 없는 속도로 그 어느 때보다 놀라운 방식으로 이뤄져왔음을 알 수 있습니다. 따라서 현대인은 앞선 시대의 그 누구보다 어느 면에서나 훨씬 잘살아야 하는 게 분명합니다. 분명 우리 모두가 부유해야 하고, 자연을 정복해 얻어낸 그 좋은 것들을 다들 누리며 살아야 마땅하죠.

그런데 실제로는 어떤가요? 문명 사회의 대다수 민중이 가난하다는 사실을 감히 부정할 사람이 있을까요? 얼마나 가난한지, 그래도 어떤 면에서는 선조들보다 조금이라도 낫지 않을까, 이런 걸 따져보는 일조차 유치할 정도입니다. 그들은 가난하고, 그 가난은 아무것도 없던 원시인의 가난함과 견줘볼 수가 없습니다. 왜냐하면 원시인이 아는 것은 자신들이 가난하다는 사실밖에 없어서, 춥고 배고프고 집도 없고 더럽고 무식하고, 이 모든 것이 그에게 피부가 있다는 사실만큼이나 자연스러운 일이었기 때문이죠. 하지만 우리 대부분의 경우, 문명에 의해 욕망은 계속 자라나지만 그것을 충족할 길은 막혀 있습니다. 그러니 현 문명은 자린고비만이 아니라 고문관이기도 한 셈이지요.

그렇다면 우리는 자연의 정복으로 얻은 결실을 빼앗기고 있는 것이 아닌가요! 휴식과 이득과 즐거움에 대한 희망으로 노동하도록 자연이 강제했던 상황이 이제는 희망—노동하며 먹고살려는 희망!—을 갖고 노동하라고 인간이 인간을 강제하는 상황으로 바뀐 것 아닌가요! 이 상황을 바로잡으려면 어떻게 해야 할까요?

자연을 정복한 것은 까마득한 선조가 아니라 직전의 조상,

아니 바로 우리 자신이라는 사실을 다시 한번 기억해야 합니다. 그렇다면 지금 우리가 절망하여 무기력하게 앉아 있는 건 터무니없이 어리석은 일이지요. 우리 스스로 바로잡을 수 있다고 확신해야 해요. 그렇다면 가장 먼저 해야 할 일은 무엇일까요?

우리는 현대 사회가 두 계급으로 나뉘어 있다는 사실을 알고 있습니다. 그 하나는 다른 쪽의 노동으로 먹고사는 특권이 주어진 계급으로, 다른 계급이 자신들을 대신해 일을 하도록 강제하고, 이 열등한 계급으로부터 뽑아낼 수 있는 건 모두 뽑아냅니다. 그러고는 그렇게 뽑아낸 부를 자기 구성원이 계속 우월한 지위를 유지하고 더 고귀한 존재—다른 계급 구성원보다 더 오래 살고 더 아름답고 명예롭고 세련된—가 되는 데에 사용합니다. 절대적으로 더 오래 살거나 아름답거나 세련되어지려고 한다는 게 아니라 그저 열등한 계급보다 상대적으로 그래야 한다고 주장하는 것이죠. 게다가 열등한 계급의 노동력을 진정한 부의 창출에 다 사용할 수 없으므로 아무짝에도 쓸모없는 것을 생산하는 데 통째로 낭비합니다.

대다수 사람이 가난한 이유는 이렇게 소수가 부를 강탈하여 낭비하기 때문입니다. 만약 이것이 사회의 유지를 위해 불가피하게 감수해야 하는 일이라는 사실이 증명되기라도 한다면, 억압받는 대다수의 절망으로 인해 언젠가는 사회 전체가 파멸에 이를 것이라는 말 외에 더는 할 말이 없겠죠. 하지만 그와 반대로 예를 들어 협동조합 같은 아직 불완전한 실험만 봐도,[1] 특권 계급의 존재가 부의 생산에 필요한 것이 아니라 오히려 부의 생산자의 '통제', 다른 말로 하면 특권의 유지를 위해 필요할 뿐이라는 걸 알 수 있지요.

삶의 기쁨을 만들어내는 노동

그렇다면 가장 먼저 취해야 할 조치는, 인간의 의무를 회피하고 본인은 일하지 않으면서 그 일을 다른 사람에게 강요하는 특권층을 없애는 것 아닐까요. 모든 사람이 능력에 따라 일하고 자신이 소비할 것을 생산해야 하는 거죠. 즉 각자는 생계를 위해 능력껏 일해야 하고, 이를 통해 생계—사회가 모든 구성원에게 제공하는 모든 혜택—가 보장되어야 하는 것입니다.

이로써 마침내 조건의 평등함에 기초하는 진정한 '사회'의 초석이 마련됩니다. 아무도 다른 사람에게 혜택을 주려고 고생스럽게 살지 않을 것입니다. 아니, 사회에 혜택을 돌리려고 고생하는 일도 없을 거예요. 모든 구성원에게 혜택이 돌아가지 않

---

1   모리스가 살던 19세기 후반 영국에서는 이제 막 협동조합의 형태가 등장했다. 생산자와 소비자가 공동출자를 통해 서로의 이익을 도모한다는 개념이 당시로서는 매우 파격적이었을 것이다.—옮긴이

는 체제는 '사회'라고 부를 수도 없겠고요.

문제는, 전혀 생산하지 않는 사람이 너무 많고, 너무 많은 일이 낭비되면서 다수가 비참하게 살아간다는 것입니다. 그러니 모든 사람이 생산하고 어떤 일도 쓸데없는 것에 낭비되지 않아야 하죠. 이렇게 바뀐다면 모두가 일한 만큼 마땅한 몫의 부를 얻을 수 있다는 희망으로 일할 수 있을 거예요. 그뿐 아니라 마땅한 몫의 휴식도 가질 수 있을 것이 분명하죠. 그렇다면 앞에서 언급한, 할 만한 가치가 있는 일을 위해 노동자가 확보해야할 세 가지 본질적 요소[휴식과 이득과 즐거움] 가운데 두 가지가 확보되는 셈이죠.

계급 간 강탈이 사라진다면 모두 각자 노동의 대가를 얻을 수 있고 마땅히 가져야 할 휴식, 즉 여가를 가질 수 있습니다. 사회주의자 중에는 여기까지면 충분하다고, 노동의 대가를 제대로 받고 충분한 휴식을 얻을 수 있으면 된다고 말하는 사람들이 있지요. 하지만 인간의 폭정에 의한 강제가 사라진 후에도 자연의 필연성에 의한 강제에 대해서도 보상받아야 합니다. 일 자체가 너무 하기 싫다면 매일 해야 하는 그 일은 여전히 짐이 될 테고, 아무리 노동시간이 짧다 해도 우리의 삶을 훼손할 테니까요. 우리의 바람은 즐거움을 희생하지 않고 부의 증대를 이루는 것입니다. 일이 삶의 즐거움 중 한 부분을 이루지 못한다면 자연의 정복이 완전히 이뤄졌다고 할 수 없는 것이지요.

노동의 강제에서 모두가 해방되는 이 첫 단계를 밟으면 적어도 이러한 행복한 결말로 나아가는 길에 들어설 수 있습니다. 그런 문제를 제기할 시간과 기회가 생기기 때문이지요. 확실히 현재는 누군가 빈둥거리며 노동력을 낭비하고 비생산적인 일에 노동력을 낭비하는 와중에, 얼마 안 되는 사람들만 문명 세계를 부양하고 있는 상황이잖아요. 모두가 유용한 일을 하여 함께 이 세계를 부양한다면, 그리고 삶의 기준을 지금 부유층의 그것보다 낮춘다면 각자가 해야 하는 일의 몫은 얼마 안 될 것입니다. 그러면 남는 노동력이 생기고 한마디로 원하는 만큼 부유해질 수 있어요. 사는 일이 수월해지는 것이죠.

현 체제에서는 어느 날 아침 눈을 떠보니 '사는 게 수월'해지기라도 하면 이 체제가 곧장 행동을 개시하여 다시 사는 게 힘들어지게 만들 것입니다. 그러고는 거기에 '자원의 개발'이나 다른 번드르르한 이름을 붙이는 것이지요. 노동 강도가 세지는 일을 막을 수 없고 그런 상태가 지속되는 한, 아무리 훌륭한 기계를 발명해봐야 우리에게는 아무 소용도 없습니다. 새로운 기계가 발명될 때마다 노동자의 전문적인 기술을 교란하여 얼마간의 괴로움만 초래할 뿐이죠.

수많은 노동자가 숙련공에서 비숙련공으로 전락하고 점차 그것에 익숙해지고 나면 겉으로는 만사가 순조롭게 돌아가는 것처럼 보일 수도 있습니다. 이 모든 게 혁명을 준비하는 게 아닌 다음에야, 노동자 대부분의 상황은 멋진 새 발명품이 나오기 전과 다를 바가 없겠고요.

그러나 혁명으로 인해 '사는 게 수월'해진다면, 모두가 조화롭게 함께 일하고 그 누구도 다른 노동자에게서 시간을, 즉 그의 삶을 강탈하는 일이 없는 그런 날이 온다면 누구도 원하지도 않는 물건을 억지로 생산할 필요가 없고 공짜로 일해줄 필요도 없을 것입니다. 나의 풍부한 노동력으로 무엇을 할지 차분하고 깊게 생각해볼 수 있는 것이죠.

아주 일상적이고 필수적인 노동까지 포함하여 모든 노동이 모두에게 즐거운 것이 되도록 하는 일에 그 풍부한 노동력을 가장 먼저 써야 합니다. 곰곰이 생각해보면 어떤 사건과 고난이 닥치더라도 소소한 일상에서 즐거움과 흥미를 느낄 수 있다면 확실히 행복하게 살 수 있을 테니까요.

이미 다들 인정하는 사실을 굳이 뭐하러 애써 주장하는 건지 의아해할 수도 있겠네요. 그런 이들에게는 현대 문명이 얼마나 철저하게 그런 삶을 금지하고 있는지 다시 일깨워주고 싶군요. 가난한 사람의 삶을 얼마나 구차하고 심지어 참담하기까지 한 일상으로 완전히 에워싸는지, 부자에게는 얼마나 기계적이고 공허한 삶을 강요하는지 말이죠. 휴일이라고 할 만한 시간은 거의 없어 우리가 자연의 일부임을 느끼지도 못해요. 우리의 삶을 다른 삶과 연결하는 모든 소소한 사건의 연쇄 속에서 삶이 진행되는 과정을 느긋하면서 사려 깊고 행복하게 인식하며 인류라는 커다란 전체를 일궈갈 수도 없는 것이지요.

우리가 모든 노동을 합리적이고 즐거운 것으로 만들겠다고 굳게 결심한다면 삶 전체가 그러한 휴일이 될 수 있습니다. 하지만 정말 마음을 굳게 먹어야지, 어정쩡하게 해봐야 전혀 소용이 없어요. 기쁨이라고는 없는 현재의 노동이, 쫓기는 동물처럼 늘 겁에 질리고 불안에 가득 찬 우리의 삶이 특권층의 이윤을 위해 생산이 이뤄지는 현 체제에 의해 강요된 것이라는 이야기는 이미 말씀드렸지요?

이제 이것이 정확히 무슨 의미인지를 설명해보겠습니다. 현재 임노동과 자본의 체계에서는 모든 사람의 육체에 내재된 노동력을 사용하여 물건을 생산하는 수단인 생산수단을 독점하는 '제작자'(제작자란 사실 자기 손으로 직접 만드는 사람을 가리키는 말인데, 너무나 얼토당토않은 명칭이 아닐 수 없지요)가 그런 특권이 없는 사람들의 주인 노릇을 하고 있어요. 제작자만이 이 노동력을 사용할 수 있고, 다른 한편 노동력이라는 상품이 있어야만 그의 '자본'—즉 과거 노동이 생산한 축적물—이 그를 위해 생산성을 발휘할 수 있습니다. 그러다 보니 자본이 없어 노동력을 팔아 살아갈 수밖에 없는 사람들의 노동력을 사는 것이죠.

이러한 거래를 하는 목적은 자본을 늘리고 증식하기 위해서입니다. 자신과 거래하는 노동자에게 노동력의 가치를 전부 제대로 지급한다면, 그러니까 생산된 것을 다 돌려준다면 그 목적을 달성할 수 없다는 건 명백합니다. 그런데 그는 노동을 생산적으로 만들 수 있는 생산수단을 독점하고 있기 때문에 그 거래를 자신에게 유리하고 그들에게 불리하도록 만들 수 있어요.

그 거래란 자신의 주인 행세에 군말 없이 복종할 수 있을 만큼의 수준으로 생계를 보장해준 다음, 그들이 생산한 나머지(사실 훨씬 더 큰 부분)는 자신이 차지한다는, 유용하게 쓰건 마구 낭비하건 자기 맘대로 할 수 있는 자신의 재산으로 귀속시킨다는 것을 가리킵니다. 다들 알다시피 그들은 군대와 경찰과 감옥을 동원해 이 재산을 빈틈없이 지키고 있고요. 다시 말해 그러한 거대한 물리력을 이용하여, 미신과 관습, 굶어죽을까 하는 두려움, 한마디로 무지에 사로잡힌 무산계급을 유산계급이 노예처럼 부려먹을 수 있는 것이지요.

모두에게 행복하고 쓸모 있는 노동은 가능한가

다른 자리였다면 이 체제에서 비롯하는 다른 폐해를 더 강조했을 것입니다. 하지만 이 강연에서는 이러한 체제에서는 좋아하는 노동을 할 수가 없다는 점을 특히 강조하고 싶어요. 다시 말하지만 이건 강도질(그에 대한 다른 용어는 없네요)입니다. 많은 사람이 아무것도 하지 않고, 그보다 많은 사람은 아무런 쓸모 있는 일을 하지 않고, 정말 쓸모 있는 노동을 하는 사람들은 고된 중노동에 시달리게 만드는 식으로, 문명사회의 사용 가능한 노동력을 낭비하는 일 말입니다.

'제작자'의 주된 목표는 다른 사람에게서 뺏은 노동력으로 제품이 아닌 이윤을, 즉 고용된 노동자의 생계와 기계의 마모 이상으로 생산되는 '부'를 생산하는 데 있다는 것을 잘 이해해야 합니다. 그 '부'가 진짜이든 가짜이든 그에겐 아무 상관이 없습니다. 그저 그것을 팔아 '이윤'만 얻을 수 있다면 그만이죠.

합리적으로 소비할 수 있는 이상으로 돈을 벌어들여 가짜 부를 기꺼이 사들이는 부자들이 있잖아요. 이로 인해 낭비가 발생합니다. 또한 쓸 만한 물건을 살 여유가 되지 않는 가난한 사람들이 있기 때문에 그쪽에서도 낭비가 생겨나고요. 따라서 자본가가 '공급'한다는 '수요'란 허위 수요입니다. 그가 상품을 파는 시장 자체가, 강도질인 자본과 임노동 체제에서 생겨난 참담한 불평등에 의해 '조작되어' 있기 때문이지요.

따라서 모두에게 행복하고 쓸모 있는 노동이 확보되려면 이 체제를 결단코 바꿔야 합니다. 노동이 바랄 만한 것이 되려면 첫 번째로 노동을 생산적으로 만드는 수단인 자본—토지와 기계, 공장 등을 포함하여—을 지역사회가 소유해야 합니다. 그래야 각자의 진짜 '수요'를 '공급'하는 일—즉 이윤 시장의 수요를 공급하기 위해서가 아니라, 다른 사람을 억지로 일하게 만들 수 있는 힘인 이윤을 위해서가 아니라, 살림살이를 위한 일—
에 모두 함께 종사할 수 있어요.

이 첫 번째 단계를 이루게 되면, 그래서 자연법칙에 따라 모
든 인간은 일하지 않으면 굶어 죽는다는 사실을 사람들이 이해
하게 되면, 낭비가 지우는 부담에서 벗어나는 행복한 시대가 올
것입니다. 그렇게 되면 사실 우리에겐 활용할 수 있는 엄청난
노동력이 있으므로, 모두가 합리적인 수준에서 원하는 대로 살
수 있게 됩니다. 발달한 문명사회에서 과거 미개인들과 다를 바
없이 다수를 압박하는 굶주림의 공포 때문에 허둥거리며 쫓기
며 살 필요가 없어지는 거죠.

노동력의 낭비가 없다면 가장 기본적인 생필품은 쉽게 얻을
수 있고, 그리하여 사람들은 정말로 하고 싶은 일이 뭔지 생각
해볼 수 있으며, 과로하고 무리하지 않고도 그 일을 찾을 수 있
을 것입니다. 현재의 강압적 위계가 행사하는 힘이 사라지면 다
들 빈둥거리게 될 거라고 걱정들을 많이 하는데요. 그러한 우려
는 현재 대부분이 견뎌야 하는 과도하고 지겨운 노동의 부담에
서 비롯한 것일 뿐입니다.

빈둥거리고 싶은 마음이 생기지 않게 하려면 그 무엇보다
노동이 바랄 만한 것이 되어야 합니다. 이 목표를 이루기 위해
대단한 정도는 아니더라도 얼마간의 희생은 필요할 거예요. 바
라건대 투쟁과 혁명의 시기를 어렵게 헤쳐온 사람들이 그저 실

용적이기만 한 삶—일부에서 제대로 알지도 못하면서 사회주의자가 추구하는 삶의 목적이 이런 거라고 단정하고 비난하는 일도 간혹 있지만—을 오래 견디며 살지는 않을 것이기 때문이죠. 다른 한편, 현대 삶의 장식적 측면은 아주 썩을 대로 썩어서 새로운 사회질서가 구현되기 전에 모조리 쓸어버려야 해요. 거기서 건질 건 아무것도 없으니까요. 상업주의의 폭정에서 벗어나게 된다면 그 누구도 지금의 장식적 측면들을 좋아하지 않을 것입니다.

누구나 바라마지 않는 노동을 위한 덕목

삶의 장식적 측면—신체적·정신적 즐거움, 과학적·예술적·사회적·개인적 즐거움—은 자신과 이웃에게 유용합니다. 우리는 이 점을 깨닫고, 기껍고 즐거운 마음으로 할 수 있는 일을 토대로 이를 개발해나가야 합니다. 어쩔 수 없이 해야 하는 필요불가결한 일은 일단 하루 일과 중 적은 부분만 차지할 것입니다. 그렇게 고되지도 않을 거예요. 그래도 어쨌든 매일 반복되는 일이므로 적어도 그 일을 참을 만한 것으로 만들어야겠죠. 그러지 않는다면 하루 전체의 즐거움을 망칠 수 있어요. 다시 말해 허드렛일까지 포함하여 우리의 모든 노동이 바랄 만한 것이 되어야 합니다.

이것을 어떻게 이룰 수 있을까요? 이 질문에 답하면서 이 강연을 마무리할까 합니다. 사회주의자라면 대체로 공감하겠지만, 어떤 부분은 기이하거나 너무 대담한 생각이라고 볼 수도 있겠습니다. 지금부터 하는 이야기를 어떤 신조처럼 받아들이지 말고 그저 사적인 의견의 표명으로 받아들였으면 합니다.

지금까지 제 이야기에서, 노동이 바랄 만한 것이 되려면 명백하게 유용한 목적이 있어야 한다는 점은 분명해졌을 것입니다. 각 개인이 소일거리 삼아 자발적으로 일하는 경우가 아닌 다음에야 말이죠. 앞으로 도래할 새로운 사회질서에서는 인간적 삶을 개인이 각자 책임지게 될 거예요. 이 같은 사회적 도덕성이 종교적 도덕성이나 여타의 추상적 관념에 따른 책임을 대신하게 됩니다. 이런 점에서 귀찮고 지루한 일을 가치 있는 일로 만들려면 그 일이 명백하게 유용해야 한다는 이 요소가 특히 중요하지요. 그다음으로는 노동시간을 줄여야 해요. 이를 꼭 고집할 필요는 없어요. 노동력이 낭비되지 않으면 시간은 당연히 줄어들 테니까요. 또한 지금은 너무 괴롭게만 느껴질 일도 노동시간이 줄어들면 대부분 참을 만해지리라는 것도 분명하고요.

다음으로는 일의 다양성인데, 이것이 가장 중요합니다. 누구든지 간에 변화의 희망도 거기서 벗어날 희망도 없이 매일매일 똑같은 일을 하라고 한다면, 이건 그의 삶을 감옥이자 고문실로 만드는 일과 별반 다를 바 없겠죠. 그런 건 오직 이윤을 뽑아낼 때만 필요하지요. 누구나 앉아서 하는 일과 밖에서 움직이는 일—정신을 더 많이 쓰는 일과 강한 육체적 힘을 쓰는 일—을 섞어서 적어도 세 가지 정도의 기술은 쉽게 익힐 수 있어요. 예를 들어 누구나 살면서 잠깐씩이라도 땅을 일구는 일—여러 일 중에서 가장 필요하고 즐거운 일—을 해보고 싶어하지요.

이렇게 직업이 다양해지려면 우선 사회적으로 조직된 공동체에서 교육하는 방식이 달라져야 합니다. 현재 모든 교육은 각자에게 상업상 위계—주인이 될 사람과 노동자가 될 사람—에 맞는 자리를 정해주는 목적에 따라 이뤄집니다. 주인을 만드는 교육은 노동자를 만드는 교육보다 덜 실용적이지만 어쨌든 상업을 위한 것이죠. 심지어 유서 깊은 대학교에서조차 궁극적으로 돈을 벌어줄 수 없는 배움은 거의 등한시됩니다. 본래의 교육이란 전혀 이런 게 아니라, 각자에게 적합한 일을 찾아주고 그들이 원하는 삶의 길을 걸을 수 있도록 도와주는 것일 텐데 말이지요.

제대로 자리가 잡힌 사회라면 젊은이들은 몸과 마음을 함양하는 훈련의 일부로 각자 흥미 있는 수공예를 배울 것입니다. 장년층 또한 같은 학교에서 배움의 기회를 갖게 될 것입니다. 교육의 목적이 지금처럼 본인—또는 주인이나 사장—을 위한 '돈 벌기'에 모든 능력을 종속시키는 게 아니라 무엇보다 주로 개별 능력의 발달에 있을 것이기 때문이지요. 그런 체제에서는 현 체제가 뭉개버리는 재능과 천재성이 되살아나 일상의 일이 쉽고 흥미로워질 것입니다.

일의 다양성이라는 이 항목과 관련해 특별히 하나의 산업 분야를 언급하고 싶습니다. 그것은 워낙 상업주의에 시달리고 밀려나 이제는 거의 존재한다고 하기도 힘든 분야이지요. 우리 시대와 너무나 동떨어진 것으로 여겨져 이 이야기를 이해하기 힘든 사람도 있겠지만, 그래도 정말로 중요한 문제이므로 언급하지 않을 수 없네요. 그것은 보통의 노동자가 평상시 일을 하는 중에 이뤄지는, 또한 이뤄져야 하는 예술 분야로 대중예술[2]이라고 불러 마땅한 분야입니다.

이 예술은 상업주의에 의해 말살되어 이젠 존재하지 않습니다. 하지만 자연과 경쟁하며 살아왔던 인류의 시초부터 현 자본주의 체제가 발생하던 시기까지는 이 예술이 내내 살아 있었고 대개는 번창했어요. 대중예술이 지속되던 동안은, 자연이 창조하는 모든 것을 아름답게 장식하듯 인간도 자신이 제작하는 물건은 무엇이든 아름답게 꾸며 내놓았죠. 장인이 제품을 하나 만들더라도 그것을 얼마나 자연스럽게, 전혀 의식적으로 노력하

2 모리스가 말하는 대중예술은 전문가, 전공자가 아니더라도 누구나 쉽게 예술작품을 창조해냈던 사례들을 가리킨다. 앞서 「물건에 즐거움을 입히는 일」편에서 말한 '생활예술'과 같은 의미라 할 수 있다.—옮긴이

지 않고도 장식해 내놓는지, 어디가 실용적인 면이고 어디서부터 장식적 측면이 시작되는지 구분하기 어려울 때가 많았어요.

이러한 예술은 어떻게 생겨나는 걸까요? 그것은 바로 노동자가 일하면서 다양성을 원하기 때문이죠. 그러한 욕망에서 생겨난 아름다움이 세상에 훌륭한 선물이 되기도 하지만, 이 경우 모든 노동에 즐거움이 아로새겨지고 노동자가 일하면서 다양한 경험과 즐거움을 얻는다는 사실이 훨씬 더 중요합니다.

이 모두가 현재 문명세계의 일에서는 거의 사라지고 말았어요. 이제 아름다운 장식을 원하면 돈을 더 내야 하고, 노동자는 다른 제품을 생산하는 것과 똑같이 장식을 생산할 수밖에 없게 되었죠. 예전에는 인간이 만들어내는 아름다움이 그의 노동에서 위안의 역할을 했다면 이제는 추가된 부담이 되어, 일할 때의 행복을 가장할 따름입니다. 그렇게 장식은 이제 쓸모없는 노역의 어리석은 사례가 되었지요. 속박의 측면에서 보자면 어떤 것 못지않게 지루하고 하기 싫은 일이 되었을 수도 있겠고요.

유쾌한 환경에서 일하기

짧은 노동시간과 노동의 유용성에 대한 의식, 그리고 그와 함께 이뤄져야 할 다양성 말고도 노동을 하고 싶은 것으로 만드는 한 가지 요소가 더 있습니다. 바로 유쾌한 작업환경입니다.

문명시대에 산다는 우리는 공장시설의 더럽고 끔찍한 환경을 너무나 아무렇지도 않게 어쩔 수 없다며 견딥니다. 하지만 어떤 부잣집이 그 정도로 불결하다면 과연 그들도 이를 어쩔 수 없다고 여길까요. 만약 그 부잣집 거실 여기저기에 벽난로의 재가 흩어져 있고, 식당방 한구석에 변소가 있고 아름다웠던 정원에 시도 때도 없이 흙과 쓰레기를 쌓아두고, 침대보를 빨거나 식탁보를 새로 가는 일도 없고, 한 침대에서 다섯 명이 자라고 한다면, 그 집 주인은 분명 어떤 미친놈이 미친 짓을 하고 있구나 하겠죠. 그런데 현재 우리 사회에서는 돈을 아낄 목적으로 그런 말도 안 되는 일이 이른바 불가피한 일이라는 명목으로 매일같이 자행되고 있습니다. 그야말로 미친 짓인 거죠. 그러니 모두들 그것이 문명에 자행되는 미친 짓이라는 법적 판단을 지체 없이 내려주셨으면 합니다.

결국 사람들이 너무 많이 들어찬 도시와 얼토당토않은 공장은 이윤 중심 체제의 산물일 뿐입니다. 자본주의적 산업과 자본주의적 토지 소유와 자본주의적 교환하에서는 자본의 이익에 따라 사람들을 맘대로 조종하기 위해 대도시로 모아놓을 수밖에 없습니다. 그러한 폭정으로 공장의 적합한 공간마저도 얼마나 줄여놓았는지, 예를 들어 거대한 방직공장의 실내는 보기에 끔찍할 뿐 아니라 거의 터무니없을 지경이에요. 인간의 삶에서 이윤을 뽑아낼 필요가 아니라면, 이윤 때문에 시달리는 이들이 사용할(그래서 더욱 거기에 매이게 할) 값싼 물건을 생산할 필요가 아니라면 이런 상황이 벌어져야 할 다른 필요는 없습니다.

아직은 모든 노동이 공장화되지 않았고, 공장화된 경우에도 이윤의 폭정이 아니라면 꼭 그런 환경을 만들어야 할 이유는 거의 없습니다. 노동자들이 꼭 비좁은 도시 구역에서 우리 속 돼지처럼 살아야 할 필요는 전혀 없잖아요. 조용한 시골집이나 공업대학이나 작은 읍에서, 즉 자신들이 행복하게 살고 싶은 곳에서 직업을 갖지 못할 하등의 이유가 없는 것이지요.

대규모로 어울려 이뤄져야 하는 노동의 경우에도 이러한 공장체제를 합리적으로 조절하면(내 생각엔 그래도 여전히 단점은 있겠지만) 적어도 많은 즐거움을 누릴 수 있는 풍요롭고 열정적인 사회생활의 기회는 제공할 수 있습니다. 공장이 지적 활동의 중심이 될 수도 있겠고요. 그러려면 그 안에서의 일은 상당히 다양해질 필요가 있습니다. 기계작업에 드는 시간이 개별 노동자의 하루 일과 중에서 적은 부분만 차지하도록 말이죠.

그 밖의 다른 일로는, 주변 시골에서 농작물을 기르는 일에서부터 예술과 과학을 공부하고 그 활동을 누리는 일까지 다양합니다. 그런 일에 종사하면서 자기 삶의 주인으로 산다면, 그 누구도 사는 게 급해서 또는 앞날이 보이지 않아서 더럽고 지저분하고 좁은 공간을 견디며 살지 않으리라는 것은 당연합니다.

과학을 알맞게 적용하면 더러운 것을 없앨 수 있습니다. 현재 기계의 사용으로 초래되는 매연, 악취, 소음 같은 모든 생활의 불편도 완전히 없애지는 못하더라도 최소화할 수 있고요. 또한 땅 위의 보기 흉한 자국과도 같은 건물에서 매일 일하거나 지내는 것도 참지 못하게 될 것입니다. 공장이나 헛간, 그리고 여타 건물을 자기 집처럼 살 만하고 편리한 장소로 만드는 일에서 시작해볼까요. 그러면 틀림없이 그 공간들을 그저 괜찮은 정도나 그냥 봐줄 만한 정도를 넘어 아름답게 만들 수 있습니다. 상업적 탐욕에 의해 말살되어 한동안 사라졌던 건축이라는 장엄한 예술 또한 다시 태어나 번창하게 되겠죠.

마땅한 방식으로 조직된 사회에서는 일상적인 일이 기꺼이 하고 싶은 일이 되어야 합니다. 유용성에 대한 인식과 일의 다양성, 그 일에 능숙해지면서 생겨나는 관심과 유쾌한 노동환경을 통해서 말이지요. 모두 같은 생각이겠지만 지칠 정도로 노동시간이 길어서도 안 되겠고요. 그러면 이런 질문이 나올 수 있겠네요. "짧은 노동시간이 당신의 다른 주장과 배치되지 않습니까? 일이 그렇게 고급스러워진다면 거기서 생산된 상품은 비쌀 수밖에 없잖아요?"

일이 바랄 만한 것이 되려면 얼마간의 희생이 요구된다는 것은 인정해야 합니다. 그러니까 자본으로부터 자유로워진 사회에서도 지금과 마찬가지로 더럽고 지저분한 곳에서 생기없이 서두르며 일하는 것을 기꺼이 감수할 수 있다면, 어떤 노동에서나 내가 생각하는 이상으로 노동시간을 줄일 수도 있겠죠. 하지만 그렇게 되면 자유로운 노동조건을 새롭게 얻어냈다 한들 우리의 삶은 지금과 마찬가지로 무기력하고 비참할 텐데, 그건 한마디로 말이 되지 않아요.

어떤 희생은 감내해야 합니다. 사회 전체가 바람직한 정도라고 생각하여 요구하는 그런 수준까지 생활환경을 끌어올리기 위해 필요한 희생 같은 것들 말입니다. 아니, 감내하는 정도가 아니라, 삶의 수준을 끌어올리기 위해 기꺼이 더 많은 시간과 안락함을 희생하는 일에 각자 노력을 들여야 해요. 혼자서든, 그런 목적을 갖고 함께 모여서든, 창작의 기쁨을 바라는 마음에서, 일이 좋아서, 일에서 생겨나는 결과물이 좋아서 자유롭게 기꺼이 모두를 위해 삶을 아름답게 가꾸는 물건—지금은 돈을 받고 소수의 부자들을 위해 생산하거나 생산하는 척하지만—을 만들어내야 합니다.

모든 노동은 축복이라는 거짓말

예술이나 문학이 전혀 없는 문명화된 사회는 지금까지 시도된 바가 없습니다. 우리가 앞선 문명의 저질화와 타락에 너무 질려버리긴 했지요. 그런 나머지 문명이 멸망한 잿더미 위에 세워질 사회는 어쩔 수 없이 그런 즐거움을 부정하게 될 수도 있습니다. 그게 불가피한 거라면 이러한 실용주의를 일시적인 단계로 여겨 그 토대 위에 미래의 예술을 세워야 합니다.

굶주리고 아픈 사람이 거리에서 사라지고, 태양빛이 모두에게 골고루 비추듯 대지가 모든 사람을 똑같이 먹이게 되면, 낮과 밤, 여름과 겨울 등 대지의 찬란한 드라마가 모두가 이해하고 사랑할 수 있도록 눈앞에 펼쳐지면, 그때는 지난 타락의 오염을 완전히 씻어내고 노예로 사는 공포와 도적질하는 수치스러움에서 벗어난 사람들 사이에 예술이 다시 부흥하기를 고대하며 얼마간 기다릴 수 있는 여유가 생겨날 겁니다.

어쨌든 그때까지는 열심히 생각하고 계획을 짜서 이뤄지는 고급 노동이 마땅한 대가를 받아야겠지요. 다만 그것이 장시간 노동으로 이뤄져서는 안 됩니다. 과거 사람들에게는 허황된 꿈으로 보였던 기계들이 현대에 많이 발명되었는데 우리가 이것을 아직까지도 전혀 이용하지 않는 건 말이 안 되잖아요.

그 기계들은 '노동력 절감 기계'라고 불립니다. 흔히 쓰이는 그 용어의 뜻은 우리가 기대하는 바로 그것이지만, 사실 기대한 바를 이루지는 못하고 있어요. 실상 이 기계들은 숙련 노동자를 비숙련 노동자의 지위로 떨어뜨리고 '산업예비군'의 수를 늘리고 있습니다. 즉, 노동자들 삶의 불안정성을 높이고 노예가 주인을 섬기듯이 기계를 섬기는 노동자의 노동 강도를 강화하는 것이죠. 게다가 이 모든 일이 고용자가 이윤을 산더미같이 쌓아

올리고 자기들끼리 죽자 사자 전쟁을 치르느라 그 이윤을 쏟아 붓는 와중에 벌어집니다.

우리가 진정한 사회를 이루게 된다면 처음으로 이 신기하고 기발한 물건들이 하기 싫은 노동의 노동시간을 최소화하는 데 사용되고, 그렇게 여럿이 나누면 그런 노동도 개개인에게 별로 부담이 되지 않을 것입니다. 어떤 기계가 특정 개인에게 '돈이 될 것인가'가 아니라 사회 전체에 이득이 될 것인가에 따라 만들어지면 그 발전도 훨씬 빨라질 테니 더욱 그럴 것입니다.

기계를 일상적으로 쓰는 일은 어느 정도 시간이 지나면 다소 줄어들 겁니다. 사람들이 생계를 불안해할 이유가 없어지고, 각자의 생각과 계획이 이뤄진다면 기계작업보다 훨씬 매력적인 수공업에 관심을 갖고 거기서 즐거움을 얻을 수 있게 될 테니까요.

굶어 죽을 걱정에서 벗어나고 자신의 욕구가 아닌 외적 강제에 더 이상 좌우되지 않으면 진정 원하는 것이 무엇인지 찾게 될 것입니다. 그러면 현재 사치품이라고 불리는 멍청한 물건이나 값싼 제품으로 불리는 쓰레기 같은 물건을 만드는 일을 거부하게 될 것입니다. 입을 사람이 없으므로 고급 플러시 천으로 만든 바지를 만들 필요도 없지요. 진짜 버터를 먹고 싶은 만큼 먹을 수 있으므로 식물성 마가린을 만드느라 시간을 허비할 필요도 없고요. '짝퉁 생산' 법칙은 도적질 사회에서나 필요한 것이므로 죽은 용어가 될 것입니다.

사회주의자가 종종 받는 질문 중에 새로운 사회질서가 도래하게 된다면 다들 하기 싫어하는 힘든 일은 어떻게 되느냐는 질문이 있습니다. 거대한 변화로 이어지는 진화 과정에서 과거의 재료 가운데 어떤 것이 사라지고 어떤 것이 살아남을지는 모릅니다. 이런 채로 과거의 재료로 지을 새로운 사회의 도면을 그리는 일이 불가능한 만큼이나, 그 질문에 확실하고 완전하게 답하는 것은 불가능하지요.

다만 가장 힘든 일을 하는 사람들이 가장 짧은 시간 일하도록 하는 방식을 고안해보는 건 어렵지 않습니다. 이때 일의 다양성이 특히 중요하죠. 한 사람이 일평생 혐오스러운 단 하나의 일을 끝없이 하는 것 자체가 신학자들이 상상하는 지옥에나 나올 법합니다. 어떤 사회에서도 적합한 일이 아니지요.

마지막으로 이 힘든 일이 아무나 할 수 없는 특별한 종류의 일이라면 누군가의 자원을 요청할 수 있습니다. 노예 시절에도 지니고 있었던 인간다움의 불꽃을 자유로운 상태의 인간이 상실한 게 아닌 다음에야 이 일에 나서는 사람이 분명히 있을 것입니다.

노동시간을 줄이든 띄엄띄엄 일하든, 아니면 그것을 자발적으로 수행하는 사람이 자신의 특별한 유용성(따라서 명예로움)에 대한 자부심을 갖고 하든, 어쨌든 지독하게 하기 싫은 일이 있다면, 그 일을 하는 사람에게 고문밖에는 되지 않는 그런 일이 있다면, 그럼 어떻게 해야 할까요? 그럴 때는 그 일을 안 한다고 과연 하늘이 무너지기라도 하는지 따져보는 게 좋을 것입니다. 차라리 그 일을 하지 않는 편이 나을 테니까요. 그런 일을 통해 나오는 물건은 그만 한 가치가 없기도 하고요.

이제 어떤 상황에서도 모든 노동은 그 노동을 하는 사람에게 축복이라는 반(半)신학적 신조가 위선이자 거짓이라는 사실을, 그와 달리 노동은 휴식과 즐거움의 희망이 수반되어야만 바람직한 것이라는 사실을 알게 되었을 것입니다. 현 문명의 일을 저울에 올려놓고 재본 결과 대체로 거기에 희망이 없기 때문에 그 일들이 적정 수준에 미치지 못한다는 것, 그래서 이 문명이 인간에게 끔찍한 저주가 되고 있다는 것도 알았습니다. 또한 어리석음과 폭정, 대립하는 계급 간의 끝없는 투쟁에 소모되지만 않는다면 인간의 노동에는 희망과 즐거움이 뒤따를 수 있다는 것도 말이지요.

희망을 갖고 즐겁게 살아갈 수 있으려면 평화가 필요합니다. 사람들의 말만 들으면 다들 무척이나 평화를 갈망하는 것 같지만, 실제 행동은 그것을 계속 꾸준하게 거부해왔어요. 하지만 우리는 결연한 마음을 먹고 무슨 일이 있더라도 평화를 이뤄내야 합니다.

무슨 일이 일어날지 누가 알겠습니까? 평화를 평화롭게 이루는 게 가능할까요? 안타깝지만 그게 어떻게 가능할까요? 어리석음과 잘못이 현 문명을 얼마나 겹겹이 둘러싸고 있는지, 언제나 어떤 식으로든 그것에 맞서 싸울 수밖에 없으니 말입니다. 우리 생전에 그 싸움의 끝을 보지 못할 것이고, 그것이 끝날 거라는 분명한 희망도 없습니다. 어쩌면 날이 갈수록 싸움이 심해지고 격렬해져서, '평화로운' 상업의 느리고 더 잔인한 방식 대신에 서로를 살육하는 실제 전쟁이 터지기를 바라는 게 최선일지도 모릅니다. 그런 일까지 보게 된다면 사실 상당히 진전된 것입니다. 그건 부유층이 자신의 잘못과 도적질을 의식하게 되었고 노골적인 폭력을 동원하여 의식적으로 그것을 지키려 한다는 뜻이니까요. 그러면 이 체제의 종말이 머지않았다는 겁니다.

하지만 어떤 경우든, 평화를 위한 싸움이 어떤 성격이든, 일편단심으로 꾸준히 그것을 향해 간다면, 그리고 늘 그것을 염두에 둔다면, 미래에 올 평화의 빛이 소란스럽고 고생스러운 현재 우리의 삶—그 고생스러움이 보기에 사소한 것이든 정말 비극적인 것이든—을 비춰줄 것입니다. 그렇다면 우리는 적어도 희망을 품고 인간의 삶을 살 수 있는 것입니다. 현재로서는 그보다 큰 보상은 없습니다.

St. James pattern (1881)

Jasmine (1872)

Original from Birmingham Museum

Acanthus (1879-1881)

Original from Birmingham Museum

결국 그 소리가 모두의 귀에
들어가게 되면, 그리고 마지막
한걸음만 더 디디면 드디어
경계를 넘어 문명사회의
사회화가 이뤄집니다. 그때
뒤를 돌아보면 지금과 같은
삶을 어째서 그렇게 오래 참고
견뎠는지 놀라게 되겠지요.

7

현재 우리의 삶과 우리가 누릴 수 있는 삶

　우리 사회주의자들이 자주 쓸 수밖에 없는 혁명이라는 단어
는 대부분에게 끔찍하게 들립니다. 혁명이 꼭 폭동이나 온갖 폭
력이 수반되는 변화만을 뜻하는 게 아니라고 말해주고, 일시적
으로 행정력을 장악하는 데 성공한 몇몇 사람들이 여론을 무시
하고 기계적으로 실행하는 변화와는 아주 다르다고 설명해줘
도 마찬가지죠. 그 단어를 본래의 어원에 따라, 그러니까 사회
의 기초를 바꾼다는 의미로 사용한다는 설명을 듣고 나서도 사
람들은 여전히 그런 엄청난 변화는 생각만 해도 겁이 나는지 제
발 혁명이 아닌 개혁이라는 단어를 써달라고 합니다.

　하지만 우리 사회주의자들이 혁명이라는 단어로 뜻하고자
하는 바는 저 고매하신 양반들이 개혁이라는 단어로 뜻하는 것
과는 전혀 다릅니다. 그러므로 개혁이라는 그 무해한 포장지 속
에 어떤 기획을 숨겨둘 수 있을지는 몰라도 어쨌든 그 단어를
쓰는 건 적합하지 않지요. 우리가 사회의 기초를 바꾸는 혁명이

라는 단어를 고수하는 이유가 여기에 있습니다. 그로 인해 사람들에게 겁을 줄지는 모르지만, 적어도 겁을 먹어야 할 뭔가가 있고 모른 척한다고 덜 위험해지는 것도 아니라는 사실을 미리 경고할 수는 있겠지요. 또한 누군가에게는 힘이 되어, 그들에게는 두려움이 아니라 희망을 의미할 수도 있을 것이고요.

두려움과 희망, 이는 인간의 삶을 지배하는 두 가지 주요한 열정이고 혁명주의자들이 어떻게든 상대해야 하는 것입니다. 억압받는 다수에게 희망을 주고, 억압하는 소수에게 공포를 주는 것이 우리의 임무니까요. 우리가 첫 번째 임무를 수행하여 다수에게 희망을 주면 소수는 그 희망에 겁을 집어먹겠지요. 그 외의 다른 방식으로 겁을 주려는 마음은 전혀 없습니다. 빈곤층을 위해 우리가 원하는 것은 복수가 아니라 희망이기 때문이죠. 정말이지 어느 만큼의 복수를 해야 수천 년에 걸친 약자들의 고통이 다 만회될 수 있겠습니까?

그런데 억압하는 사람들 중 다수는, 아니 대부분이라고도 할 수 있겠는데, 그들은 자신이 억압하는 계층이라는 사실을 의식하지 못합니다(그 이유는 곧 설명하겠습니다). 로마 시대 노예주나 러그리(Simon Legree, 『톰 아저씨의 오두막』에 나오는 악덕 노예매매업자—옮긴이) 같은 인물과는 전혀 동떨어진 정서로 평화롭고 조용한 삶을 살아갈 뿐이지요. 그들은 빈곤층이 있다는 건 알지만 그 빈곤층의 고통을 그렇게 첨예하고 강렬하게 실감하지 못합니다. 억압하는 이들 자신도 감내해야 할 어려움이 있게 마련이니, 분명 어려움을 감내하는 것이 인간의 운명이라고 생각하겠지요. 게다가 자신들의 어려움을 사회적 하층계급의 어려움과 비교해볼 수단도 없고요. 혹시라도 살다가 자신의 것보다 극심한 그들의 어려움이 갑자기 툭 끼어든다 해도, 무엇이 되었든 인간은 각자 감당해야 할 어려움에 익숙해지게 마련이라는 격언을 들며 자위할 것입니다.

정말이지 적어도 개개인의 측면에서 보자면 이게 정말 맞는 말이지 싶어요. 그래서 아무리 상황이 나빠도 늘 체제를 지탱하는 두 집단이 존재하게 됩니다. 하나는 아주 약하고 점진적인 개혁 이상이 수반되는 변화라면 어쨌거나 두려워할 이유가 아주 많다고 생각하는, 안락한 삶을 사는 무의식적 억압자입니다. 또 하나는 아주 힘들고 불안하게 살아가면서도 삶을 개선할 아무런 변화도 상상하지 못한 채 그나마 가진 알량한 것이나마 잃을까봐 상황을 개선할 행동에 나설 엄두를 내지 못하는 가난한 사람들이지요.

이러다 보니 부유층에게는 두려움을 일으키는 일 외에 할 수 있는 일이 거의 없고, 다른 한편 빈곤층에게 희망을 주기란 정말로 어렵습니다. 그렇다면 지금의 삶보다 더 나은 삶을 향한 위대한 투쟁에 동참해달라는 우리의 호소를 듣는 사람들의 입장에서는, 그렇게 하면 자신들에게 어떤 삶이 가능한지 적어도 설명을 해달라고 요구하는 건 당연해 보입니다.

　당연하긴 한데 그 요구를 제대로 들어주기는 쉽지 않지요. 우리가 지금 사는 체제하에서는 사회를 재건하기 위해 의식적으로 노력하는 것이 거의 불가능하기 때문입니다. 따라서 우리 쪽에서 이렇게 답을 한다 해도 아주 터무니없는 말은 아닐 겁니다. "인간의 진정한 발전을 가로막는 분명한 장애물이 있고, 그 장애물이 무엇인지는 알려줄 수 있습니다. 그다음은 그것을 치워버리고 나면 알게 될 겁니다."

　하지만 오늘 이 시간에는 다음과 같은 부류의 사람들을 설득해보고자 합니다. 적어도 현재 수준에서 뭔가 가진 게 있다고 여기기 때문에 오히려 이전보다 더 나빠져 다 잃어버리는 게 아닐까, 그것마저 수중에서 사라지는 게 아닐까 겁나고 불안한 사람들 말이에요. 그런데 우리에게 가능한 삶이 무엇인가에 대해서는 아무래도 '이렇지는 않다'라는 식으로 보여줄 수밖에 없겠습니다. 그러니까 현재 어지간한 삶을 이루려는 우리의 노력에서 부족해 보이는 부분을 짚어주는 것이죠.

　안락한 부유층에게는 당신들이 무슨 일이 있어도 지키겠다며 전전긍긍하는 삶의 조건이라는 게 대체 무엇인지, 그것을 포기한다고 그렇게 끔찍한 상실을 겪을 것인지 묻게 될 것입니다. 그리고 빈곤층에게는 그들 자신이 위엄 있고 넉넉한 삶을 살아갈 능력이 있음에도 스스로를 계속 비하하지 않고는 견딜 수 없는 그런 상황에 있다는 사실을 보여줄 것입니다.

그렇다면 현 체제하에서 우리의 삶은 어떠할까요? 그것부터 간단히 살펴봅시다.

일단 현재 우리 사회체제는 영원한 전쟁의 상태에 기초하고 있다는 사실을 이해해야 합니다. 여러분 중에 이런 상태가 마땅하다고 여기는 분이 있습니까? 물론 여러분은 현재 모든 생산의 법칙인 경쟁이 좋은 것이고 발전의 자극이 된다는 말을 자주 들었을 겁니다. 하지만 여러분에게 그런 말을 하는 사람들이 정말 솔직하다면 그들은 경쟁이 아닌 전쟁이라는 쉬운 말을 써야 마땅해요. 그러면 여러분들은 과연 전쟁이 발전을 촉진하는지 충분히 여유롭게 따져볼 수 있겠고요. 미친 황소가 집 정원을 뭉개며 여러분을 쫓아오는 그런 때가 아니라면 말이죠.

전쟁이든 경쟁이든, 이름이 뭐가 되었든 그것은 기껏해야 다른 사람에게 손해를 입히며 자신의 이득을 좇는 것을 의미합니다. 그러는 와중에 가진 것마저 파괴될 일에도 몸을 사리지 말아야지 안 그러면 그 싸움에서 분명 더 크게 당하게 되지요. 일단 나가면 죽느냐 죽이느냐의 상황인 그런 싸움, 해전의 경우 '불태우고 가라앉히고 파괴하라!'는 명령을 받는 그런 종류의 전쟁을 떠올리면 확실히 이해가 될 거예요.

상업이라는 다른 종류의 전쟁을 수행할 때에는 이러한 물자의 낭비를 잘 의식하지 못하는 듯합니다. 거기서도 똑같이 물자의 낭비가 벌어진다는 엄연한 사실에도 불구하고 말이지요.

자포자기식 쟁탈전: 국가 간 경쟁

이제 몇몇 구체적인 형식을 예로 들어 이런 식의 전쟁을 좀 더 자세히 살펴보면서 '불태우고 가라앉히고 파괴'하는 일이 어떻게 이뤄지는지 한번 봅시다.

첫째로 이른바 국가 간 경쟁이라는 것이 있습니다. 이는 실제로 요즈음 문명화되었다는 나라들이 벌이는 온갖 총질과 칼질의 원인이 되고 있지요. 지난 수십 년간 우리 영국은 그런 총, 칼의 전쟁을 피해왔습니다. 사상자가 오로지 상대편에서만 생겼거나 어쨌든 그러길 바라는, 그렇게 우리 쪽에서는 전혀 위험 부담이 없었던 운 좋은 경우를 제외한다면 말이지요. 한마디로 오랫동안 꽤 힘센 적과의 총질은 삼갔다는 겁니다.

그렇다면 이제 그 이유를 알려드리겠습니다. 그것은 우리가 세계시장에서 가장 큰 몫을 챙기고 있었기 때문입니다. 이미 가진 몫이 많으므로 굳이 그것 때문에 싸울 필요가 없었던 거지요. 이제 상황이 현저히 달라지고 있고, 사회주의자들에게는 유리한 쪽으로 달라지고 있어요. 영국은 그 큰 몫을 잃어버리는 중이거나 이미 잃어버려 이제는 다른 강대국과 함께 세계시장을 놓고 필사적인 '경쟁'을 벌이고 있고, 조만간 같은 목적의 필사적인 전쟁이 일어날 겁니다. 결과적으로 전쟁(대규모로 벌어지지만 않는다면)을 조장하는 건 명예와 영광을 중시하는 옛날 토리당원만이 아니게 된 거예요. 전쟁에 대해 적어도 어떤 논리를 가진 토리당원의 경우, 그들이 전쟁을 원했던 건 민주주의의 기세를 꺾기 위해서였죠.

이제는 상황이 전혀 달라져서 완전히 다른 부류의 정치가들이 이른바 '애국주의'를 부추기고 있습니다. 최근 전쟁을 부추기는 자들은 자칭 진보적 자유주의의 지도자라는 사람들입니다. 이들은 사회운동이 일어나고 있다는 것을 의식하고, 자신들의 도움이 있건 없건 세상이 그쪽으로 나아가리라는 사실을 눈치 챈 선견지명이 있는 이들이지요. 뭘 제대로 알고 그러는 건 아니에요. 알다시피 정치인이란 심지어 6개월 후에 일어날 일에도 애써 눈을 감는 자들이니까요.

지금 벌어지는 상황은 사실 이러합니다. 언제나 민족 간 경쟁을 필요로 하는 현 체제가 이제 다른 나라와 얼마간 동등한 조건 아래 세계시장을 차지하기 위한 자포자기식 쟁탈전에 우리 스스로를 내몰고 있다는 것입니다. 이것은 우리가 예전에 지녔던 지배력을 상실했기 때문에 벌어지는 일이에요. '자포자기식'이라는 말이 과장이 아닙니다. 시장을 차지해야 한다는 욕구가 어디가 되었든 그것이 원하는 대로, 그럴 수밖에 없는 대로 우리를 끌고 가게 놔두고 있으니까요. 현재는 성공적인 도적질이자 수치이지만 앞으로는 그저 패배와 수치가 될 것입니다.

이런 말을 하다 보니 보통 정치라고 불리는 영역으로 들어가버린 것 같은데—앞으로는 그럴 일은 없을 겁니다—그렇다고 옆길로 샌 건 아닙니다. 나라 간 상업전쟁의 본질을 밝히면, 그것이 순전히 낭비라는 사실은 아무리 머리가 나빠도 분명히 알 수 있다는 걸 보여주고 싶었던 것이니까요.

지금 우리가 다른 나라와 살아가는 방식이 그렇습니다. 되도록 전쟁을 피하려고는 하지만, 필요하다면 전쟁까지 감수하며 상대를 파멸하려 애쓰고, 다른 한편으로는 대포를 들이댄 채 조잡한 물건과 우리의 위선을 미개한 부족들과 민족들에게 억지로 떠넘김으로써 파렴치하게 그들을 착취하는 거지요.

틀림없이 사회주의는 여러분에게 그것과는 다른 것을 줄 수 있습니다. 전쟁 대신에 평화와 우애를 줄 수 있어요. 원래부터 하나의 이름으로 공동체를 이뤄왔다고 생각하는 민족이라면 독자적으로 사는 것이 가장 좋겠지요. 하지만 경제적 상황이 비슷한 문명화된 세계의 모든 공동체는 서로 이해관계가 상반되지 않는다는 사실을 인정한다면 굳이 경쟁하지 않아도 살아갈 수 있습니다. 어느 공동체의 어떤 성원이든 타국에서도 아무지장 없이 열심히 일하며 살아갈 수 있어야 하고 자연스럽게 그 안에 자리를 잡을 수 있어야 하는 거죠.

모든 문명국이 하나의 거대한 공동체를 이루어 어느 종류의 물건을 얼마만큼 생산하고 분배할 것인지를 함께 합의하고, 가장 효율적으로 생산이 이뤄질 수 있는 곳에서 그것들을 생산하여 무슨 일이 있어도 낭비를 삼가야 합니다. 그렇게 되면 얼마나 많은 낭비를 줄일 수 있을지, 그러한 혁명으로 세계의 부가 얼마나 불어날지 생각해보세요! 도대체 그런 혁명으로 해를 입을 사람이 누가 있단 말입니까? 아니, 모두가 더 나아지지 않을까요? 그런데 대체 무엇이 그것을 가로막고 있을까요? 이에 대해서는 곧이어 설명하겠습니다.

상업전쟁: 자본가 사이의 경쟁

일단은 이러한 민족 간의 '경쟁'에서, 큰 공장이나 합자회사처럼 '노동을 조직하는 자' 즉 자본가들 사이의 '경쟁'으로 주제를 바꿔 어떻게 그들 간의 경쟁이 '생산을 촉진'하는지를 살펴봅시다. 경쟁이 생산을 촉진한다는 건 틀린 말은 아닙니다. 하지만 어떤 생산인가요? 이윤을 남기고 팔 것의 생산, 그러니까 이윤의 생산이지요.

전쟁 같은 상업은 어떻게 그런 생산을 촉진할까요. 어떤 시장에 어떤 제품의 수요가 있습니다. 그런데 그 제품을 만드는 제작자는 수백 군데고 그들 모두 할 수만 있다면 시장을 독점하고 싶어 하죠. 그래서 어떻게든 할 수 있는 한 많이 차지하려고 기를 쓰다 보면 곧 생산과잉이 벌어져 너무 많은 제품이 시장에 쏟아져 나옵니다. 그러면 활활 타오르던 제작자들의 열기는 차가운 재가 되어버리는 건 아주 뻔한 결과이고요.

이게 전쟁 아닙니까? 거기서 얼마나 많은 낭비가 벌어지는지 보이지 않나요? 노동의 낭비, 기술의 낭비, 지략의 낭비, 한마디로 삶의 낭비 말입니다. 어쨌든 물건 값은 내려가지 않느냐고 말할 수도 있겠네요. 어떤 면에서는 그렇죠. 하지만 물가가 떨어지면 일반 노동자의 임금도 그만큼 떨어지기 때문에 겉으로 볼 때만 가격이 떨어지는 것이지요. 게다가 이 싼 물건을 위해 어떤 대가를 치렀나요? 단도직입적으로 말하면 생산자와 소비자 모두를 손쉬운 돈줄로 이용하는 도박꾼을 위해 소비자를 농락하고 진짜 생산자의 배를 곯리는 대가를 치른 겁니다. 이런 식의 경제에서 '짝퉁 생산'이 어떤 역할을 하는지 다들 아실 테니 그 이야기는 길게 하지 않겠습니다. 여기서는 제품에서 이윤을 생산—이른바 제작자가 하는 일이라는 거죠—하는 경제체제가 이 '짝퉁 생산'을 절대적으로 필요로 한다는 사실만 기억해주세요.

전체적으로 보았을 때 소비자는 그런 도박꾼에 전적으로 무력하다는 사실 또한 꼭 명심해야 합니다. 값이 싸므로 소비자는 그것을 살 수밖에 없고, 그와 더불어 그 정력적이고 공격적인 저렴함이 결정짓는 특정한 형태의 삶을 따르게 되는 거죠. 상업

전쟁의 이 저주가 워낙 광범위하게 퍼져 있어서 그 파괴력에서 안전한 나라는 없어요. 천 년의 전통도 그와 맞닥뜨리면 한 달 만에 무너져 내리지요. 약소국이나 아직 문명화가 덜 된 나라로 쏟아져 들어가, 그 전에 존재했을 낭만과 즐거움과 예술을 모두 짓밟아 지저분하고 더러운 진흙탕으로 만들어버립니다.

인도나 자바 섬의 장인들이 하루에 서너 시간 정도 일하며 여유롭게 손을 놀려 직물 위에 복잡하고도 아름다운 이국적 문양을 만들어내는 일은 더 이상 가능하지 않게 됩니다. 맨체스터에서는 증기기관이 끊임없이 돌아가고, 그렇게 자연을 정복하고 완강하던 수많은 어려움까지 이겨낸 증기기관이 이제는 고령토 반죽과 싸구려 옷감을 생산하는 기초 공정에 쓰입니다.

이런 경우에 아시아의 노동자는 앉아서 굶어죽을 수는 없으니까—이런 일은 흔히 일어나지요—어쩔 수 없이 공장으로 들어가고 그러면 맨체스터 동료 노동자의 임금 수준을 더 떨어뜨리고, 결국 그에게는 영국 주인에 대한 두려움과 증오—스스로도 도대체 이해할 수 없는 악—만 팽배할 뿐 아무것도 남지 않게 되는 거지요. 남태평양의 섬 주민은 나무를 깎아 카누를 만드는 일과 달콤한 휴식과 우아한 춤을 다 포기하고 노예 중의 노예가 됩니다. 바지와 싸구려 옷감과 럼주, 선교사, 치명적인 질병, 이 모두를 문명이라는 이름으로 통째로 삼킬 수밖에 없는 거예요. 이걸 바꾸는 길은 그 사람들을 파멸시킨 극악무도한 도박의 폭정을 다른 사회 질서로 대체하는 것밖에 없어요.

소비자는 이 정도로 하고 이제 생산자를 보도록 합시다. 제가 말하는 건 진짜 생산자인 노동자예요. 앞 다퉈 시장을 강탈하려는 이러한 상황이 노동자에게는 어떤 영향을 줄까요? 전쟁에서 이겨보려는 심산으로 제작자는 한 구역에 엄청난 수의 노동자를 한꺼번에 몰아놓고는 그들이 자신의 특별한 생산, 즉 이윤의 생산에 적합해질 때까지 반복적인 일을 끝없이 시킵니다. 그 결과 그 특정 상품이 시장에 넘쳐나게 되었을 때 그들은 다른 일에는 적합하지 않게 됩니다.

이 노동자 부대, 시장의 꾸준한 수요만 믿고 이 일이 영원히 계속될 것처럼 살아왔던, 아니 그럴 수밖에 없었던 이 개별 노동자들에게 이제 어떤 일이 벌어질까요? 여러분들은 잘 아실 겁니다. 공장에서 쫓겨나는 것입니다. 통상 많은 수가 쫓겨납니다. 그나마 나은 경우라도 호황 때 닥치는 대로 고용했던 산업예비군은 다 쫓겨나게 돼요.

그러면 그들은 어떻게 되나요? 지금이야 다들 잘 알죠. 그런데 우리가 모르는 것은, 아니 굳이 알려고 하지 않는 사실은, 이 산업예비군이 상업전쟁에 꼭 필요한 존재라는 겁니다. 수요가 폭발할 때 제작자가 곧바로 모아서 기계 앞에 앉힐 수 있는 이 불쌍한 존재들이 없다면, 프랑스나 독일이나 미국의 다른 제작자들이 당장 나서서 시장을 뺏어갈 테니까요.

현재 삶의 방식에서는 산업에 종사하는 많은 사람이 이처럼 주기적으로 반(半)굶주림의 위험에 노출될 수밖에 없습니다. 그렇다고 세계 다른 지역의 민중이 그로 인해 이득을 얻는 것도 아니고 오히려 그들의 비참한 노예생활을 초래할 뿐이죠.

이렇게 미개한 나라에서 새로운 시장이 열리는 것은 세계에서 이윤시장이 행사하는 힘의 극단적 형태라 할 수 있습니다. 그것이 어떤 식의 낭비인지 잠깐이라도 곰곰이 생각해보면, 이윤시장이라는 것이 얼마나 끔찍한 악몽 같은 존재인지 확실히 알 수 있습니다. 그것 때문에 사람들은 책을 읽지도 그림을 감상하지도 못한 채, 들판에서 유쾌하게 산책을 즐기지도 햇볕을 받으며 누워 있을 수도 없고 우리 시대의 지식을 공유하지도 못한 채, 한마디로 동물적 즐거움도 지적 즐거움도 갖지 못한 채 끊임없이 먹고살기 위해 불안에 떨며 아등바등 살아가지요.

무엇을 위해서? 부유층이 누릴 이른바 안락하고 사치스러운 삶, 그러니까 너무나 무의미하고 불건전하고 타락한, 그래서 전체적으로는 어쩌면 우리 노동자보다 더 형편없을 수도 있는 그런 삶을 위해 우리가 죽을 때까지 변함없이 노예로 살도록 하기 위해서입니다. 이런 고통의 결과물이 별것 아니라고, 누구에게도 이롭지 않다고 말할 수 있다면 그나마 다행입니다. 왜냐면 많은 사람에게 해로운 때가 다반사여서 결국 우리는 같은 인간에게 독이 되는 파괴적인 것을 만드느라 힘들게 일하고 신음하다가 죽어가니까요.

자, 내 말은 이 모든 일이 전쟁이고, 이번엔 경쟁하는 나라 간의 전쟁이 아니라 경쟁하는 공장이나 자본가 산업체 사이의 전쟁이라는 겁니다. 민족 간의 평화가 꼭 필요하다는 내 생각에 이 자리에 계신 여러분도 분명 동의하겠지요. 그것을 가로막는 것이 바로 이러한 전쟁입니다. 전쟁은 이렇게 서로 싸우는 공장들이 콧구멍으로 내뿜는 숨과도 같습니다.

계급 사이의 전쟁: 노동자 간의 경쟁 혹은 단합

이제 정치권력까지 거의 다 장악한 이들이 각 나라에서 서로 합심해 정부가 딱 두 가지 기능만을 완수하도록 하고 있습니다. 첫째로는 각 정부가 자국에서 강력한 경찰이 되어 강자가 약자를 때려눕히는 경기장을 유지하는 것이고, 둘째로 다른 나라에서는 해적 같은 경호원으로 행동하며 그 나라가 세계시장에 편입되도록 문을 폭파하는 폭탄으로 기능하는 것입니다. 즉, 무슨 일이 있어도 해외에서 시장을 열고, 국내에서는 자유방임경제라는 잘못된 이름으로 불리는[1] 간섭받지 않는 특권을 기필

---

1   이것이 잘못된 이름인 이유는 특권층이 뒤에 든든한 행정력을 업고 있어서 하층계급이 그 조건을 받아들일 수밖에 없기 때문이다. 이걸 '자유경쟁'이라고 부른

코 유지하는 것이지요. 우리의 산업지도자라는 자들이 생각할 수 있는 정부의 임무는 이 두 가지밖에 없습니다.

이제, 어째서 이 모든 일이 생기는지, 그 기반이 무엇인지를 설명해야겠네요. 다음 질문에 답하는 식으로 해보겠습니다. 자본가들은 어떻게 이 모든 권력을 차지하게 되었을까요? 아니면 적어도 어떻게 그 권력을 유지할 수 있는 걸까요?

여기서 마지막 형태이자 앞선 두 가지의 기초가 되는 세 번째 상업전쟁으로 넘어가게 됩니다. 첫 번째로는 경쟁하는 나라 간의 전쟁에 대해서, 두 번째로는 경쟁하는 회사 간의 전쟁을 설명해드렸지요. 이제 사람끼리 경쟁하는 전쟁에 대해 이야기해봅시다. 현 체제의 모든 나라가 세계 시장을 두고 서로 경쟁할 수밖에 없듯, 그리고 회사와 산업 수장들이 시장의 이윤에서 어떻게든 제 몫을 챙기려고 기를 쓸 수밖에 없듯, 노동자들도 서로 경쟁할 수밖에 없습니다. 먹고살기 위해서지요.

이윤을 짜내는 자들이 이윤을 챙길 수 있는 것이 바로 이러한 노동자 간의 끊임없는 경쟁 덕입니다. 그렇게 축적한 자본으로 자국의 모든 행정력을 손 안에 넣을 수 있는 것이고요. 하지만 이윤을 짜내는 자와 노동자의 입장에는 다른 점이 있습니다. 이윤을 짜내는 자의 경우, 개인 간이 되었든 회사나 민족 간이

다면 그 단어에 하등의 의미가 있다고 할 수가 없다.

되었든 경쟁이 없으면 이윤을 창출할 수 없지만, 여러분은 먹고 살기 위해 굳이 경쟁하지 않아도 된다는 겁니다. 여러분들은 경쟁하는 대신 단합할 수 있으니까요.

이윤을 짜내는 자에게 전쟁은 숨쉬기와도 같습니다. 마찬가지로 노동자에게는 단합이 생명입니다. 노동계급은 어떤 식으로든 단합하지 않고는 계급으로 존재하지 못합니다. 자본가들은 처음에 불가피하게 노동자를 분업에 따라 하나의 작업장 안에 모아놓았고, 그다음에는 그들을 기계로 작동하는 커다란 공장에서 일을 시켰습니다. 그 장소도 점차 도시와 문명의 중심으로 옮겨갔죠. 바로 그 과정에서 이전과 뚜렷하게 구분되는 노동자계급이 탄생했습니다. 말하자면 여기서 노동계급이라는 물리적 존재가 생겨난 거지요.

제품생산을 위해 그렇게 사회적 집단을 이루게 되었지만 아직은 기계적으로 이뤄진 것이라, 노동자들은 자신들이 어떤 일을 하는지, 누구를 위해 일하는지 알지 못합니다. 자신들이 집단을 이뤄 하는 일이 자신들이 쓸 물건을 만드는 것이 아니라 대부분의 이윤을 주인이 챙겨가는 그런 물건을 만드는 일이기 때문입니다. 이런 노동을 계속하는 한, 그것을 하겠다고 서로 경쟁하는 한, 그들은 자신이 그저 경쟁하는 회사의 일부이고 또 그렇게 느낄 수밖에 없을 테고요.

사실 이 노동자들은 이윤생산을 위해 돌아가는 기계의 일부일 뿐이고, 이것이 지속되는 동안은 이 인적 자원이라는 부분의 시장가치를 계속 낮추는 것이 주인이나 자본가의 목표가 될 것입니다. 다시 말해 그들은 이미 자본과 기계라는 형태로 이전 노동자의 노동력을 소유하고 있으므로, 매일매일 구매해야 하는 살아 있는 노동력에 되도록 비용을 적게 들이는 것이 그들의 이해관계에 부합하고, 어쩌면 불가피하기도 합니다. 그리고 그들에게 고용되는 노동자들은 가진 것이 노동력밖에 없으므로 서로 돈을 덜 받고라도 일을 얻으려고 경쟁하지요. 상황이 이러니 자본가는 자기 입맛에 맞게 일을 해나갈 수 있는 겁니다.

지금 상황에서 노동자는 경쟁하는 회사의 일부, 자본의 부속물이라고 말씀드렸지요. 그렇지만 그건 어쩔 수 없이 그렇게 된 것이고, 심지어 의식하지도 못하는 새에 그렇게 된 거예요. 그래서 노동자들은 그러한 강압과 거기서 초래되는 직접적 결과인 임금의 하락, 생활 수준의 하락에 맞서 싸우게 됩니다. 노동자는 계급으로서나 개인적으로나 이렇게 싸우고 또 그래야만 합니다. 로마 대지주 소유의 노예가 분명 자신이 그 집안의 일부라고 생각하는 중에도 집단적으로는 그것을 파괴할 잠재적인 세력이었고, 각자 위험하지 않은 선에서 수시로 주인의 것을 훔치기도 했던 것처럼 말이죠.

이에 따라 지금 우리가 보는 것처럼, 현재 우리 삶의 방식에서 또 다른 형식의 전쟁인 계급 간 전쟁이 생겨납니다. 점점 고조되는 이 전쟁이 정점에 이르면 앞서 언급한 다른 두 가지 전쟁은 모두 종식될 겁니다. 계급 간 전쟁이 벌어지면 이윤을 짜내는 자의 지위와 끝없는 상업전쟁이 유지되지 못할 것이고, 경쟁적 특권의 현 체제, 곧 상업전쟁이 그렇게 종식되는 것이지요.

노동력이 낭비되지 않을 때 우리가 가질 수 있는 것들

자, 노동자의 존재에는 경쟁이 아닌 단합이 필요하고, 자본가의 존재에는 단합은 불가능하고 전쟁이 필요합니다. 이 말에 주목해주시기 바랍니다. 현재 노동자의 상황은 상업의 한 기제, 더 쉬운 말로는 노예와 같아요. 노동자가 그러한 상황을 바꾸고 자유로워지면 자본가 계급은 더 이상 존재할 수 없죠. 그러면 그때 노동자의 상황은 어떻게 될까요? 현 상황에서도 노동자는 사회의 필요한 일원으로 생명을 제공하는 측이고, 다른 계급은 그들에게 빌붙어 사는 기식자입니다. 드디어 노동자가 자신의 진정한 힘을 깨닫고 먹고살겠다고 서로 경쟁하는 일을 그만두면 어떤 일이 일어날까요? 바로 사회를 이루게 됩니다. 공동체를 이루게 돼요. 사회를 이루게 되면, 즉 외부에 경쟁해야 할 다른 계급이 없게 되면, 노동자들은 각자의 진정한 욕구에 따라 노동력을 쓸 수 있게 될 것입니다.

수요와 공급에 대해 떠들어대는 이야기는 많지만 보통 거론되는 수요와 공급은 작위적인 것입니다. 도박하는 시장이 좌우하는 거지요. 수요는 공급이 이뤄지기도 전에 억지로 만들어져요. 또한 생산자가 다들 서로 경쟁하고 있으므로 손을 놓고 있을 수 없다 보니 결국 과잉공급이 벌어지고 노동자들은 거리로 내쫓긴 후에야 과잉생산이 벌어졌다는 말을 듣습니다. 그렇게 남아도는 물건이 팔리지도 않고 쌓여 있는데 노동자들은 생필품조차 제대로 구할 수가 없어요. 그들이 생산한 부가 이른바 '잘못 분배'되었기 때문인데, 이는 쉽게 말하면 부당하게 노동자에게서 빼앗았다는 뜻입니다.

노동자가 사회를 이루게 되면 도박이 아니라 진정한 수요와 공급에 따라 직접 노동을 조절할 수 있습니다. 수요와 공급이 모두 그 사회 안에서 이뤄져 그 둘이 상응하게 되므로 인위적인 빈곤도 사라집니다. 한쪽에서는 과잉생산이 벌어져 가난을 구제하여 행복한 생활에 보탬이 되어야 할 바로 그 물건들이 엄청나게 쌓여 있는데, 다른 한쪽에서는 가난에 시달리는 그런 일은 더 이상 없을 거예요. 한마디로 낭비와 폭정이 사라지는 거지요.

이른바 과잉생산과 동시에 존재하는 인위적인 빈곤 대신에, 사회주의가 해줄 수 있는 것은 시장의 조절입니다. 수요와 공급이 상응하도록, 도박이나 그로 인해 생겨나는 낭비가 없게끔 하는 거지요. 노동자들이 한 달은 지쳐 쓰러지도록 혹사를 당하고 다음 한 달은 굶주림과 엄청난 불안에 시달리는 것이 아니라, 꾸준히 일하고 매달 충분한 여가를 누릴 수 있도록 말입니다.

싸구려 제품도 사라질 겁니다. 값싼 재료를 섞어 단가를 내린 그런 싸구려 제품은 쓸 만한 구석이라고는 거의 없는, 그저 이윤을 늘리기 위해 필요한 토대일 뿐이니까요. 노예처럼 살지 않게 되면 쓰고 싶은 생각이 절대 들지 않을 그런 물건을 만드느라 노동력을 낭비하는 일은 없을 겁니다. 그런 물건이 아니라 소비자에게 진정으로 쓸모 있는 제품을 만드는 데 노동력을 쓰는 거지요. 이윤에 따른 생산이 사라지면 사람들은 국내외의 자본가들이 억지로 가져다 안기는 물건 대신 정말 원하는 물건을 가질 수 있게 됩니다.

이 점을 명심하세요. 모든 문명화된 나라에는 모두가 먹고 살고도 남을 만큼의 부가 있다는 걸 말입니다. 지금 당장은 그렇지 않다 해도 언젠가 그렇게 될 수 있어요. 심지어 지금처럼 엉뚱한 데에 노동력이 낭비되는 상황에서조차, 생산되는 부를 고르게 나누기만 하면 모두가 상대적으로 안락하게 살 만큼 가질 수 있어요. 그런데 그것은 노동력이 낭비되지 않을 때 우리가 가질 수 있는 부에 비하면 아무것도 아닙니다.

역사 초기에 인간은 생존을 위한 필요에 종속되었습니다. 자연은 강력하고 인간은 연약했기에 매일 가능한 먹을거리와 살 곳을 확보하기 위해서 끊임없이 자연과 싸워야 했지요. 인간의 도덕과 법과 종교, 이 모두가 사실 생계를 확보하기 위한 끝없는 노력의 산물이자 반영입니다. 세월이 흐르면서 차츰차츰 힘이 강해져 이제 모든 시대를 거친 인간이 거의 완전하게 자연을 정복하기에 이르렀지요. 이제 마땅히 내일의 끼니를 걱정할 필요 없이 더 고차원적인 일에 관심을 가지며 살 여유가 있으리라 기대를 품었고요.

그런데, 이럴 수가! 그쪽으로 향하던 발전이 뚝 끊겨버렸어요. 자연을 정복한 것은 사실이어서 이제 자연력을 통제하며 마음대로 부릴 수 있게 되었지요. 하지만 아직 인간 자신을 정복하지 못한 터라, 마음대로 쓸 수 있게 된 그 힘을 어떻게 잘 사용할 수 있을지는 여전히 과제로 남아 있습니다. 아직까지는 마치 운명에 휘둘리는 사람처럼 맹목적으로 어리석게 사용할 뿐이지요. 미개했고 늘 먹을거리를 구해야 했던 옛 시절의 환영이 문명인인 우리를 여전히 괴롭히는 것처럼 보일 때도 있습니다. 말하자면 먼 옛날의 흐릿한 기억에서 생겨난, 그저 막연한 비현실적인 희망에 시달리며 꿈을 꾸듯 고생스럽게 일하는 거지요.

그 꿈에서 깨어나 진정한 현실을 마주해야 합니다. 자연의 정복은 거의 완수되었다고 하지 않았나요? 그러니 이제 우리가 할 일은, 아니 오래전부터 우리가 해왔어야 하는 일은 인간의 조직을 만들어 자연의 힘을 우리 뜻대로 쓰는 것이지요. 이 일

239

을 시도하기 전까지는 굶주림의 공포, 즉 그 형제 격인 지배욕이라는 악마와 더불어 불평등과 잔인함, 온갖 종류의 용렬함을 조장하는 그 끔찍한 환영에서 절대 벗어날 수 없습니다. 동료 인간을 두려워하는 일을 그만두고 그들을 믿고 의존하는 일, 경쟁을 없애고 협력을 쌓아가는 일, 그것이 우리가 꼭 해야 할 일입니다.

좀 더 자세히 살펴보겠습니다. 문명사회의 모든 인간은 자기가 먹고사는 데 필요한 것 이상의 가치를 품고 있습니다. 이에 대해서는 여러분도 아실 테죠. 그러니까 사회적으로 일을 하면 어지간하게 먹고살고도 남을 만큼 생산할 수 있다는 겁니다. 수세기 전부터 상황이 이랬습니다. 사실 서로 싸우던 부족들이 피정복 부족을 죽이는 대신 노예로 삼기 시작했을 때부터 그러했을 겁니다.

당연히 이 잉여를 생산하는 능력은 갈수록 빠르게 커져갔습니다. 예를 들어 오늘날 방직공 한 사람만 있으면 마을 전체가 수년 동안 쓰고도 남을 옷감을 일주일 만에 짤 수 있어요. 결국 문명사회에 늘 존재했던 진짜 문제는 이 잉여생산을 어떻게 할 것인가였던 거지요. 그런데 굶주림의 공포라는 환영과 그 형제인 지배욕 때문에 언제나 틀린 답만 내놓을 수밖에 없었어요.

잉여생산이 엄청난 속도로 증가하는 현대가 내놓은 해답이 아마도 가장 형편없을 겁니다. 실제 내놓은 답이라는 것이 늘

이 잉여생산물을 도에 넘치도록 차지하기 위해 다른 동료 인간들과 드잡이를 하는 것이었으니까요. 남의 것을 빼앗을 힘이 있다는 걸 알게 된 자들은 자기 것을 빼앗긴 사람들을 영원히 예속시키기 위해 온갖 방책을 동원했습니다. 자기 것을 빼앗긴 사람들은 그 수가 적고 뿔뿔이 흩어져 있는 터라 이러한 갈취에 대항할 엄두도 낼 수 없었고, 자신들에게 공동의 억압자가 있다는 생각도 거의 하지 못했죠.

그러나 이윤이나 잉여 수입을 과도하게 추구하는 바로 그 과정에서 사람들은 생산을 위해 서로에게 더욱 의존하지 않을 수밖에 없게 되었습니다. 나아가 그러한 목적이 불가피하게 노동자들 즉 자기 것을 빼앗기고 갈취당하는 계급을 더욱 결속하여 그들의 힘이 엄청나게 커졌습니다. 결국 이제 자신에게 주어진 이러한 힘을 깨닫는 일만 남은 거지요. 그렇게 되면 노동자의 생계와 노동력 재생산에 필요한 정도를 넘어 생산되는 잉여 생산을 어떻게 할 것인지에 대한 올바른 대답을 내놓을 수 있을 겁니다.

그 대답은 노동자가 생산된 모든 가치를 소유하여 더 이상 갈취당하지 말아야 한다는 겁니다. 노동자는 집단적으로 일하기 때문에 각자의 능력에 따라 요구되는 일은 모두 효율적으로 해낼 수 있고 그렇게 생산된 결과물을 필요한 만큼 가질 것입니다. 왜냐하면 필요한 것보다 많이 가져봐야 다 쓸 수가 없으니까요. 괜히 낭비하고 버릴 뿐이지요.

이런 체제가 여러분에게 터무니없이 이상적으로 들릴 수도 있습니다. 지금 상황을 보면 그럴 만도 하지요. 하지만 노동력이 낭비되지 않도록 노동이 조직되면, 굶주림의 두려움과 지배욕에서 벗어나 자신과 주변을 돌아보며 정말 원하는 것이 무엇인지 생각해볼 여유와 자유를 가질 수 있을 것입니다.

이에 대해서는 내 경우라면 어떨까 생각해본 게 조금 있는데요. 여러분이 제 이야기를 듣고 직접 비교해볼 수 있도록 이자리에서 들려드리고자 합니다. 명심해야 할 것은, 먹을거리와살 집이라는 공통의 욕구가 채워진 후에는 공동체적 생활방식에서 각자의 욕망을 추구하는 일도 더 쉬워질 것이라는 점입니다. 각자 능력과 욕망이 다르기 때문에 더욱 그렇지요.

협동과 사전의 숙고를 통해서도 통제할 수 없는 불가피한사건—그런 것이 있다면—은 일단 제쳐둡시다. 그렇다면 나의주변 환경에서, 곧 동료들과의 관계를 통해 가능한 것 중에서내가 원하는 것은 무엇일까요?

우선 건강입니다. 문명사회의 많은 사람이 건강이 정확히무엇인지 모르는 것 같아요. 건강이란 삶이 즐거운 것, 사지를기꺼이 움직이고 신체의 힘을 쓰면서 즐거운 것, 말하자면 태양과 바람과 비와 노닐고 비참한 삶의 두려움이나 부당한 대우를받는다는 느낌 없이 동물이자 인간으로서의 마땅한 신체적 욕구를 만족시키는 데서 기쁨을 얻는 것입니다.

아름다움 또한 원합니다. 여기서 아름다움이란 사지가 멀쩡한 바른 신체에 근육이 탄탄하고 표정이 풍부한 것을 말하지요. 이런 요구가 충족되지 못한다면 우리는 결국 가련한 존재일 뿐입니다. 내 요구는 그러합니다. 비참한 삶을 사는 억압받는 빈곤층의 절망에서 태어나 수 세기동안 그러한 억압과 비참함을 영속시키는 데 이용되어온 금욕주의라는 끔찍한 신조가 뭐라고 주장하건 말이지요.

우리 모두 건강한 신체를 가져야 한다는 이 요구에서 다른 모든 마땅한 요구가 따라 나옵니다. 부자들도 피할 수 없는 질병의 씨앗이 처음 어디서 뿌려졌는지 누가 알겠습니까? 아마 어떤 조상의 사치스럽고 방탕한 생활에서 나왔겠죠. 하지만 그것은 가난에서 나왔을 수도 있어요. 빈곤층으로 말하자면, 한 저명한 의사의 말에 따르면 가난한 사람들이 늘 시달리는 질병이 하나 있는데 그것은 굶주림이라고 했습니다.

얼마간이라도 과로에 시달리는 사람이라면 지금 내가 말한 바의 건강을 누릴 수 없다는 건 자명합니다. 또한 다른 어떤 것도 희망하지 못하고 단 하나의 지루한 기계적 작업에 한없이 매일 때에도 건강을 누릴 수 없습니다. 먹고살 일에 대한 구차한 걱정에 늘 시달리거나, 사는 곳이 형편없거나, 자연의 아름다움을 누릴 수 있는 기회가 박탈되거나 이따금 기운을 북돋울 오락

거리를 즐길 수 없을 때에도 그런 건강은 얻을 수 없습니다. 신체 조건과 이러저러하게 직접적으로 관련된 이 모든 것은 건강한 삶의 요구에서 나옵니다.

사실 이렇게 괜찮은 생활조건이 몇 세대는 지속되어야 지금까지 말한 진정 건강한 삶이 전반적으로 가능해지지 않을까 싶습니다. 하지만 앞으로 설명할 다른 조건과 더불어 그런 조건이 이뤄지면 적어도 마땅한 동물적 삶을 향유하는 행복한 인류, 각 인종의 아름다움에 대한 기준에 부합하는 인류가 시간이 가면서 차츰차츰 등장할 것입니다.

이 시점에서 짚어볼 것이 있습니다. 일단 인종 간의 다양한 차이는 각자 사는 조건에서 생겨납니다. 또한 지구상의 척박한 지역에서는 아무래도 기후와 자연환경의 혜택이 부족하지요. 하지만 그래도 이윤이 아니라 생계를 위해 함께 일하면 기후상의 불리한 많은 부분이 쉽게 상쇄되어 적어도 각 인종의 삶이 충분히 나아질 수 있을 것입니다.

우리에게는 교양교육과 여가시간이 필요하다

이제, 다음 요구사항은 교육입니다. 교육이야 현재 영국에서 모든 아이들이 받고 있지 않느냐고 하면 안 됩니다. 그것도 그 나름 대단하다는 건 기꺼이 인정할 수 있지만 내가 요구하는 건 그런 종류의 교육이 아니거든요. 영국 교육이 대단하기는 하지만 어쨌든 교실 안에서만 이뤄지는 교육이니까요.

내가 요구하는 교육은 교양교육입니다. 역사 쪽이든 과학 쪽이든 각자의 능력과 취향에 따라 세상에 있는 다양한 지식을 얻을 수 있는 기회 말입니다. 또한 공예품이건 예술품이건, 그러니까 그림이나 조각, 음악, 연기 등 세상에 존재하는 재주를 각자 나름대로 배울 수 있는 기회도 포함하죠. 능력이 된다면 공동체에 도움을 줄 수 있는 그런 기술을 하나 이상 배워야 해요. 너무 과도한 요구라고 볼 수도 있겠네요. 하지만 지금처럼 제일 힘세고 강단 있는 사람을 제외하고는 단순하고 따분한 일만 죽도록 해야 하는 이런 상태에서 벗어날 수 있다면, 그리고 각자의 특별한 능력에서 공동체가 이득을 얻을 수 있다면 절대 과도한 요구가 아니라고 봅니다.

이러한 교육이 가능하려면 아무리 부자라도 한 개인이 좌지우지할 수 없는 도서관이나 학교 같은 공공시설이 꼭 있어야 합니다. 살 만한 공동체라면 인간다운 삶에 도움을 주는 그런 시설을 반드시 갖추고 있을 테니 이렇게 자신 있게 말씀드리는 겁니다.

교육의 요구에서 다시, 충분한 여가시간의 요구가 뒤따릅니다. 이 역시 나로서는 다시 한번 자신 있게 주장할 수 있어요. 우리가 이윤의 노예에서 벗어나기만 하면 낭비가 생기지 않게 노동력을 조직할 수 있고 그러면 개개인에게 지나친 부담을 주지 않을 테니까요. 당연히 모두가 확실히 유용한 일에서 각자의 몫을 해내게 될 테고요.

당장에는 우리가 발명한 진귀한 기계들이 그저 이윤 낳는 상품들만을 더 많이 만들어내는 데에만 쓰이고 있습니다. 이건 생각해볼 문제입니다. 그렇게 이윤을 늘려봐야 결국 자본가 개인이 자기 주머니에 넣어 챙긴단 말이에요. 그중 일부는 똑같은 낭비와 더 많은 이윤을 창출하기 위해 자본으로 쓰이고, 또 다른 일부는 개인적인 부나 사치스러운 생활에 쓰이는데, 그 역시 순전한 낭비일 뿐입니다.

사실 그것은 다 쓸 수도 없으면서 노동자에게서 그 많은 노동력의 산물을 갈취하여 불태우는 모닥불이라고 봐야 마땅합니다. 그래서 현 체제에서는 아무리 대단한 발명을 해봐야 이른바 노동력 절감 기계 덕분에 한 시간이라도 덜 일하는 노동자라고는 찾을 수 없어요. 하지만 더 나은 체제에서 그 기계들은 정말로 노동을 줄이는 데 쓰일 것입니다. 그 결과 얻어지는 엄청난 여가시간은, 쓸모없는 사치로 초래되는 낭비를 피하고 상업 전쟁을 철폐함으로써 얻어지는 여가와 더불어 공동체를 위해 쓰일 수 있을 겁니다.

그렇게 얻어진 여가시간은 당연히 사회에 도움이 될 것입니다. 그 여가시간 덕택에 다른 사람에게 해가 가는 일이라고는 없이 많은 시민에게 즐거움을 줄 수 있는, 머리나 손을 쓰는 예술 같은 일을 함으로써 말이지요. 모든 사람이, 아니 모든 동물이 마땅히 그러하듯 먹고사는 걱정에서 벗어나, 각자의 특별한 재능을 발휘할 수 있는 여가시간에 최고의 작업이 무수히 이뤄지니까요.

자, 이러한 여가를 갖게 되면 내가 좋아하는 일을 즐길 수 있고, 원한다면 여행을 다니며 견문을 넓힐 수도 있습니다. 예를 들어 올바른 사회질서가 확립되었을 때 내가 만약 제화공이라면 마냥 한 곳에 붙박여 신발을 만들 필요가 없지요. 쉽게 떠올릴 수 있는 적당한 조치에 따라 가령 로마에서 3개월 동안 일한 뒤 고대의 작품에서 영감을 받아 새로운 아이디어를 갖고 돌아올 수 있겠지요. 그 가운데 런던에 돌아와 응용할 수 있는 것도 있을 테고요.

하지만 지금으로서는 빈둥거리며 여가시간을 낭비하지 않기 위해, 우리가 마땅히 할 일을 확실히 해둘 필요가 있습니다. 이 점이 아주 중요하기 때문에 괜찮다면 좀 짚고 넘어갔으면 해요. 실제로 다들 여가시간 중 대부분을 우리가 일이라 여기는 것을 하면서 보낼 거예요. 하지만 내가 사회주의 공동체의 일원이라면 이보다 더 힘든 일이라도 마땅한 내 몫이라면 당연히 해야 합니다. 그러니까 나를 억지로 다른 일에 꿰맞추는 게 아니라 내 능력껏 할 수 있는 마땅한 몫의 내 일 말입니다. 아무리 단순한 사회라도 한 사회가 유지되려면 저마다 그런 몫의 일이 요구되는데, 그 일 역시 무엇이 되었든 사리에 맞는 일이어야 해요. 즉 선량한 시민이 그 필요성을 이해할 수 있는, 공동체의 일원으로서 내가 동의하는 그런 일이어야 한다는 거죠.

여기에 해당하지 않는 아주 반대되는 경우가 있습니다. 그 예를 두 가지 들어볼게요. 첫째로, 난 붉은 군복을 입고 행진하여 내가 이해할 수도 없는 싸움에서 프랑스나 독일이나 아랍인 동료를 향해 총을 쏴대는 일은 하지 않겠습니다. 그런 일을 하느니 반역자가 되겠어요. 또한 머릿속이 빈 사람들이나 원할 그런 하찮은 장난감 따위나 만드는 일에 내 에너지와 시간을 허비하지 않겠습니다. 차라리 반역자가 되겠어요.

올바른 사회질서 아래에서는 그런 불합리한 일 때문에 반역을 일으킬 필요는 없다는 게 분명하지요. 단지 현재 우리가 사는 방식에 비춰 있을 법한 삶을 이야기하다 보니 이런 예를 든 것입니다.

만약 사리에 맞고 꼭 필요한 일이 기계적인 일이라면 내 노동의 격을 떨어뜨릴 게 아니라 당연히 기계의 도움을 받아야 합니다. 이 경우에는 되도록 시간을 적게 들이도록 하고 기계 앞을 지키는 동안 다른 일을 생각할 수 있어야 합니다. 특히 힘들고 지치는 일일수록 여러 사람이 번갈아 해야 하고요. 이에 대해서는 여러분도 동의할 겁니다.

일례로 나의 노동시간을 탄광 밑바닥에서 내내 보낼 수는 없다는 것입니다. 그런 일은 대체로 자원자를 모집하여 교대로 해야 해요. 여기서 힘든 일이란 아주 지저분한 일도 포함합니다. 다른 한편 건장하고 힘센 몸으로 고된 일을 하면서 제 나름의 기쁨을 느끼지 않는다면 그것도 남자다움이 별로 없는 게 아닌가 싶어요. 물론 지금까지 내가 이야기한 조건에서, 그러니까 쓸모 있는(따라서 명예로운) 일이고 절망적으로 한없이 지속되지 않으며 정말로 자유의지에 따라 하는 일이라면 말이죠.

쾌적하고 풍요로운 물리적 환경을 바란다

일에 대해 요구할 마지막 사항은 공장이 되었든 작업장이 되었든, 일하는 장소가 쾌적해야 한다는 것입니다. 우리에게 필수적인 대부분의 일이 이뤄지는 들판이 쾌적한 것처럼 말이죠. 장담하건대 모든 제품에서 이윤을 남겨야 할 필요가 있는 게 아니라면 일터를 쾌적하게 만들지 못할 이유는 세상천지에 하나도 없습니다. 다시 말해, 값싼 상품을 생산하려는 목적으로 건강에 좋지 않은, 비좁고 더럽고 시끄러운 곳에서 사람들에게 일을 시키는 것이고, 한마디로 노동자의 삶을 대가로 상품 가격을 내리는 것이니까요.

내가 해야 할 일, 공동체에 대한 임무에 대해서는 이 정도로 이야기하겠습니다. 분명히 말하지만, 새로운 사회질서를 이룰 수 있는 역량이 발달하면 그러한 삶이 지금으로서는 상상도 하지 못할 만큼 비용이 덜 들 것입니다. 그러고 나면 사람들이 일을 피하는 게 아니라 하고 싶어 할 것이고요. 현재 대부분의 일에서 그렇듯이 일하는 시간이 불쾌하거나 피로감을 주지 않고 남녀노소 모두에게 즐겁고 흥겨운 시간이 될 것입니다.

그렇게 되면 그동안 논의는 많았지만 계속 지체되어온 예술의 새로운 탄생이 도래할 겁니다. 사람들은 일하면서 당연히 즐거움과 환희를 느끼고, 그것을 구체적이며 어느 정도 지속되는 형식으로 표현하기를 희망할 테니까요. 그렇게 된다면 작업장은 다시 한번 예술학교가 되고 누구나 그 영향을 받게 되는 것입니다.

이제 예술이라는 단어에서 마지막 요구로 넘어갑니다. 그것은 내가 사는 물리적 환경이 쾌적하고 풍요롭고 아름다워야 한다는 것입니다. 이것이 상당한 요구라는 건 압니다. 하지만 그 요구가 충족되지 않는다면, 문명화된 모든 사회가 모든 성원에게 그런 환경을 제공할 수 없다면 그런 세상은 차라리 지속되지 않는 게 나을 것 같군요. 지금까지의 인간 존재 자체가 한갓 고통일 뿐일 테니까요. 현 상황에서 이 점은 아무리 강력하게 주장해도 지나치지 않아요. 지금처럼 외적 자연을 지배한 풍요로운 사회가 이렇게 형편없고 더럽고 구차한 삶을 감수하며 살았다는 게 믿어지지 않을 그런 날은 꼭 올 것입니다.

이윤의 추구가 아니라면 우리를 그런 삶으로 몰고 가는 것은 아무것도 없습니다. 예를 들어 도시라는, 제대로 통제되지도 않는 거대한 집합체에 인간을 몰아넣은 것도 이윤이고, 정원도 마당도 없는 숙소에 사람들을 가득 쑤셔 넣는 것도 이윤입니다. 구역 전체가 유황 연기로 뒤덮일 때까지 기본적인 조치조차 취하지 않고 아름다운 강을 더러운 시궁창으로 만드는 것도 이윤이고요. 이윤 때문에 부자를 제외한 모든 사람이 아무리 좋아야 터무니없이 비좁거나 사방팔방 막혀 있는 집에서, 최악의 경우에는 도저히 말로 표현할 수도 없는 그런 곳에서 살 수밖에 없는 것입니다.

이런 순전한 어리석음을 어떻게 그저 견디고만 있는지 믿기 힘들 정도입니다. 그리고 이 상황을 바꿀 수 있다면 그저 견디는 것만으로는 안 됩니다. 노동자가 자신을 한갓 이윤창출의 부속품으로 여기지 않게 되면, 이윤이 증가할수록 노동자를 위한 고임금의 일자리가 더 많아질 거라는 둥, 믿을 수 없을 정도로 더럽고 지저분하고 참담한 현 문명사회의 상태가 번창함의 상징이라는 둥, 그런 헛소리는 더 이상 받아들이지 않을 겁니다. 그것은 노예의 표식일 뿐이니까요.

노예의 신분에서 벗어나게 되면 당연히 모든 사람과 가족에게 넉넉한 주거환경이 있어야 한다는 요구가 생기겠지요. 집 주변에는 아이들이 뛰어놀 마당이 있어야 해요. 집은 자연을 훼손하지 말고 정돈되고 품격을 갖추어 자연과 조화를 이뤄야 하고요. 정돈과 품격을 적절하게 강조한다면 분명 아름다운 건물이 나올 겁니다. 물론 이 모든 것이 가능하려면 마땅히 개인이 아니라 시민이—즉 모든 사회가—생산수단을 소유하고, 필요한 경우에 모두가 이를 사용하는 조건에서만 생산수단을 쓸 수 있도록 조직되어야겠지요. 그렇지 않으면 사람들은 개인적으로 부를 축적하겠다고 나설 수 있고, 그러면 이미 봐왔다시피 공동체의 재산이 낭비되고 계급분화가 영속화되고, 결과적으로 끝없는 전쟁과 낭비가 있을 테니까요.

집이란 내가 사랑하는 사람들을 만나는 장소

새로운 사회질서에서 어느 만큼의 공동생활이 필요할지 혹은 바람직할지라는 문제는 사회생활과 관련된 각자의 성향에 따라 다를 겁니다. 나로서는 잘 이해가 안 되는데, 함께 일하는 사람들과 밥을 같이 먹는 게 뭐 그리 힘든 일인지 모르겠어요. 귀중한 책이나 그림, 주변 환경을 꾸밀 약간 고급스러운 물건 같은 것은 대체로 모두가 추렴하여 마련하는 게 좋을 것이고요.

부자들이 베이스워터(런던 근교의 전통적인 부촌—옮긴이)나 다른 이곳저곳에 고급주택이라고 지어대는 미련하고 우둔한 토끼사육장에 진절머리가 날 때가 있지요. 그때마다 자유롭고 인간다운 사람들이 창조한 최고의 예술에 구현된 과거의 이상과 우리 시대의 가장 고상한 방안을 잘 버무려, 자재를 아끼지 않고 훌륭한 장식도 풍부히 넣어 지은 미래의 고상한 마을회관을 그려보는 일이 내게 큰 위안이 된다는 말은 꼭 하고 싶네요.

사적 용도로 짓는 건축물은 아름다움과 적합함이라는 면에서 그런 건물의 근처에도 오지 못합니다. 오직 함께 생각하고 함께 생활할 때에만 아름다움을 향한 열망이 생겨나고, 그것을 실제로 이뤄낼 기술과 여유도 생기기 때문이죠. 나라면 이런 공동의 공간에서 책을 읽고 친구를 만날 수 있다면 그게 전혀 힘들게 느껴지지 않을 거예요. 그에 반해 어디를 보나 그 안에서 살면 정신 수준이 떨어지고 신체적 능력도 저하되는, 밖에는 치장 벽토를 바르고 안에는 혐오스러운 가구들이 잔뜩 들어찬 천박한 집이라도 그저 내 것이고 내 집이라면 그게 잘사는 거라는 생각은 절대 하지 않을 것이고요.

흔히 하는 말이지만 강조 삼아 되풀이하자면, 집이란 내가 공감하고 사랑하는 사람들을 만나는 장소입니다.

자, 이것은 중산계급으로서의 내 의견입니다. 노동계급의 경우 형편없는 방구석이라도 내 소유라면 내가 방금 그려 보인 궁전 같은 공동주택보다 낫다고 생각할지, 그건 그들의 의견에 맡겨야겠지요. 공간과 안락함이 절대 부족한 비좁은 노동자의 주거 환경을, 빨래하는 날 바깥에 널린 빨래를 보듯이 가끔 떠올릴 수밖에 없는 중산계급의 경우에는 그들의 상상력에 맡기고요.

생활환경이라는 문제를 마무리하기에 앞서, 지금 이 자리에서 나올 법한 반론에 대해 답변을 하고자 합니다. 앞서 나는 꼭 필요한 노동 중에서 기계적이고 아주 하기 싫은 일의 부담을 덜기 위해 기계를 자유롭게 사용할 거라고 말했습니다. 많이 배웠거나 예술적 감각이 있는 사람들일수록 특히 기계를 혐오하는 경우가 많다는 건 나도 알아요. 기계에 둘러싸여 있다면 절대 쾌적한 생활환경을 만들 수 없을 거라는 반박이 그쪽에서 나올 수도 있지요.

나는 그 말에 별로 동의하지 않아요. 현재 삶의 아름다움이 치명적으로 훼손되는 이유는 우리가 주인이 못 되고 기계가 우리의 주인 노릇을 하고 있기 때문이거든요. 다시 말해 그것은 우리가 저지르고 있는 끔찍한 범죄의 표식일 뿐입니다. 몇몇 인간이 노동력을 장악하여 그것을 민중의 노예화에 사용하면서 그들의 삶에서 얼마나 많은 행복을 빼앗고 있는지는 그다지 개의치 않는 그런 범죄 말이지요.

내 생각을 좀 더 이야기해보겠습니다. 그래야 예술가들이 안심할 테니까요. 온당한 사회질서가 들어서면 처음에는 사회의 결집에 필요한 일을 완수하려는 마음이 클 것입니다. 그러므로 정말 유용한 목적을 위해 쓸 기계가 상당히 발전하게 될 겁니다. 하지만 어느 정도 세월이 흐르면 생각한 만큼 그렇게 할 일이 많지 않다는 것을 깨닫고 그 문제를 전반적으로 다시 고려할 여유도 생길 거예요. 그때 어떤 산업에서 기계보다 수작업을 하면 더 즐겁게 일할 수 있고 제품생산에도 더 효율적이겠다 싶으면 단연코 기계를 없애버리겠죠. 그때에는 없애고 싶으면 없앨 수 있으니까요.

지금은 그게 가능하지 않아요. 우리 마음대로 그렇게 할 수가 없지요. 우리가 창조한 괴물의 노예가 되어 있으니까요. 현 사회처럼 노동의 배가를 목적으로 하는 게 아니라 즐거운 삶을 목적으로 하는 온당한 사회질서에서는 기계의 정교화 자체가 삶의 단순화로 이어질 거예요. 그렇게 되면 기계의 사용이 한정되리라는 희망이 내게는 있습니다.

시대의 표식을 또렷이 응시하기

지금까지 살 만한 삶을 위해 필요한 것들을 설명했습니다. 한마디로 요약하자면 이러합니다. 첫째는 건강한 신체, 둘째는 과거·현재·미래와 교감하는 활달한 정신, 셋째는 건강한 신체와 활달한 정신에 적합한 직업, 그리고 마지막으로 아름다운 주거환경입니다.

이는 시대를 막론하고 교양 있는 사람이라면 무엇보다 먼저 이뤄야 한다고 보았던 삶의 조건입니다. 이를 추구하다가 좌절하게 되면 간혹 먼 과거인 문명 이전으로 시선을 돌리는 사람들도 있었어요. 다만 그 옛날 인간의 유일한 관심사는 매일의 먹을거리를 구하는 일이었고, 희망은 잠재되어 있었을지 모르지만 어쨌든 밖으로 표현되지는 못했죠.

흔히 생각하듯이 그러한 삶의 조건을 이루려는 희망을 문명이 가로막고 있다면 문명은 인간이 행복할 수 있는 길을 가로막고 있는 것입니다. 그리고 정말 사정이 그러하다면 진보를 향한 열망—아니 상호적인 선의와 사람들 사이의 애정까지 모두—따위는 다 억눌러야겠지요. 우리도 악당의 살만 찌울 셈으로 바보들이 쌓아놓은 부에서 능력껏 많이 챙기는 게 낫겠고요. 아니면 인간답게 사는 일이 가능하지 않으니 인간답게 죽을 수 있는 방법을 가능한 한 빨리 찾아보는 게 나을 수도 있겠죠.

하지만 그보다는 우리가 사는 이 시대가 너무나 고통스럽고 무질서하더라도 낙담하지 말아야 합니다. 앞선 시대가 공들여 이룬 훌륭한 유산이 우리에게 있고 인간다운 사회질서가 도래할 날이 멀지 않았다는 사실을 믿읍시다. 우리 혼자 힘으로 새로운 사회질서를 세울 수는 없지요. 이미 과거 수세기에 걸쳐 대부분의 작업이 이뤄져왔으니 우리는 명료한 눈으로 시대의 표식을 알아볼 수 있어야 합니다. 그러면 지금이야말로 행복한 삶의 조건을 이루는 일이 가능한 때라는 것을, 따라서 손을 뻗어 그것을 차지하기만 하면 된다는 것이 분명해질 거예요.

그 일은 어떻게 할 수 있을까요? 주로 교육을 통해서입니다. 사람들에게 각자의 능력을 일깨워, 갈수록 빠르게 수중에 들어오는 정치적 힘을 자신들에게 이롭게 행사할 수 있도록 해야 합니다. 자본가 개인의 이윤을 위한 기존의 생산체계는 점점 관리하기 힘들어진다는 것을 일러줘야 해요. 따라서 한편으로 그 체계가 붕괴하면서 생겨날 혼돈과, 다른 한편으로 지금 이윤을 위해 조직되어 있는 노동력을 손에 넣어 공동체의 살림을 위해 조직하겠다는 결단력 사이에서 하나를 선택해야 한다는 사실을 이해시키는 겁니다. 이윤을 창출하는 개인은 노동의 필수조건이 아니라 오히려 걸림돌이라는 사실, 그것도 지금 보는 것처럼 그들이 노동력을 멋대로 고용하고 해고해서만이 아니라 계급으로서의 그들의 존재에서 불가피하게 발생하는 낭비 때문이라는 사실을 알려야 합니다.

이 모든 사실을 우리 스스로 깨우쳤듯 다른 사람들도 깨우치도록 해야 합니다. 당연히 그 길은 멀고 고되겠죠. 이 강연의 첫머리에서 말했듯 사람들은 굶주림의 공포 때문에 변화를 너무 두려워합니다. 가장 불행하게 사는 사람들조차 무감하여 마음을 움직이기 힘들지요. 하지만 그 일이 아무리 힘들더라도 그로부터 얻는 보상이 확실하다는 것은 알아야 해요.

아직은 얼마 안 되지만 사회주의 전파를 위해 함께 모인 사람들이 있다는 사실만으로도 변화가 시작되었음을 알 수 있습니다. 사회의 진정한 근간인 노동계급이 이러한 생각을 받아들이게 되면 차차 희망을 갖고 사회의 변화를 요구하게 될 것입니다. 그렇게 생겨나는 많은 변화가 곧장 그들의 해방을 가져오진 않을 것입니다. 그 요구에 필요한 다른 한 가지, 즉 조건의 평등에 대한 충분한 이해가 수반되지는 않았을 것이기 때문이죠. 하지만 그 과정에서 간접적으로 썩어빠진 우리의 가짜 사회가 해체될 것이고, 그러면서 조건의 평등에 대한 요구가 점점 큰소리로 울려 퍼질 것입니다. 결국 그 소리가 모두의 귀에 들어가게 되면, 그리고 마지막 한걸음만 더 디디면 드디어 경계를 넘어 문명사회의 사회화가 이뤄집니다. 그때 뒤를 돌아보면 지금과 같은 삶을 어째서 그렇게 오래 참고 견뎠는지 놀라게 되겠지요.

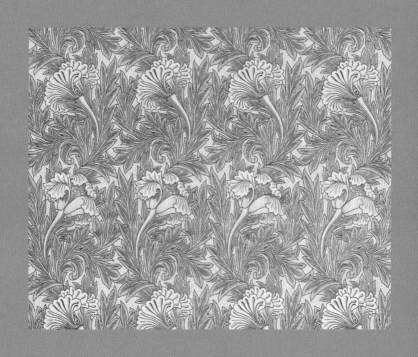

Tulip pattern (1875)

Original from Cleveland Museum of Art

Marigold pattern (1875)

Chrysanthemum pattern (1877)

사회 내에 무산계급의 노동으로 먹고사는
유산계급이 존재하는 한, 두 계급 사이에는 항상
갈등이 존재할 수밖에 없습니다. 이 사실을 더욱
확실히 의식하게 될 때, 서서히 깨닫기 시작할 때
바로 현 문명에서 우리가 가질 수 있는 희망이
그 모습을 드러낼 것입니다. 불가피하게 자신의
존재와 우월한 지위를 놓고 서로 싸우는 계급이
존재하지 않는, 진정한 의미의 사회를 향한 변화의
희망 말입니다.

8

어떤 미래를 바라는가

문명의 희망

어느 시대나 그 나름의 희망이 있습니다. 현 시대 너머를 내다보는, 미래를 꿰뚫어보려는 희망. 이상하게 들릴지 모르지만 그런 희망은 그 희망을 낳은 시대의 전성기가 아니라 오히려 쇠퇴와 타락의 시기에 더 강렬했습니다. 냉철하게 보면 그 희망은 자신의 힘겨운 삶을 남의 귀에 들어가도록 표현할 힘을 갖지 못했던 고단한 이들의 허망한 갈망이, 행복하고 안락한 삶을 누리는 사람들의 모습에 반영된 것에 불과할지도 모릅니다.

만사가 순조롭게 진행될 때는 그들의 비탄이 당연히 부자들에게 별 위협이 되지 않았으므로 세상은 이들과 이들이 품은 갈망을 쉽게 잊습니다. 하지만 빈곤층의 고통과 비탄이 인간이 견딜 수 있는 한계를 넘을 정도로 심각해지면 의식적·무의식적 공포가 부자들을 덮치게 됩니다.

노예처럼 살던 사람들이 오래도록 견뎌왔던 비참함이 극심해져 마침내 주인도 의식하지 않을 수 없을 정도가 되면, 주인들은 현재 사회에 존재하는 요소 중에서 그것을 무마할 임시방편이 뭐 없나 둘러보기 시작하지요. 변화와 혼란, 혁명의 시대는 당연히 희망의 시대이기도 하고, 뭔가 더 나은 미래에 대한 희망은 혁명이 멀지 않았음을 알려주는 첫 번째 표식이기도 합니다.

하지만 대개는 그 표식을 카산드라의 예언이라도 되는 양 불신하죠. 잃을 것이 많은 사람들은 아예 반대 의미로, 그러니까 번성하는 시대의 표식, 자기들에게 호의적인 상황이 오래 지속되리라는 표식으로 받아들이기까지 하고요. 그러면 지금 우리 문명의 희망은 어떤 것일까요. 오늘은 우리 시대에 대한 이야기를 위주로 이야기하려 합니다. 건강한 야만주의—현재 우리 사회를 키워낸—에 의해 멸망한 이전 문명에 대해서는 다루지 않고요.

하지만 현 시대의 탄생과 그것이 심어준 희망에 대해, 그리고 지금 그것이 어떻게 되었는지에 대해서는 간단히 몇 마디 할 필요가 있겠습니다. 한참 과거로 거슬러 올라갈 필요는 없습니다. 내 생각에 근대문명은 영국에서 종교개혁이 일어난 즈음인 격변의 시기에 시작되었어요. 당시 더 중요한 세력이었던 유럽 대륙의 다른 나라에서는 르네상스 시대, 이른바 예술과 학문의 새로운 탄생의 시대로 알려진 때죠.

우선 이 시기에 그 나름의 장단점을 지니던 봉건주의가 마지막 숨을 몰아쉬고 있었다는 사실을 기억해야 합니다. 사람들을 묶어주던 주요한 위계질서의 결속력이 앞선 수 세기에 걸쳐 점차로 약화되어 이제 그 종말을 목전에 두고 있었죠. 적어도 이론적으로 그 결속력은 전 계층 구조를 통틀어 상위 계층과 하위 계층 간의 사적인 권리와 의무를 토대로 합니다. 말하자면 모든 인간은 태어날 때부터 이러한 조건에 종속되었고, 삶의 우연적 요소를 통해 그로부터 벗어날 길은 없었어요.

우리가 이해하는 바의 상업이나, 자본주의적 생산과 교환은 아직 존재하지 않았습니다. 물건을 싸게 사서 비싸게 파는 것은 범법행위(선점)였고, 아침에 시장에서 산 물건을 오후에 같은 곳에서 파는 것은 쓸모 있는 직업으로 여기지 않았을 뿐 아니라 매점매석이라 하여 금지했죠. 고리대금업은 지금처럼 나라의 최고 고위직까지 직접 관여하는 일이기는커녕 나쁜 짓으로 보았고, 거기서 나오는 이윤은 주로 유대인들이 챙겼습니다.

지금과 마찬가지로 그때에도 노동하는 계급의 갈취는 국가의 존재에 필요하다고 여겨졌습니다. 이는 자의적인 세금이나 공공연한 폭력 등으로 은폐하거나 구실을 만들지 않고, 노골적으로 이뤄졌지요. 다른 한편 삶은 편안했고 일상적인 필수품은 넉넉했어요. 기독교 휴일은 현대적 의미의 휴일로 정말 노는 날이었고, 의무적 휴일이 96일이나 되었지요. 사람들은 순한 양 같은 존재가 아니라 지금까지 생계를 꾸려갔던 어떤 사람들만큼이나 거칠고 대담한 무리들이었습니다.

중세는 어떤 모습이었을까

어쩌다 보니 이제는 과거지사가 된 그 시대의 삶을 기록한 역사책인가 잡문집인가에서 읽었던 이야기 세 편이 기억나네요. 영국 생활습관의 변화를 보여주는 신기한 예라 여기서 소개하고 싶습니다. 하나는 4백 년 전 노포크에 살았던 여성이 런던의 남편에게 쓴 편지로, 태피스트리와 식료품과 옷 등을 사오라고 주문한 뒤에 복도의 창문이 너무 낮아서 긴 화살로 활을 쏘기에 불편하니 석궁과 석궁용 화살을 넉넉히 사오는 걸 잊지 말라고 적고 있고요. 또 하나는 중세가 끝나갈 즈음의 독일인 여행객의 글로, 영국인은 유럽에서 가장 게으르고 오만하지만 요리는 가장 잘한다고 적었어요. 비슷한 시기의 스페인 대사는 "이 영국인들은 나뭇가지와 진흙으로 지은 집에서 살지만 그 안에서도 지주처럼 풍요롭게 산다"고 썼습니다.

정말이지 그 당시를 떠올리며 우리 조상의 삶을 눈앞에 그려보자니 묘한 감정이 밀려듭니다. 같은 민족에 같은 언어를 쓰고 같은 땅에서 살았던 사람들인데 태도나 생각, 생활 습관과 방식에서는 다른 별에 사는 사람처럼 우리와는 너무 다르니 말이죠. 이 나라의 지리적 모습 자체가 달라졌어요. 런던과 주요

266

산업도시만이 아니라 나라 전체가 전반적으로 말입니다. 솔즈베리 평원 정도를 빼면 4백 년의 세월이 가져온 놀라운 변화를 생생하게 보여줄 만한 땅은 영국에 한 조각도 남아 있지 않습니다.

나는 중세 영국의 외양이 어떠했을지 떠올리는 재미에 종종 빠지곤 해요. 수많은 사냥터와 울창한 숲, 넓게 펼쳐진 공유 경작지와 울타리로 둘러막지 않은 공유 목초지, 그다지 고르게 경작되지 않은 농경지와 개량종이 아닌 소와 양과 돼지 떼. 특히 몸통이 유난히 길쭉하고 말라빠진 돼지는 우리 눈에는 괴상해 보이겠지요. 말이 다니는 흙길로 짐 실은 말이 줄지어 지나가고요. 로마인이 놓은 길과 수도원끼리 잇는 길 말고는 마차가 다닐 만한 길은 거의 없었을 것입니다. 다리도 거의 없었으니 사람들은 배를 타거나, 여울이 있다면 거기로 건너 다녔어요. 제대로 된 교회가 갖춰진 소도시엔 성벽을 둘러쌓은 경우가 많았고요.

시골 마을은 지금 있는 곳에 그대로 있었는데, (마을의 존재를 말해주는 게 교회밖에 없는 경우를 제외하면) 지금보다 낮고 주민도 더 많았습니다. 크고 멋진 교회도 있고 작고 희한한 교회도 있지만, 내부는 모두 제단과 가구로 빽빽하고, 그림과 장식으로 화려했죠. 많은 종교적 건물이 장엄한 건축물이었고, 영주의 저택은 아름다웠습니다. 예전에 지은 성이 그대로 남아 있는 경우도 있고, 새로 멋지게 지은 것도 있고, 어떤 건 영주의 대단한 지위에 비하면 터무니없이 작은 것도 있었지요.

14세기의 영국에 한번 가볼 수 있다면 그곳이 얼마나 신기해 보일까요? 예전에 내가 그 위에 올라 아래를 내려다보며 수많은 상념에 잠겼던, 앨프리드(9세기 잉글랜드의 왕으로 앵글로색슨족의 통일을 이룬 이로 칭송받는다—옮긴이)가 태어났던 평원이 있는데요. 이처럼 영국의 어떤 부락의 상징을 여전히 지닌 낯익은 언덕 꼭대기라도 눈에 띄지 않는 다음에야 지금 내가 정확히 어디쯤에 있는 건지 알아보지 못할 겁니다. 이름만 남아 있을 뿐다른 건 거의 사라졌으니까요.

이런 생각을 할 때마다 우리에게 가능한 삶을 향한 희망이 솟아오릅니다. 미래에는 현재 우리의 삶도 그렇게 될 테니까요. 모든 게 변한 미래의 영국에 살 사람들은 우리와 같은 이름을 지닌 같은 핏줄이면서도 19세기의 삶을 신기해하겠지요.

격변의 시대, 갈등의 시작

물자는 거칠지만 풍족했고 생활은 한가롭고 상스러움과 폭력도 아무렇지 않게 받아들였던, 엄격하게 신분에 따라 조직되었던 14세기 사회에서 진보를 향한 당시의 희망이 담긴 첨예한 계급 간 갈등이 벌어졌습니다. 농노들이 점차 자유로운 신분이 되어, 일부는 소도시에 살며 최초의 고용된 직공, 이른바 '자유노동자'가 되고 또 일부는 농촌에서 임차농이 되었지요. 도시상인조합은 점점 세력이 커지고 장인 길드는 완성되다 못해 타락하기도 했고 신생 관료조직을 거느린 국왕의 힘도 강해졌습니다. 한마디로 여전히 건재해 보이는 봉건주의 외양 아래에서 중산계급이 자라나고 있었고, 그렇게 현재 우리 시대에 그 말기에 이르렀다고 믿고 싶은 대단한 상업주의의 시기가 시작될 만반의 준비가 갖춰진 것입니다.

그 시기는 농업 분야의 불길한 변화와 함께 시작되었습니다. 곧 먹고살기 위해서가 아니라 이윤을 위해 농사를 짓게 되었던 거죠. 그러면서 사람이 땅에서 쫓겨나 자영농이 사라지고 자본주의적 농부가 탄생했습니다. 땅을 잃거나 고용주를 잃은 빈민들이 도시로 흘러들어와 프롤레타리아트나 자유노동자 계급이 되면서 도시의 인구는 급증했지요. 그들의 존재 덕에 자본주의 제조업의 맹아가 싹틀 수 있었고요. 예전의 봉건적 위계 대신 복잡하게 얽힌 개인적 책임을 수반한 상업적 계약과 현금 지급 방식이 두루 퍼졌습니다. 찰스 2세가 통치하던 17세기 후반에 지주의 의무병역이 폐지되면서 그들은 토지세 납부 외에 다른 의무는 전혀 없는 단순한 재산소유자가 되었고, 그것이 바로 봉건체제를 끝장내는 최후의 일격이었습니다.

상업시대 초기에 나타난 희망은 당시 거의 모든 책에서 찾아볼 수 있습니다. 그런 글들은 재미가 있든 없든 다들 다양한 수준으로 현학적 태도를 보이는데요. 거기에는 단순하다 못해 극도로 무지할 때에만 보일 수 있는, 직전 시대에 대한 경멸과 순진한 오만함이 드러나 있지요. 당시는 또한 격변의 시대여서 여러 분야에서 아주 걸출한 인물들이 탄생했습니다. 모어와 캄파넬라[1]는 신생의 상업 시대가 승승장구하던 그 와중에도 문명의 전환이 다시 일어나 상업주의가 뭔가 다른 새로운 사회적 삶에 길을 내주게 될 앞날을 예언하며 그 희망을 세상에 전파했지요.

상업이 성장해가며 자신의 요구에 맞춰 사회 전체를 주조해나가면서, 열광적인 희망에 부풀었던 초기를 지나 그중 많은 면을 냉철하게 현실화하는 다음 단계로 들어섭니다. 16세기의 일꾼들은 협업하기보다는 여전히 개인적으로 작업했고 따라서 노동분업도 거의 없었어요. 17세기 말쯤 되자 그들은 이제 수공업의 실질적인 생산 단위로 정착된 집단의 일부에 불과하게 되었습니다. 이미 이때부터 노동분업은 노동자의 개성을 상당히 말살하여 노동자는 그저 기계의 일부가 되었죠. 18세기를 거치며 이 체계는 완성을 향해 나아갔지요. 그리하여 당시 대부분의

---

1 토머스 모어(1478~1535)와 톰마소 캄파넬라(1568~1639)는 각각 영국과 이탈리아의 대표적 유토피아 철학자다.—옮긴이

사람들에게, 어떤 식으로든 자신의 생각을 표현할 수 있던 사람들 대부분에게 문명은 이미 완성의 최고점에 이른 것으로 여겨졌고, 삶이 점점 더 나아질 것이 확실해 보였습니다.

이러한 희망은 표면적으로는 별로 혁명적이지 않았습니다. 그럼에도 계급투쟁은 여전히 지속되었고 그것도 꽤 노골적으로 벌어졌지요. 본래 봉건체제의 실질적인 한 부분이었지만 이제 한갓 가면에 불과해진 종교의 겁박의 힘을 빌려, 봉건체제의 잔재들이 기를 쓰고 상업 발전을 가로막고 나섰습니다. 그들의 힘은 실제보다 몇백 배는 강력해 보였는데, 상업의 자식인 강력한 중산층과 그들의 예전 주인인 귀족층 사이에 갈등도 있었지만 또한 은밀한 동맹이 있었기 때문입니다. 서로 반목하는 사이였지만 각각의 가장 급진적인 세력조차 어떤 문제는 지켜줄 필요가 있다는 점에 대해 무의식적으로 합의했다고 할까요.

17세기에 국왕과 평민 사이에서 벌어진 갈등과 내전은 이점을 잘 보여줍니다. 그 갈등의 시초부터 평민들은 특권층을 공격하는 일에 상당히 신중했습니다. 이후 상황이 진전되면서 귀족의 특권과 중산층의 이른바 계약의 자유 사이의 대립이 격화되는 와중에도 일부 과격한 사람을 빼고는 지도자 대부분이 이를 끝까지 밀고나가기를 꺼리기도 했고요.

마지막으로 네이즈비 전투(영국 청교도혁명 당시 의회파 군대가 왕당파 군대를 상대로 승리를 거둔 전투―옮긴이)를 거치며 결과적으로 세워진 새로운 질서가 결국 특권과 부르주아 자유의 잡종이라는 모습으로 확립되었습니다. 순수 공화주의자들은 패배하여 비탄에 잠겼습니다. 당시 선구적 사회주의였던 수평파에 다들 겁을 집어먹어, 수평파들은 순식간에 절멸되었지요. 결국 요즘 식으로 말하면 '진보정당'이라는 측이 자신의 기준을 넘어 본인들의 특권을 없애는 일은 어떻게든 막으려 했음을 이 모든 사실로 알 수 있습니다.

영국의 17세기는 위대한 휘그 혁명으로 막을 내렸고, 이후 상업이 엄청나게 번성하고 중산계급의 세력도 그에 비례하여 커져가면서 만사가 순조롭게 진행되었습니다. 이에 반해 프랑스에서는 특권 귀족층의 이익을 위해서이지만 그래도 명목상으로 존재하던 사회의 타락상이 정점에 이르면서 마침내 중산계급이 행동에 나설 수밖에 없게 됩니다. 귀족세력이 뒷받침하는 구질서는 그들에게 너무 강력해서 거의 난공불락의 존재로 보였어요. 그들의 힘인 행정력이 다수의 노예화에 기초한 사회를 결속하는 단 하나의 실질적 요소인 압도적 물리력과 유사했기 때문이지요.

그리하여 개를 후려치겠다고 일단 작정하면 어떤 몽둥이를 쓰건 상관없는 것처럼, 프랑스 중산계급은 귀족층에게 굴복—지금까지의 역사적 진전을 생각하면 절대 있을 수 없는 일이었지요—하지 않기 위해 바로 손에 잡히는 몽둥이를 들지 않을 수 없었습니다. 바로 프롤레타리아와 동맹을 맺었던 겁니다. 세력을 잡고 나면 다 억눌러버리겠다는 확고한 의도를 숨긴 채 종교 세력과 공화주의자, 심지어 열성 공산주의자와도 동맹을 맺었던 17세기 영국의 중산계급과 마찬가지로 말이지요.

노동분업이라는 '발명'과 프롤레타리아트의 등장

지금까지 지독하게 억압당하고 구차하게 살아왔던 프롤레타리아는 이제 역사상 처음으로 자신들의 힘을, 숫자의 힘을 실감하게 됩니다. 그들의 도움으로 중산계급은 귀족 특권층을 상대로 승리를 거두지만, 다른 한편 프롤레타리아트의 삶은 다시금 순식간에 혁명 이전과 다를 바 없는 수준으로 떨어지지요. 그래도 그들의 역할로 인해 그 혁명은 전에 없는 무시무시한 성격을 띠게 되었고 이후로 계급투쟁은 새로운 단계에 들어서게 됩니다. 일단 중산계급이 완전한 승리를 거두었는데, 프랑스에서는 승리의 표시가 전면적으로 나타난 반면 영국에서는 일부가 여전히 스스로를 귀족으로 내세웠어요. 그러나 유구한 가계를 가진 경우는 드물었고 생활 태도와 생각은 누가 봐도 부르주아였으므로 사실 좋든 나쁘든 진정으로 귀족다운 표시는 거의 나지 않았지요.

상업의 시대로 첫 장을 열었던 대규모 계급투쟁의 두 번째

장은 그렇게 마무리되었습니다. 이 혁명의 시기에 솟아났던 희망으로 말하자면, 그것이 얼마나 대단하다 못해 터무니없었는지는 이제 다들 알고 있지요. 가장 고약한 방식의 특권을 철폐하고 나면 곧바로 완전히 새로운 세상이 도래할 거라고 기대했으니까요. 그래도 분명히 짚고 싶은 것은, 그런 터무니없는 희망을 비웃기 전에 그런 희망을 품었던 사람의 입장이 되어 당시 어엿한 부유층들이 구 귀족의 특권을 보며 얼마나 분개했을지 생각해봐야 한다는 것입니다.

혁명을 통해 그 희망은 상당 부분 실현되었습니다. 정말로 이루고자 했던 목표인, 가짜 봉건주의의 족쇄에서 상업을 해방시키는 일은 달성한 거지요. 다른 말로 하면 귀족적 특권을 폐지한 셈이고요. 18세기 혁명에서 표현된 그보다 원대한 희망은 상당히 막연해 정확히 설명할 수는 없어요. 다만 어떤 방법—아마 무슨 마술처럼—을 통해 중산계급에 이로운 것이 노동계급에도 혜택을 줄 거라고 가정하는 경향이 있었습니다. 노동계급의 안락한 삶이 직접적인 목표가 되었던 적은 전혀 없고 그저 부수적으로 희망했을 뿐이라, 그런 마술적 수단으로는 이뤄질 수 없었고요. 승리한 중산계급은 어느 순간 자신들이 반란을 일으킨 하인이 아니라 억압적 주인이 되었음을 의식하게 됩니다.

중산계급은 특권의 속박에서 상업을 해방시키고, 신학의 족쇄에서 사상을 해방시켰어요, 적어도 부분적으로는요. 하지만 노동을 그 족쇄에서 해방시키지 못했고 그럴 생각도 없었지요. 프랑스 혁명의 지도자들은 두려움과 의심과 공포정치의 학살 중에도 이른바 '사유재산'의 권리를 옹호했습니다. 어떤 면에서 크롬웰 시절의 수평파와 비견할 만한, 그러나 예상할 수 있듯 그보다 훨씬 선진적이고 합리적인 새로운 선구자나 예언자라 할 인물이 프랑스에 등장했는데도 말이죠.

공화당조차 여전히 현수막에 적어 매다는 그 글귀를 단지 실천에 옮기려 했다는 이유로 그라쿠스 바뵈프(Gracchus Babeuf)와 그의 동료들은 범죄자 취급을 받았고, 감옥에서 고문을 받거나 죽임을 당했습니다. 그렇게 자유, 평등, 박애는 중산계급식—그냥 궤변이라고 할 수도 있겠지요—으로, 그러니까 배타적 계급 내로 기를 쓰고 진입하는 데에 성공한 사람들에 대한 보상으로 해석되었습니다. 결국 사유재산은 전투적 투기꾼이 지켜내야 할 것이 되고 혁명은 보나파르트주의와 함께 끝나버린 듯했습니다.

그럼에도 혁명은 죽지 않았습니다. 다시 밀물처럼 밀려올 날이 요원하지도 않았습니다. 문명시대를 거치며 무산계급을 만들어낸 상업에 주어진 또 다른 역할이 있었고, 그 역할이 아직 다 끝나지 않은 거지요. 상업은 노동자에게 그들의 진정한 의미를 알려주므로, 노동자들은 하나로 뭉치게 될 것입니다. 또한 상업을 통해 노동자들은 계급 차원에서 자신의 처지를 개선할 열망을 품게 되고, 그러한 열망을 현실화할 수단도 틀림없이 얻을 수 있을 것입니다.

상업은 마땅히 이런 일을 해냈고 게으름을 피우지도 않았으니, 19세기부터 근대문명의 역사는 정말이지 프랑스 혁명에서 시작된 계급투쟁의 마지막 단계였습니다. 혁명의 시대 내내, 그리고 뒤따른 전제군주제 시기에 변함없이 혁명의 적으로 보였던 영국이 사실 꾸준히 혁명을 북돋우고 있었던 거지요. 자연조건, 풍부한 석탄과 천연광물, 온화한 기후, 광활한 해안과 수많은 항구, 그리고 마지막으로 대서양을 사이에 두고 미국과 마주한 유럽의 전초기지라는 위치로 인해 영국은 한동안 근대문명 세계 상업의 주인이자 미개국·반(半)미개국의 대리자 역할을 해왔습니다.

이런 어쩔 수 없는 운명 탓에 영국이 프랑스와 인정사정없는 전쟁에 말려들었던 것입니다. 그런데 군주제 원칙을 지킨다는 명분으로 벌어진 그 전쟁은, 그 당사자들은 의식하지 못했을지 모르지만 사실은 해외와 식민지의 시장을 차지하겠다고 벌인 싸움이었지요. 영국은 그 전쟁에서 승리함으로써 당시 상당히 진전되고 있던 산업혁명을 이용할 만반의 태세를 갖추게 됩니다. 이제 이 점을 자세히 살펴보도록 하지요.

중세 노동의 체계는 한 사람의 일꾼이 처음부터 끝까지 여러 단계를 혼자서 수행하는 방식이었습니다. 이를 대체한 새로운 노동 체계가 18세기에 완성되었고요. 중세시대 이후 산업생산에서 벌어진 최초의 변화인 이 새로운 체계는 노동분업으로 알려져 있지요.

여기서 노동의 단위는 한 개인이 아니라 집단입니다. 이 체계에서 개별 노동자는 그 자체로는 하찮다 할 임무를 거의 평생 수행하게 됩니다. 곧 그 작업의 달인이 되지만 그래 봐야 다른 뭔가를 더 할 수 있는 건 아니에요. 동료들과의 경쟁에 내몰려 점점 더 손을 빨리 놀리다가 마침내 궁극적인 임무, 즉 스스로 완벽한 기계가 되는 목표에 도달합니다. 그러한 목표에 도달하지 못하면 죽든지, 아니면 거지가 될 수밖에 없기 때문이지요.

노동분업이라는 이 대단한 발명과 노동자 개성의 완전한 말살, 그리고 이윤 짜내는 주인에게 노예처럼 무력하게 매인 이 상태를 두고, 다들 이것들이 문명의 희망이라도 되는 양 얼마나 떠들어댔는지 충분히 상상이 갈 겁니다. '남이 네게 해주기를 바라는 대로 남에게 해주어라'는 행동수칙에 지금까지 바쳤던 것과는 비교도 되지 않는 수많은 찬송과 설교가 노동분업의 찬미에 쏟아졌으니까요.

반어적으로 하는 말이 아니라, 확실히 지금이야말로 여기서 멈추면 지금까지 해온 것이 말짱 도루묵인 그런 문명의 단계입니다. 노동 방식을 공부하느라 18세기, 특히 당시 프랑스의 서적을 섭렵하며 내가 받은 인상은 18세기의 장인들은 진정 위대한 문명의 산물로 희망—횃불과 창과 단두대의—을 불러일으킨 존재들이었다는 겁니다.

하지만 문명은 거기서 멈추지 않을 것입니다. 인간이 기계가 되고 나면 상업의 그다음 목표는 더욱 광범위하게 인간을 불필요한 존재로 전락시키는 기계를 고안해내는 것입니다. 그리고 이 목표를 어느 정도 달성하기도 했지요.

부자와 빈자의 동상이몽

자, 새로운 기계의 발명이 이렇게 노동자를 노동분업의 노예라는 곤경으로 몰아넣긴 했지만 적어도 노동량을 얼마간 덜어주어야 마땅하기에, 언뜻 보기에는 순전한 축복으로만 보였을 것입니다. 물론 종국에는 그렇게 될 거예요. 지금 대부분 사람들이 영원히 지속될 거라고 보는 특정 제도를 쓸어버리고 나면 말이지요.

상당히 긴 세월 동안 문명의 희망을 품었던 노동자들은 실망을 거듭할 수밖에 없었습니다. 기계를 발명한 사람들은, 아니 그보다 그 발명으로 이득을 보는 사람들은 각 노동자가 해야 할 노동의 양을 줄인다는 의미의 노동력 절감을 목표로 삼지 않았거든요. 모든 노동자가 늘 할 수 있는 데까지 죽어라 일하는 걸 당연시한 상태에서 고용주 자신들에게 이윤을 안겨줄 물건을 최대로 생산하는 것을 목표로 삼았던 것이지요.

이런 상황과 조건에서 지금까지 기계의 발명으로 노동자가 입은 혜택은 거의 없다는 사실을 군이 자세히 설명해야 할까요? 아니, 도입 초기에는 심지어 이전보다 상황이 더 나빴어요. 난데없이 세상에 마구 쏟아져 나온 기계들로 모든 것이 갑작스럽게 완전히 바뀌면서 산업혁명이 일어났기 때문입니다. 산업 생산성은 엄청나게 증가했지만, 노동자들은 거기서 전혀 혜택을 받지 못한 채 오히려 대부분 직장에서 쫓겨났지요.

다른 한편 아직 직장에 남은 사람들은 숙련된 장인에서 미숙련 노동자로 그 지위가 낮아졌습니다. 자신들의 목표는 이윤 창출이었으므로 주인들은 하나의 계급으로서 이 점을 따져보기보다는 그게 불가피하고 자신들에게 해가 되지 않는 것임을 당연시할 뿐이었습니다. 자신들은 높은 이자에 대한 보상을 그렇게 목청껏 줄기차게 요구했으면서 노동자들에게는 같은 보상을 해줄 생각도 하지 않았죠.

이것이 유럽에 평화가 정착된 후 벌어진 상황입니다. 평화가 왔다 해도 상황은 좋아진 게 아니라 오히려 더 나빠졌어요. 군수산업이 갑자기 중단되고 수천만 명의 군인이 노동시장에 쏟아져 나왔기 때문이지. 한마디로 영국 역사상 19세기 초반만큼 노동자의 상황이 나빴던 때는 없습니다. 이 시기에 노동계급과 관련해서는 두 흐름의 희망이 있었던 것 같아요. 하나는 주인과, 다른 하나는 노동자와 관련된 것입니다.

이 시기를 이야기하면 주로 영국의 경우를 생각하게 됩니다. 그 시절 영국의 부유층은 큰 희망에 부풀어 있었습니다. 당연한 것이, 당시 영국은 세계시장을 좌지우지했고, 스스로 지치지도 않고 떠벌렸다시피 세계의 작업장이었기 때문이지요. 지금 논의하는 초기, 그러니까 1848년 전에도 이미 나라의 자산은 엄청나게 증가했습니다. 그 뒤로 우리가 직접 겪어온 시기에는 물론 훨씬 더 빠른 증가세를 보였지만요.

이 신흥부자들의 의기양양한 희망에는 막대한 재산을 차지할 수 있었던 수단인 노동자와 관련한 것도 있었습니다. 민중이 전반적으로 교육을 더 받아 현명해지고, 더 근면절약하며 더 편안한 삶을 누리게 될 거라는 희망이었지요. 인간의 자연정복이 해가 다르게 그 완성을 향해 달려가고 있었으므로 당연히 이런 희망에 근거가 없진 않았어요.

하지만 이 고매하신 신사 분들은 이런 희망이 앞에서 언급한 어떤 마술적 힘으로 이뤄지거나, 아니면 노동자들이 자기 돈을 들여 자기들 힘으로 구현할 거라고 보았습니다. 특히 그들 삶의 조건에 적합한 덕목, 주인들이 '근면'과 '절약'이라고 부른 그 미덕을 행사함으로써 말이죠. 이는 전혀 근거가 없는 가정입니다. 사실로 말하자면 승승장구하는 상업에 의해 직장을 잃고 거리로 쫓겨나 절약은 고사하고 어쩔 수 없이 너덜너덜한 옷을 입고 사는 가련한 자들은 그런 방향으로는 더 어떻게 해볼 도리가 없으니까요.

다른 한편, 공장에서 일하는 사람들이나 다른 곳에서 주변적인 노동을 하는 사람들에게 근면이란 새로운 복음도 아닙니다. 그들은 이미 방직기나 방적기, 모루 앞에서 죽기 직전까지 일하기 때문이지요. 그들에게도 그들 나름의 희망이 있었습니다. 궁극적 목표는 막연할 수도 있지만 과거에 때때로 명백한 반란의 기운으로 표현되었던 그런 희망이지요.

차티스트 운동을 돌아보다

이 희망에는 여러 갈래가 있었고, 그걸 여기서 다 이야기할 수는 없지만 결과적으로는 차티즘(19세기 초 영국 노동자들의 참정권 확대 운동―옮긴이)으로 귀결되었습니다. 이에 대해서는 약간의 설명이 필요할 텐데 그전에 먼저 로버트 오언(Robert Owen)이라는 명예로운 이름을 언급해야겠습니다. 모어가 그랬듯이 당대 고귀한 희망을 대표한 인물인 그는 대규모 공장산업 초기, 무분별한 탐욕으로 생겨난 혼돈과 암흑의 시대에 사회주의의 횃불을 높이 치켜들었습니다.

삶의 조건이 한 사람의 삶과 행동에 헤아릴 수 없이 커다란 영향을 준다는 것, 이기적인 탐욕과 끝없는 경쟁이 아니라 우애와 협력이 진정한 사회의 기초라는 것이 그의 복음이었습니다. 또한 유례가 없을 정도로 헌신적이고 열성적으로, 전심전력으로 그 희망을 실천했지요. 어떤 식으로도 추악한 지배계급의 돈을 받지 않았던 사상가들이 발전한 지식의 도움을 받아 고통 받는 민중을 위해 혁명적 희망의 기치를 올렸던 그 시대의 희망을 구현한 인물이었습니다.

차티스트 운동에 대해서는 이렇게 말할 수 있겠습니다. 그것은 철두철미 노동계급의 운동이었고, 가장 단순하면서도 가장 강력한 추동력인 굶주림에 의해 생겨났다고 말입니다. 그것이 특히 초창기에 북부와 중부 내륙지방의 공업지대, 즉 산업혁명으로 가장 직접적이고 극심한 고통을 받았던 지역에서 가장 강력한 세력을 형성했다는 것은 주목할 만합니다.

차티스트 운동은 위대한 개혁법[2]이 통과된 직후에 특히 왕성하게 일어났습니다. 차티즘이 잘못되어간 이유에 대해서는 일부분 그 조치에 담겨 있던 희망이 좌절되었기 때문이었다고들 말하지요.

시간이 지나며 그것이 실패할 수밖에 없는 원인들이 분명해졌습니다. 표면적 이유로는 사리사욕만을 좇는 지도층, 당의 조

---

2 1832년의 1차 개정 선거법. 50개 이상의 불합리한 선거구를 없애고 신흥도시의 의원 수를 늘렸으며 거의 모든 중산층이 선거권을 가질 수 있도록 했다.—옮긴이

직이 완성되기도 전에 변화의 수단을 놓고 끝도 없이 벌인 무익한 토론, 한쪽에서는 궁극적으로 닥칠 결과에 대해 맹목적인 두려움을 보이는 반면 다른 쪽에서는 즉각적인 결과를 전혀 고려하지 않았다는 사실 등을 들 수 있습니다.

하지만 이보다 더 중요하고 더 근본적인 원인이 없었다면 차티즘은 위와 같은 문제를 극복하고 영국에서 혁명을 이뤄냈을 것입니다. 차티즘은 계급운동이라는 점에서 단순한 급진주의와 달랐지만, 그 목표는 결국 사회적이라기보다는 정치적이었습니다. 로버트 오언의 사회주의가 그 목적을 이루지 못한 이유는 행정력을 장악한 특권층이 존재하는 한 그 특권층은 민중의 무급노동으로 먹고사는 자신들의 경제적 지위가 훼손되지 않도록 만반의 대처를 할 거라는 사실을 깨닫지 못했기 때문입니다. 차티즘의 희망이 좌절된 것은 경제적으로 노예처럼 매어 있는 사람에게는 진정한 정치적 자유가 가능하지 않다는 사실을 이해하지 못했기 때문이지요.

여기서 어떤 게 먼저고 어떤 게 나중인 것은 없습니다. 둘은 함께 가야 합니다. 우리가 마땅히 살아야 할 방식이 아닌 그들이 바라는 대로 우리가 살아야 이익을 얻는 자들이 있어요. 그들이 계속 우리를 지배하게 두는 한 우리는 절대 우리가 뜻하거나 마땅히 살아야 하는 대로 살 수 없습니다. 또한 우리 자신이 독립적으로 일할 준비가 되어 있지 않다면 우리의 일을 해나갈 권리를 아무리 외쳐봐야 소용이 없지요. 이 두 목표가 합쳐지면 그것은 곧 계급이 철폐될 때까지 계속 계급투쟁을 고취하는 일을 의미합니다. 두 가지가 분리되면 뭐가 되었건 사회의 진보를 향한 희망에는 치명적입니다.

차티즘은 진정한 대중운동이었지만 그 목표와 상황 파악 면에서는 불완전했습니다. 아직은 때가 아니라 공개적으로 승리할 수가 없었던 거지요. 그렇다고 완전히 실패했다고 말해서도 안 됩니다. 적어도 그 운동으로 불만의 성스러운 횃불이 계속 타오를 수 있었으니까요. 또한 민주주의라는 정치적 목적을 이루고 그를 통해 다음 목표로 삼아야 할 단계를 바라볼 수 있게 됨으로써 민중의 대의가 진전되었으니까요.

방금 말씀드린 것처럼 당시는 아직 혁명의 시대가 아니었습니다. 승승장구하는 상업의 거대한 파고가 여전히 높아만 가던 때라 자본가들은 마음만 먹으면 임노동자의 땀으로 얻어낸 이득을 몽땅 차지할 수도 있었겠지요. 하지만 차티즘은 그렇게 하면 위험할 수도 있다는 경고를 그들에게 보냈습니다. 그래서 어쩔 수 없이 자본가들은 임시적 완화 요법으로 불만을 잠재워야 했던 겁니다.

여성과 아동의 노동 시간과 조건을 규제하는, 그래서 결과적으로 주요한 대규모 공장 일부에서 성인 남성의 노동 시간과 조건도 규제를 받는 공장법이 통과되도록 할 수밖에 없었습니다. 노동자의 연합을 금지하는 악법도 울며 겨자 먹기로 개정해야 했습니다. 이에 따라 노동조합은 합법적 지위를 얻어 노동문제의 주요한 세력이 되었지요. 파업의 위협이나 실제 파업을 통해 임금을 조정하고, 특정한 숙련노동자와 그와 연계된 노동자들의 생활수준을 높일 수 있었고요. 비록 농업노동자를 비롯한 비숙련노동자 대부분은 여전히 어렵게 살았지만 말입니다.

목표도 막연한 데다, 설사 얻을 수 있었다 해도 사용하지 못했을 것을 열렬히 요구했던 불만의 움직임은 그렇게 기세가 꺾였습니다. 이십 년 전에 누가 이 나라에 심각한 계급 불만이 있다는 말을 꺼냈다면 다들 미친 사람 보듯 쳐다봤을 테니까요. 사실 부유층과 식자층은 자신들이 건성으로 공격했던 봉건주의 계급제도의 너덜너덜한 잔재가 아닌 다음에야 이 나라에 계급이 존재한다는 사실을 별로 의식하지 못했습니다(지금도 많이들 그렇지만).

이십 년 전에는 혁명적 정서를 암시하는 신호라고는 없었습니다. 중산계급은 얼마나 부유했던지 진심으로 믿지도 않는 천국을 향한 바람이 아니라면 달리 바랄 것이 없을 정도였어요. 풍족한 노동자들도 딱히 바라는 바가 없었지요. 가난에 쪼들리는 것도 아니고, 열등해진 지위를 깨달을 만한 수단도 없었기 때문입니다. 마지막으로 고생스럽게 사는 프롤레타리아에게는 자선이나 병원, 구빈원, 그리고 최종적으로는 자애로운 죽음이 그들에게 뭔가 베풀어줄 거라는 희망이 있었습니다.

파리 코뮌을 돌아보다

이 투기꾼의 천국을 잠시 떠나 유럽대륙의 상황에 대해 몇 마디 하고 싶습니다. 대륙의 상황은 협잡꾼들에게 그렇게 수월하지 않았어요. 로버트 오언과 같은 시기에 그곳에서도 사회주의 사상가들과 작가들이 등장했습니다. 생시몽, 프루동, 푸리에와 그 추종자들이 부르주아 세계에서 희망의 전통을 계속 이어나갔지요. 그중에서 가장 주목할 만한 인물은 푸리에입니다. 노동이 바랄 만한 것이 되어야 하고, 또 그럴 수 있다는 그의 주장이 사회주의에 꼭 필요한 것이기 때문이죠.

프롤레타리아 내에는 여전히 희망 같은 것이 끓어오르고 있었습니다. 그 덕택에 프랑스에서는 혁명적·반역적 전통이 유지되었지요. 결국 그 나라는 가장 비열한 도박꾼과 사기꾼, 그리고 유례가 없을 만큼 천박한 매춘부 일당이 전개한 제2제정의 손아귀에 떨어지고 말았지만요. 행복한 우리 부르주아들께서는 그들을 영웅으로 칭송하고 있지요. 그 잘난 양반들께서 진심으로 동정해 마지않는 파리 사교계의 추악한 부패는, 일종의 인종전쟁(프랑스와 프로이센 간의 전쟁을 말한다—옮긴이)으로 쓸어버렸고요. 이 전쟁에서의 치욕적인 패배로 한편으로는 프랑스 부르주아의 경직된 앙심과 비열함이 생겨났지만, 다른 한편으로는 다시 한번 혁명적 희망이 솟아오를 길이 열렸습니다.

바로 거기서 우리가 1871년의 파리 코뮌이라고 부르는, 노동의 자유에 기초한 사회를 건설하려는 시도가 생겨났습니다. 어차피 어떤 전쟁에서나 비일비재한 일인데, 이 과정에서 벌어진 잘못과 무분별함에 대해서는, 민중의 대의를 거스르는 반동적 적들이 할 말이 많겠지요. 하지만 명백하고 직접적인 결과는 용감하고 정직한 혁명가 수천 명이 그 잘난 양반들의 손에 학살당했다는 것입니다. 명실상부 민중의 대의를 위해 싸웠던 군대를 잃은 것이지요.

하지만 코뮌의 결과가 거기서 끝나지 않았다는 건 확실히 말할 수 있습니다. 마침내 대의를 완수할 때까지 그 영웅적 시도는 모든 사회주의자에게 희망과 열정을 불어넣을 것이니까요. 우리에게 새벽을 열어주기 위해, 태양의 테두리를 수평선 위로 끌어올려 다시는 깜깜한 어둠 속으로 떨어져버리지 않도록 하기 위해 파리의 노동자들이 그렇게 싸운 게 아닌가 하는 생각까지 듭니다. 그 시도에 대해 우리가 할 수 있는 말이라면, 용감한 자는 원칙을 지키다 죽었을 때는 그 죽음이 헛되지 않다는 것입니다. 물론 그때 스러진 사람들이 전장에서 스러졌다면 더 나은 대우를 받았겠지만요.

프랑스에서 다시 영국으로 돌아가볼까요. 그전에 독일에 잠간 들러서 현재 우리의 희망과 관련해 몇 마디 덧붙이면서 마무리하겠습니다. 경제학 분야에서 우리는 독일에 빚을 졌습니다. 물론 가장 앞자리를 차지하는 인물은 바로 지금의 근대 사회주의를 있게 한 칼 맑스입니다. 초기 사회주의자들은 경쟁보다 협업이 바람직하다는 사실을 깨달아 자발적·의식적으로 변화를 택하는 것에 희망을 걸었습니다. 자본주의 사회가 제공하는 재료를 갖고 계획을 세웠던 건 어쩔 수 없다 해도 구체적인 계획에서도 조금은 인위적인 계획을 시도하고 받아들인 경향이 있었던 거죠.

그와 달리 새로운 학파는 과거에 벌어진 일에 대한 역사적 견해를 정립하는 일에서 시작하여 만사에 진화의 법칙이 작용하고 있음을 깨달았습니다. 이로써 그들은 그 진화과정이 여전히 계속되고 있고, 우리가 원하던 원하지 않던 사회주의가 불가피하다는 사실을 알려줄 수 있었습니다. 이로써 마침내 과거의 어떤 희망과도 다른 종류의 희망이 생긴 겁니다.

독일과 오스트리아는 또한 이 이론에 기초한 교훈을 빠르게 배웠습니다. 그리하여 1863년 라살이 독일 노동자당을 창설하기 전까지는 사회주의 운동에서 가장 뒤처졌던 독일이 곧 그 운동의 선두에 서게 되었습니다. 비스마르크가 억압적 법을 제정했지만 그것은 자라나는 잔디에 롤러를 굴린 식이어서 그들의 주장을 더욱 강력하고 확고하게 만들 뿐이었어요. 당의 운명이야 온갖 굴곡을 거치게 되겠지만 사회주의 사상은 그곳에서 확고하게 자리 잡았고, 때가 무르익으면 행동으로 표출되리라는 사실에는 의심의 여지가 없습니다.

자신의 부를 쌓아가며, 자신을 끝장낼 적을 키우다

자, 지금까지 내 이야기를 들으면서 봉건주의의 폐허 위에 상업주의가 확고히 자리 잡은 이래로 노동자들에게 하나의 정서가 자라났다는 사실을 분명히 깨달으셨으리라 생각합니다. 즉, 노동자들 자신이 하나의 계급으로 다뤄지는 집단이고 마찬가지로 다른 계급도 그렇게 다뤄야 한다는 생각 말이지요. 또한 이러한 계급 정서가 자라나면서 이 계급과 그들을 고용하는 계급—보통 이렇게 부르지만, 사실 노동자의 노동으로 먹고사는 계급—사이의 적대감에 대한 인식도 자라났다는 사실도 말입니다.

사회 내에 무산계급의 노동으로 먹고사는 유산계급이 존재하는 한, 두 계급 사이에는 항상 갈등이 존재할 수밖에 없습니다. 이 사실을 더욱 확실히 의식하게 될 때, 서서히 깨닫기 시작할 때 바로 현 문명에서 우리가 가질 수 있는 희망이 그 모습을 드러낼 것입니다. 불가피하게 자신의 존재와 우월한 지위를 놓고 서로 싸우는 계급이 존재하지 않는, 진정한 의미의 사회를 향한 변화의 희망 말입니다.

　고대사회 노예와 주인 사이에서 아주 단순한 형태로 생겨나기 시작하여 중세에 봉건영주와 농노 사이에서 지속되었던 계급 간 적대감은 점차 봉건시대의 장인에서 발전한 자본가와 임노동자 사이의 경쟁으로 전환되었습니다. 앞선 싸움에서 출세한 장인과 자유농노가 중산계급이라는 새로운 계급을 형성한 반면 옛 농노의 자리는 무산 노동자로 채워졌습니다. 일부 귀족층까지 흡수한 중산계급이 무산 노동자들과 맞대결을 벌이게 되었지요. 그렇게 계급투쟁은 다시 고대시대처럼 단순해진 겁니다. 단지 로마가 멸망했던 때와 달리 이제는 문명권 밖에 있는 강력한 종족은 없으므로 가진 자와 못 가진 자의 아주 단순한 투쟁이 온전히 문명 내부에서 벌어지게 됩니다.

　게다가 자본가—또는 근대적 노예주—는 성공을 이룰수록 생산을 촉진하기 위해 자신의 노예인 임노동자를 하나의 협력 조직으로 묶어놓을 수밖에 없습니다. 그렇게 잘 조직된 협력 덕에 자본가만 없다면 그것만으로도 거의 공동체 생활의 기초를 이룰 수 있을 정도이지요. 과거에 겪은 게 있기는 하지만 어쨌든 유산계급은 이제 무산계급에게 최소한의 교육을 시키지 않을 수 없고 정치적 권리도 완전히 박탈할 수는 없습니다. 자신의 부와 권력을 쌓아가는 바로 그 과정에서 자신을 끝장낼 적을 키워낸 것이지요.

마땅히 이뤄져야 할 일, 곧 현재의 프롤레타리아 계급이 특권층을 몰아내는 그 일을 완수하고 나면, 프롤레타리아에 맞설 새로운 계급이 또 다시 생겨날까요? 미래를 예견할 수는 없지만 그럴 가능성은 거의 없다고 봅니다. 적어도 그런 새로운 계급이 형성되고 있다는 조짐은 보이지 않으니까요. 특권을 폐지한다고 해도 그것이 조건의 절대적 평등에서 얼마나 모자랄지 지금으로서는 알 수 없습니다. 통상 사회주의와 구별되는 순전한 공산주의란 여전히 불완전한 새로운 사회의 모습에서 논리적으로 추론한 것일 뿐이니까요.

부르주아의 허울 좋은 대책

한편 현재 보수층에게 그 무엇보다 공포심을 불러일으키는 것은 바로 점증하는 갈등이 이렇게 단순하고 직접적이라는 사실입니다. 근대문명이 낳은 프롤레타리아 계급의 실상에 진정으로 충격을 받고 심려하는, 거기서 초래된 끔찍한 불평등에 경악하기까지 하는 사람들은 중산계급에도 많지요. 하지만 그런 사람도 어쨌든 계급투쟁이라는 말만 들으면 몸서리치며 뒤로 물러서고 계급투쟁이 진행되고 있다는 사실에 애써 눈을 감습니다. 두 계급 간의 평화가 가능할 뿐 아니라 당연하기까지 하다고 생각하려 하죠. 상대를 강제로 굴복시키는 만큼 자신이 번성한다는 것이 바로 두 계급의 존재적 본질임에도 말이지요.

우월한 계급에 의한 열등한 계급의 착취가 지속되는 와중에, 우월한 계급에 대한 투쟁을 그만둘 딱 그 정도까지만, 착취당하는 열등한 계급의 지위를 높이겠다는 불가능한 일을 제안하는 사람도 있습니다. 둘 사이에서 이렇게 터무니없는 입장을 취하다보니 노동계급 스스로 자기 돈을 들여 상황을 개선하라는 식의 잡동사니 계획을 만들어내게 되는 거죠. 그중 어떤 건 전혀 쓸모없고 어떤 건 그저 환상일 뿐이어서 실행할 수도 없어요.

그 주장들을 다시 나눠보자면 자발적 금욕주의의 장점과 기쁨을 설파하는 부류와, 중세시대 생활조건과 생산조건(그것도 완전히 잘못 이해한)을 현재 자본주의 농업과 대공업과 보편적 세계시장의 체계에 재도입하려는 복고적 계획이 있습니다. 합자회사를 개선한 정도에 불과한 가짜 협동조합으로 사회 문제를 풀어보겠다는 사람도 있고요. 1주일에 18실링밖에 안 되는 (불안정한) 수입을 가진 사람에게 절약하라는 이도 있습니다. 과도한 노동이 매일매일 조금씩 생명을 갉아먹는 사람, 혹은 지금은 필요하지 않다며 노동시장이 쫓아낸 사람에게 근면을 설교하는 사람도 있고요.

프롤레타리아에게 자식을 너무 빨리, 많이 낳지 말라고 요청하는 사람도 있습니다. 이 요구에 따르면 처음에는 현 생활조건의 프롤레타리아에게 이득이 될 수도 있겠지만, 그것이 얼마간 계속된다면 분명 자본가의 기반을 허물고 비참함과 파멸로 이어져 종국에는 이 소심한 양반들이 어떻게든 막으려고 노심초사하는 혁명이 폭력적으로 분출하게 될 것입니다.

그다음으로는 과거 중세를 돌아보며 당시 일꾼들이 현재 우리 일꾼들보다 더 편안한 삶을 살았고 자존감도 높았다는 사실을 알아차린 이들이 있습니다. 중세 일꾼들은 물론 자신들을 완전히 다른 부류로 취급하는 자들의 계급적 지배에 종속되어 있긴 했지만요. 어쨌든 현재의 더 나은 정치조건에서 중세와 같은 삶의 조건을 재도입하면 적어도 한동안은 문제를 해결할 수 있을 거라고 보는 사람들이 있습니다.

이러한 계획은 한마디로 임노동과 자본 체제에 독립 자유농의 계급을 접목하겠다는, 대략 터무니없이 헛된 시도라고 할 수 있습니다. 자신과 이웃이 소비할 물품을 거의 전적으로 생산했던 독립 자유농은 다른 방식으로 착취계급에게 조직되거나 간섭받는 일은 없이 오직 뻔한 세금으로 착취당했습니다. 저런 헛된 주장을 펴는 이들은 이 봉건체제가 이미 과거 어느 시점에 노동자들이 경쟁적 노동시장에서 시장의 전 조직을 장악한 주인에게 노동을 팔아야 하는 지금의 체제에 의해 대체되었고, 두 체제는 상호파괴적이라는 사실을 이해하지 못하는 거지요.

현재 구빈원 제도를 활용하여 형편이 가장 나쁜 노동인구의 상황을 개선할 수 있다고 믿는 사람들도 있습니다. 이들은 거지보다 약간 나은 삶을 사는 노동자들에게는 관심이 없고 그들이 더 나은 생계를 위한 경쟁에서 어떤 역할을 하게 될지에 대해서도 전혀 생각하지 않습니다.

마지막으로 더 부유한 계층에 속한, 선한 의도를 가진 상당히 많은 사람들이 믿는 바는 다음과 같습니다. 생계를 위해 경쟁할 수밖에 없는 이런 사회에서, 독점적인 비생산자 계급으로의 신분 상승이라는 희망을 제시하며 노동자들을 죽도록 일하게 만드는 이런 사회에서 자본이 "도덕적으로 나아질"(낙관론자들의 은어를 빌리자면) 방법이 있다는 겁니다. 말하자면 내세를 인간 행위의 진정한 영역으로 삼는 종교에서나 익숙할 법한 정서를 들여와 그것으로 현세의 일상적 필요를 다 덮어버릴 수 있다는 식이지요.

이 신기한 희망은 상업주의가 우리 삶을 완전히 지배하는 데 대한 반감이 존재할 뿐 아니라 점점 강해진다는 사실, 그리고 그러한 반감이 현 시대에 독립적으로 자라난 윤리라는 사실을 깨달아 생겨난 것입니다. 그런 정서가 존재하는 건 당연히 인정해야겠지만, 사실 그것은 노예적 임노동에 기초한 현대사회가 해체될 날이 가까워지면서 그림자처럼 드리우는 불안감이라 하겠습니다.

각 계획의 주창자 본인들도 제대로 의식하지 못하겠지만 그러한 계획은 상당 부분 임노동 계급에서 새로운 중산계급을 창출하는 것을 목적으로 합니다. 그것도 현재의 중산계급이 초기 중세의 농노계층에서 나왔듯이 자신의 존재를 부정하는 식으로 말이지요. 중산계급이 앞으로 더 확대될 수는 있겠지만, 이 같은 인위적인 방법으로는 확대되지 않을 것입니다. 지금으로서는 예견할 수 없지만, 그런 일이 벌어진다면 그것은 자본주의 체제에 큰 영향을 끼치는 사건, 지금 병이 깊어져 임종이 가까워 보이는 자본주의 사회를 얼마간이라도 소생시킬 어떤 대단한 사건이 일어나야 가능할 것입니다.

왜냐하면 현재 우리가 목격하는 것은 자기 힘으로 자기 죽음을 재촉하는 경쟁적 상업 체제이기 때문입니다. 이윤은 갈수록 줄고 사업체 규모는 점점 커지고, 소규모 고용주는 시장에서 축출되고, 자본의 집적으로 중하층 계급이 점차 늘고 있지요. 그것도 소규모 제조업자가 대규모 제조업자의 종 노릇을 하게 되면서 아래에서 올라오기보다는 위에서 떨어지는 형국이되기 때문입니다. 또한 노동생산성은 자본가가 시장을 관리하거나 노동수요를 다룰 수 있는 능력에 비해 너무 빠르게 증가해서, 고용침체가 만성적으로 일어나고 그에 따라 사회적 불만도 만연해집니다.

이 모든 것이 한편에 있습니다. 다른 편에서는 방방곡곡에서 노동자들이 정치적 평등을 주장하고 있고 이는 머지않아 이뤄질 수밖에 없습니다. 교육의 기회도 확대되어 노동계급의 향상된 교육과 여전히 지속되는 상층계급의 멍청한 고등교육 사이에서 분명 평준화의 경향이 나타나고 있죠. 교육을 받고도 여전히 사회적으로 열등한 대접을 받는 계급의 존재가 사회에 얼마나 위협적인지는 지금까지의 모든 역사가 증명합니다. 교육으로 습득한 지식이 여가와 편안한 삶과 결합되면 자존감과 품위를 가질 수 있습니다. 그런데 지식은 습득할 수 있지만 그런 자존감과 품위를 완전히 박탈당했을 때 그 계급의 존재가 과연 얼마나 위협적일지 그것은 아직 역사가 보여준 바가 없지요.(하지만 그런 사례가 곧 나올 것 같습니다). 그런 계급의 성장은 지금의 '교양 있는' 사람들을 벌벌 떨게 하고도 남겠지요.

정직하고 편안하게 살 수 있는 세상을 꿈꾼다

아직 예견할 수 없고 상상도 할 수 없는 어떤 것이 미래의 자궁 속에서 자라고 있을지는 확실히 알 수 없습니다. 하지만 지금 우리 눈앞에 분명히 존재하는 것은 점증하는 분규, 맹목성 외에 어떤 전망도 지니지 못한 썩어가는 체제, 그리고 사람들의 머릿속에서 점점 확실한 희망으로 자라나는 사회주의라는 새로운 체제입니다.

새로운 체제에서는 노동이 현재의 족쇄에서 풀려나 낭비 없이 조직되어, 모든 지역사회와 각 성원이 누릴 수 있도록 가능한 한 가장 풍족한 자산을 생산하게 될 것이고, 그와 더불어 그 나름의 윤리와 종교와 미학을 선보일 것입니다. 그것은 어디를 보나 새롭고 고귀한 삶에 대한 희망이자 약속이지요. 따라서 어떤 예견치 못한 경제적 사건이 일어나 자본주의 체제의 생명을 얼마간 더 연장할지라도, 그것은 모두에게 저주받는 변칙적 존재로, 인류의 열망을 가로막는 존재로 그 생명을 연장하는 것일 뿐입니다.

하지만 그렇게 되지는 않을 겁니다. 근래의 상황에서 논리적 귀결을 따져보자면 십중팔구 자본주의가 실제 역사의 경로를 차근차근 따르게 되겠죠. 공공연한 사회주의의 적까지 포함해 모두가 사회주의의 도래를 위해 힘쓰다 보면 사회주의가 확실히 도래할 것입니다. 그것이 모두에게 이롭다는 것을 믿게 된 사람들의 목표는 더욱 명료해지고 그것을 구현할 방법도 분명해져 마침내 실제 활용할 수 있게 될 것이고요. 그렇게 되면 변화의 필요를 인정(문명의 이성으로 이뤄지는 인정)하는 때가, 으레 혁명이라고 부르는 변화를 공개적으로 인정하는 때가 올 것입니다.

혁명에 어떤 사건이 뒤따를지 예측하는 건 부질없습니다. 하지만 합리적으로 생각하자면 소유계급, 즉 하층계급이 꼭 사용해야 하는 생산수단을 소유함으로써 먹고사는 이들이, 어떤 도덕적 정서 때문에 자신의 특권을 저절로 내놓을 가능성은 거의 없거나 전혀 없을 것입니다. 그나마 그들이 지금 벌어지는 일에 내포된 위협적인 강제성을 알아차리고, 그럼으로써 자신을 포함하여 모두가 정직하고 편안하게 살 수 있는 세상을 일궈야 할 위대한 필요성에 기꺼이 승복하기만을 바랄 뿐입니다.

Wild Tulip (1884)

Original from Metropolitan Museum of Art

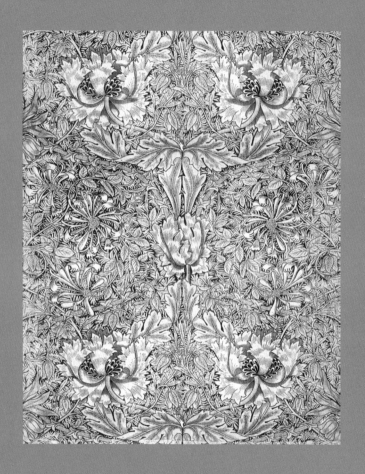

Honeysuckle pattern (1876)

Original from Smithsonian Institution

Apple pattern (1877)

Original from Smithsonian Institution

본문 출처

1. 예술은 그것을 만든 이를 기억한다: 민중의 예술

The Art of the People

1879년 2월 19일, 버밍엄 예술협회 & 디자인학교 학생들을 대상으로 한 강연.

2. 필요에서 아름다움이 나온다: 고딕 건축

Gothic Architecture

1893년, 예술/공예협회 대상 강연.

3. 물건에 즐거움을 입히는 일: 현대의 생활예술

The Lesser Arts

1877년 12월 4일, 직인교육 길드를 대상으로 한 '생활예술'이라는 제목의 강연.

4. 필사의 시대: 중세 채색 필사본에 대한 단상

Some Notes on the Illuminated Books of the Middle Ages

1894년 출간된 『예술 잡지』(*Magazine of Art*)에 게재한, 중세 채색본에 관한 글.

5. 나는 어떻게 사회주의자가 되었나

How I Became a Socialist

1896년 헨리 메이어스가 엮고 the Twentieth Century Press가 펴낸 팸플릿.

6. 쓸모 있는 일과 쓸모없는 노역

Useful Work versus Useless Toil

1884년, 햄스테드 리버럴 클럽에서의 강연.

7. 현재 우리의 삶과 우리가 누릴 수 있는 삶

How We Live and How We Might Live

1884년 11월 30일, 윌리엄 모리스의 출판사인 켈름스코트에서 사회주의민주연맹(Socialist Democratic Federation, S. D. F.)의 해머스미스 지부를 대상으로 한 강연.

8. 어떤 미래를 바라는가: 문명의 희망

The Hopes of Civilization

1885년 6월 14일, 켈름스코트에서 사회주의자 연맹(Socialist League)의 해머스미스 지부를 대상으로 한 강연.

아름다움을 만드는 일

윌리엄 모리스 산문선

초판 1쇄 발행 2021년 1월 1일
초판 4쇄 발행 2023년 8월 4일

지은이   윌리엄 모리스
옮긴이   정소영
펴낸이   박대우
펴낸곳   온다프레스
등록   제434-2017-000001호(2017년 10월 20일)
주소   24756 강원도 고성군 토성면 아야진길 50-3
전화   070-4067-8645
팩스   050-7331-2145
메일   onda.ayajin@gmail.com
인스타그램   @onda_press

ⓒ 정소영 2021
ISBN   979-11-972372-1-8   03840

이 도서의 국립중앙도서관 출판예정도서목록(CIP)은 서지정보유통지원시스템
(http://seoji.nl.go.kr)과 국가자료공동목록시스템(http://www.nl.go.kr/kolisnet)에서
이용하실 수 있습니다. (CIP제어번호: CIP2020050891)